锦衣御卫

胡取禾 著

辽宁人民出版社

© 胡取禾　2021

图书在版编目（CIP）数据

锦衣卫 / 胡取禾著 . —沈阳：辽宁人民出版社，
2021.7（2024.1 重印）
ISBN 978-7-205-10195-4

Ⅰ . ①锦… Ⅱ . ①胡… Ⅲ . ①长篇小说—中国—当代
Ⅳ . ① I247.5

中国版本图书馆 CIP 数据核字（2021）第 092173 号

出版发行：辽宁人民出版社
　　　　　地址：沈阳市和平区十一纬路 25 号　邮编：110003
　　　　　电话：024-23284321（邮　购）　024-23284324（发行部）
　　　　　传真：024-23284191（发行部）　024-23284304（办公室）
　　　　　http://www.lnpph.com.cn
印　　刷：河北朗祥印刷有限公司
幅面尺寸：145mm×210mm
印　　张：8.5
字　　数：160 千字
出版时间：2021 年 7 月第 1 版
印刷时间：2024 年 1 月第 2 次印刷
责任编辑：赵维宁
助理编辑：段　琼
封面设计：乐　翁
版式设计：留白文化
责任校对：冯　莹
书　　号：ISBN 978-7-205-10195-4
定　　价：49.80元

目录

目录

楔子

　　蒙参记得建文四年六月十三日的应天城，赶上了百年难遇的暴风。席卷整个应天城的暴风从巳时起就一直没有停过。到晚些时候父亲蒙赞的病加重了，他吐出了一口又一口的血，然后催促老管家蒙三四去通知夫人和蒙参到房间里来见他，他要蒙三四跑得快点儿，因为这可能是他的临终之言。

　　自从蒙赞病倒以后，守在他身边的就是姜室徐氏。徐氏嫁入蒙家三年，没有为蒙赞生出一男半女，她要做的就是尽心尽力照顾好蒙赞的余生，以期得到蒙家子嗣们的怜悯，让她在这所大宅子里等待死亡。

　　蒙三四来通知蒙参的时候，他正在诵读杜甫的"君不见青海头，古来白骨无人收"，风忽然吹开了关着的窗户，案几上的纸张被吹得四处飘散，慌得家塾先生赶紧跑去关窗户，然后手忙脚乱地捡落在四处的纸页，蒙参看着家塾先生笨拙的动作强忍着没有笑出来。家塾先生刚刚把纸放回到案几上，转头去拿旁边的镇纸，蒙三四就来了，他一把推开房门，说着"三公子快走，老爷急着找你"，过来拉着蒙参就往外跑，蒙参回头看去，只看到了书房里到处都是飘飞的白花花的纸。

　　蒙参的母亲佘夫人跪在蒙赞的床前正在抹眼泪，蒙参跪在

1

床前，听到父亲的咳嗽声，才抬起头来。他已经有半个月没有仔细端详过自己的父亲了，他的父亲现在只剩下了皮包骨头，头发也全白了，胡子很长，杂乱地毫无生气地耷拉在下巴上。看到蒙参到了，蒙赞颤颤巍巍地坐了起来，他赤裸着上身，干瘪的身体止不住地摇晃着，可是他目光如炬，让屋子里的人们感受到他那依然如故的威严。

"蒙参，近日与先生学习可有怠慢？"蒙赞的声音已经有些嘶哑、低沉。

"孩儿谨记着父亲的教诲，不敢有懈怠'孔孟之道，圣人之言'的地方。"

"蒙参，你要记着，聆圣听，才能行正道。"

"孩儿谨记。"

蒙赞发出一声粗犷的叹息，似乎是在聚集着他身体里最后的力气，"蒙参，你今年多大了？"

"孩儿生于洪武二十八年，虚龄已八岁。"

"你的大哥八岁时已经能弯弓射雁，你的二哥蒙佑八岁时已经能纵马长驱。蒙参，我从没有要求你八岁时也能像他们一样，但是我要你明白，大丈夫在世，要忠君报国，甚至必要时刻舍生取义。"

蒙参看着父亲，父亲的眼睛里全然没有了平常的和蔼可亲，那是一种遥远的感觉，如同泛滥的烈火，在炽烤着他的脸庞。

"据你二哥派人捎来的书信上说，燕王朱棣的叛军已经到达了金川门，李景隆必然不是他的对手，我恐怕金川门已经危矣。蒙参，我并不想你像你的哥哥们一样习武从军，但是现在国难当头，我刚刚说的话就是，即便八岁，也是可以为国效忠的。"蒙赞顿了顿，又是一阵咳嗽，"蒙参，我要你带着蒙家所有的亲眷家丁即刻到金川门去，即便战死，也不能辱没我蒙家的家风！"话音刚落，一口鲜血从蒙赞的嘴里咳了出来。

"大人，忠儿已经战死了，佑儿已经在前线了，参儿现在才八岁，恐怕一把刀都拿不起来，您还是为蒙家留下最后一点儿血脉吧！"佘夫人哭着向蒙赞央求。

"家国都不能为继，还提什么血脉！"蒙赞咆哮着说，"我当年受先皇与开平王知遇之恩，我蒙家的人理当为国尽忠，死而无怨。"

"大人！"佘夫人趴在地上早已经泣不成声。

就在这时，忽然听到院子里传来了一阵马嘶，紧接着一个身影从外面跑了进来。是个二十岁上下的青年，一身戎装，携着一阵冷风从外面闯了进来，看到床上的蒙赞，赶紧跪倒，"孩儿不知道父亲病重，看望来迟，请父亲见谅。"

蒙赞看着眼前的儿子，倒是一愣，"蒙佑，你不是在金川门负责守卫吗？怎么忽然跑了回来，金川门现下的情形如何？"

"父亲，燕王殿下现下已经进入京城，百官正在商议让殿下继承大统。"

"什么？"蒙赞的眼睛瞪得滚圆，"金川门乃是帝都的锁钥，这么轻易就被攻破了吗？"

"乃是李景隆大人与谷王殿下打开金川门，以迎燕王殿下的大军进城。"

"岐阳王一世豪杰，想不到却生下来一个误国的儿子。"蒙赞捶击着床沿凄厉地叹息着，"不肖子，你不是与金川门誓同生死吗？还回来做什么？"

蒙佑这时笑了起来，"父亲，我回来更换朝服，准备跟从燕王殿下及众臣祭拜皇陵。"

"蒙佑，你已经忘记了出征前与我定下的誓约了吗？"蒙赞大吼着，他实在想不到，他的儿子居然这么快就变成了燕王朱棣的随从。

蒙佑直起了身子，"父亲，您还没有明白吗？时势已经不是我们能够左右得了的了，对于争夺皇权的人来说，我们都不过是棋子，做好一枚棋子应该做的事就可以了。大明还是从前的大明，皇帝也还是大明的皇帝。"

说这段话的时候，蒙佑语气笃定，面对自己的父亲毫无惧色。蒙参抬头看了看一年多没有见过的哥哥，他长得更高更强壮了，而且在面对父亲的时候，他的眼睛里完全没有了过去的胆怯和畏缩。或许这就是蒙佑的路，是跟蒙赞不同的人生之路，当他挎上马刀跃上战马的那一刻，就已经注定。

过了良久，蒙赞凄凉地仰天长笑，"金川门破，我的儿子居然要跟着犯上的燕王去祭奠皇陵，先皇啊，我还有何面目去见你。"蓦地，蒙赞的声音停住了，他圆睁着双眼惨叫一声，一口鲜血喷在了蒙佑的身上，在蒙佑惊恐地向后退的同时，蒙赞直直地倒在了床上。

第一章　建文四年

　　建文四年的那场风只刮了一天，因为从第二天开始，皇宫里便传下命令来，以后大明将不再使用"建文"的年号，而恢复"洪武的旧制"，这一年就是洪武三十五年。建文四年的风刮到了第二天，就变成了洪武三十五年的风。没有几天，朱棣脱去了燕王的冠冕，登上了皇位。那一天应天城里到处都是欢快的声音，因为皇帝登基总是要大赦天下。朱棣登基以后，将他从前就藩的北平城改为北京，将应天改为南京城。

　　新皇帝要组建属于自己的锦衣卫，按照锦衣卫"子承父业"的传统，蒙赞的锦衣卫身份应由蒙佑继承，但这时蒙佑已经成为一名带兵的将领，所以这个身份就由蒙参继承。八岁的蒙参听到这个消息以后，就写了封信给他的哥哥，信中写道："子曰：'君子务本，本立而道行，孝悌也者，其为人之本也。'今父初死，长兄既殁，而兄佑为国家计，戎兵束甲于清野要隘，弟虽幼，欲效古风，为父守孝三年，以代兄尽人伦之道。"

　　蒙佑拿着书信一番苦笑，他比谁都了解这个从小不多言语的弟弟，他虽然只有八岁，却远比平常的孩童心思缜密，也更古板。"真是不懂得变通的笨蛋，跟死去的老头子一样顽固不化。"蒙佑写了一封奏章，把书信一起呈送给了皇帝。

5

"这世上难道还真有这样的事情？一个八岁的孩子居然也能写出这样的信函来。"朱棣苦笑着把信函拍在案几上，皱着眉摇了摇头，"我看是蒙赞死前留下了什么遗训，要他的儿子跟他一样做个食古不化的人。"

"八岁的孩子？"站在下面的道衍皱了皱眉，"蒙家世代行武，蒙赞曾任锦衣卫同知历两朝，他的长子蒙忠曾是瞿能手下的大将，即便是找人捉笔，蒙家也没有几个会舞文弄墨的吧？"

朱棣又拿起那封信看了看，"这字写得倒是着实不错。"说罢，让太监把书信递给了道衍。

道衍拿着书信仔细看了看，笑着频频点头，"如果是八岁的孩子，有这样的心思，着实不容易，臣以为此子他日当有大用。"

"蒙赞曾经是开平王的护卫，后来又跟随蓝玉出征过漠北，与懿文太子关系笃深，据说死前还曾动员蒙家上下到金川门来与朕的军队对抗，这个蒙参必然是受到了他父亲的影响，以'守孝'为名，其实是不欲来朝中做朕的官。"

"如果真是如此，对于一个八岁的孩子，更是不易。"道衍叹息着说，"蒙赞有子如此，九泉也当含笑。"

"蒙赞不过是个同知，他的儿子如果不想来做官，就算了。如果跟一个八岁的孩童认真起来，天下的人恐怕就要笑话朕了。"朱棣把蒙佑的奏章扔到一旁，对一旁的内阁大臣杨荣说，"传朕的口谕给锦衣卫指挥使纪纲，近日再推举一名检校以补齐锦衣卫的人数。"

朱棣对杨荣说话的时候，道衍却在对着那封书信出神，他在脑海里勾勒着那个孩童的面容和目光。

"我要去见见这个有趣的孩子。"放下书信的时候，道衍想着。

蒙赞去世之后，佘夫人考虑到家里的开销，辞退了一些用人。蒙佑已经住进了修葺一新的府邸，托人来请两位夫人和弟弟搬过去。蒙参婉言谢绝，留下来兑现给父亲守孝三年的承诺，徐氏则说自己离不开这处老院子，于是只有佘夫人带着几个下人过去了。曾经喧闹的院落里，只剩下蒙参和徐氏，还有老迈的管家蒙三四和从小照顾着蒙参的丫鬟冬雪。

佘夫人搬出老院子的那天，风停了，却下起了雨。徐氏一直在门口拉着佘夫人的手说着话，佘夫人对徐氏说随时都可以搬过去，自家人不需要太多顾虑，只需要一封书信就可以。下人们则匆匆忙忙地搬运着东西，从门口到院子里的每一个角落，都布满了泥漉漉的脚印，蒙参读书的书房倒是显得格外宁谧。家塾先生不时打开窗户看看外面匆忙的情景，回过头来，看到自己的学生趴在书桌上，似乎对外面充耳不闻地诵读着圣人的书卷。

院子里渐渐安静了下来，蒙参叹了口气，放下书本，对家塾先生说："先生。"

"哦，什么事，三公子？"家塾先生赶紧凑到了蒙参的身边，他从来没有这么尊敬地称呼过蒙参，他到蒙家的时候，蒙参才三岁，蒙赞告诉他，蒙参就是个小孩子，要教他尊师重道，不能让他有养尊处优的感觉。所以家塾先生对他从来都直呼其名，蒙参则一直都毕恭毕敬地叫着"先生"。可是眼下不同了，家塾先生发现这个还幼小的蒙参，他的一举一动，都不是平常人可以猜度的了，他浑身都散发着一种奇异的气势，家塾先生在他面前顿感紧张。如果不是蒙参实在太小了，家塾先生或许已经称呼他"老爷"或者"少爷"了。

"管账房的程二爷已经跟着老夫人走了，以后蒙家的账目都由老管家来管。我不准备去接替父亲的工作，因此，蒙家的收入这几年会比较艰难，少时先生去领了这个月该给的银钱，就另谋生路去吧！"蒙参淡淡地说。

听到蒙参的这些话，家塾先生不禁老泪纵横，"老朽学无所成，求了一辈子功名终究了无所获。自入蒙家以来，教了两位公子，唯有三公子您天资聪慧，恭敬圣贤，老朽希望公子能求学不辍，莫辜负了大人生前的希冀。"

"父亲说得对，国已不国，多谢先生的教导。"蒙参说，"先生以后要保重身体，将生平所学托付给可托付的人，蒙参的心不在科举，先生的宏志我是没有办法去完成了。"

蒙参背对着家塾先生，老先生还有一腔的话想对蒙参说，可是这位三公子倒背着手，像个小大人似的站在那里，紧抿着双唇，目光里闪烁出不同平常的沧桑。老先生的满腹话语也就只能硬生生地收了回去，叹了口气，放下手中的书本，打开门走了出去。

家塾先生一步一叹地往出走，迎面却和正往里跑的丫鬟冬雪撞了个满怀，冬雪忙整了整头钗，迭声向老先生道歉。

"冬雪姐姐，出了什么事情，让你这么慌张？"站在门口的蒙参问。

"启禀三公子，门外来了一位大和尚，自称是老爷生前的故交，听说老爷去世了，特地来探望。"冬雪对蒙参说。

"和尚？"蒙参一边往出走，一边对冬雪说，"既然是方外的高僧，就不得怠慢，请师父到客厅喝茶，我就过去。"

冬雪跑出去招待突然到来的高僧，蒙参则先跟着家塾先生去了蒙三四那里，交代清楚以后，转身往客厅而去。"真是不敢相信，前几天还是个孩子，现在就变得这么稳重，识大体。"望着蒙参离去的背影，家塾先生对蒙三四感慨良深地说，听了家塾先生的话，蒙三四的眼泪又止不住流了出来。

来的这个和尚可不是一般人，他个子很高，身体健壮，虽然是八字眉，眉毛却好像刀锋一样，尤其那一副白髯长到胸前，在风里凛凛地飘着。"不是一般的人啊！"蒙参自出生以来，还从没有见过这样奇俊的人，不禁在心里惊叹，他就如同一块磐石，立在那里，让人觉得这世间的万物都在他身上停住了。

"大师，怠慢了。"蒙参恭敬地说，然后深深施了个礼。

"阿弥陀佛，"和尚急忙站起来还礼，"刚刚才听说蒙家现今当家的是三公子，只是不想年纪如此之轻。"

"哪里，寒舍鄙陋，却能让大相国寺道衍禅师亲临，真是蓬荜生辉。"蒙参笑着说。

这一次道衍真是愣了一下，"施主见过贫僧吗？"

蒙参摇了摇头，"名满京城的'黑衣宰相'岂是蒙参这样的人能够轻易得见。"

"那施主又是怎么认出贫僧的？"

"大相国寺的住持蒙参也曾见过，也不过是衣不沾尘的气象。而大师虽然穿着简单的僧衣，却如坐云中，一身佛像，若非道衍这样的绝代高僧，蒙参也实在想不出当世还有第二人。"蒙参缓缓地说。

道衍笑着落座，"你的两个哥哥贫僧也曾见过，他们若是有你一半的气魄，就都能成为不世的英才。"

"不，"蒙参定定地说，"家兄战死郑村坝，乃是为了抵抗燕军，是为国尽忠，不是区区蒙参可与之相提并论的。"

"家仇国恨，就是为了这个，蒙参才不愿意做永乐朝的官吗？"

"不，"蒙参又向道衍鞠了个躬，"沙场拼争，本来就是各为其主，更朝换代也是千古之常事，但家父是建文朝的官，拿的是建文朝的俸禄，'食君之禄忠君之事'，故而尽忠尽的也只能是建文朝的忠。蒙参幼读圣贤之书，知道凡天下人，须怀'忠义'二字，凡'忠义'者，一身不得事二主，蒙参已经跟随着家父，奉建文为帝，就万不得再视燕王为主。"

"蒙参，你如果不是个八岁的孩子，这一番话已经够圣上诛你的九族了。"道衍端起茶杯，缓缓地说。

"蒙参知道，当今的圣上有胸怀，不跟蒙参计较。"蒙参的语气却不见怯懦，"可是，这是蒙参从圣贤书中学到的道理，这是蒙参的经世之道。"

"蒙参，你才活了八年，你知道什么是'道'啊？"道衍叹了口气。

"君臣之礼，天下兴亡。"蒙参一字一顿地说。

"圣贤流传千古的书籍里，你就看到了这八个字吗？"

"蒙参觉得，已经足够了。"

"家国社稷呢？天下苍生呢？"道衍忽然站起来，"蒙参，你这鼠目寸光的小儿，就只看到了自己头上的一片小小天空吗？"

蒙参顿时被道衍的这番话镇住了，愣愣地呆在原地。

"'先天下之忧而忧，后天下之乐而乐'，谁的'天下'？苍生的天下。"道衍几乎是在嘶吼着说，"你所效忠的建文帝，他宠的是黄子澄、方孝孺这样的酸腐书生，信的是宋忠、李景隆这样的误国之将，北方的蒙古铁骑尚在对中原虎视眈眈，建文帝如此的识人、用人之道凭什么让大明的基业垂流百代？凭什么能阻挡住蒙古铁骑的百万雄师？凭什么护佑中原黎民的安危祸福？当今圣上靖难起兵时不过拥八百人，何以摧枯拉朽席卷天下，登上九五之位？盖因当今圣上得民心，得民心者得天下，自古如此，概莫能外。"

过了很久，蒙参才叹了口气，"我曾听父亲说，大师曾游历天下名山，求学阴阳之术，这一番诡辩机巧确实让蒙参钦佩。"

道衍听了蒙参这席话，蓦地放声笑起来，"八岁娃娃，却要充作通识圣贤之道，实在可笑。一个连'天下苍生'都装不下的人，还要学人家忠君报国，根本不知所谓。大明如今仍如风中飘絮，根基未稳，北有蒙古、东有高丽，危机四伏，天下人不思为国尽忠，却死守着陈规旧俗陷家国于不顾，万古圣贤，哪一个知道了不会痛泣？"

　　道衍长袖一拂，走进了外面的风雨里，"若是愚忠而死，孔夫子又何须周游列国，圣贤之道乃是为了天下黎民，而绝非是一国一君。争王图霸，不过追逐的是一时；只有济世为民，才是大丈夫一世的追求。"他立在院子中央，任雨水打湿了他的僧衣，"贫僧本以为施主天资不凡，乃是可教之才，今日一席话才知道施主不过是个庸碌之辈，等施主读《春秋》《论语》二十载，贫僧再来找你吧！"

　　说着，道衍大步离去。

　　蒙参走到屋檐下，看着道衍离去的方向，陷入了沉思，俄而抬起头来，眼角的余光一瞥，看到徐氏打着一把伞，伫立在院角的雨里，也在望着道衍离去的方向。

第二章　大相国寺

道衍离开以后，蒙参就钻进了自己的屋子，晚上冬雪去送饭，他也没有开门，他告诉冬雪，他要安静，所以没有人再去打扰他。第二天一整天他也没有走出屋子，冬雪和蒙三四急忙去找徐氏，徐氏让他们不要着慌，她相信蒙参肯定是碰到了什么难事。等到晚上，徐氏见蒙参还没有出来，才亲自送饭过去。

蒙参的房门并没有锁，徐氏先是敲了敲房门，蒙参说了声"进来"，徐氏才推门进去。只见蒙参呆呆地坐在椅子上，两只手支着脸，坐在那里愣神，见是徐氏进来，赶紧站起身来，恭恭敬敬地叫一声："二娘。"

徐氏把饭菜放在桌子上，招呼蒙参一起坐下来，蒙参看到这个曾经光鲜明艳的女子，经过这几天的忙乱，明显地消瘦下来，脸色也愈显苍白。

"什么事让你茶饭不思啊，非得要二娘亲自送饭过来才行？"徐氏微笑着问。

蒙参心上一惊，他实在是想不到的，在这个转眼就日渐沉没的家里，最坚强的不是主持家里一切的他的母亲佘夫人——她几乎就像个逃兵一样，得到儿子邀请去富足的府上安享天伦的信函之后，就马上收拾家当搬了过去——而是这个在父亲晚年才被娶进门的姜室，面对这个院落突如其来的分崩离析，她站了出来，安顿一切，并且以微笑的姿态出现在蒙参的面前。这实在是让人难以想象的，她用行动告诉人们：她在蒙家留下来，不只是靠她未被流光洗去的容颜，还有她的坚韧和刚强。

"是因为昨天那个突然登门的和尚吧？"徐氏笑着说，"女人是不应该进入前院的，但是昨天我担心你，就贸然过去看了看，所以也大概听到了一些你们的谈话。"

蒙参看着徐氏，"那依二娘之见，觉得该如何是好呢？"

徐氏摇了摇头，"二娘终归是个女人家，没有看过什么书，也不认得字，你们男人家的事情我不懂也管不了。这个家看起来是没落了些，可二娘认同你的做法，也顺从你的做法，所以陪着你留下来，留在这个没落的院子里。可是，昨天那位大师说的话，也并非没有道理，二娘的娘家是乡下人，老百姓的生活二娘要比你们了解，也许当一个好皇帝，并不只是仁厚就够了的。"

"我也觉得，道衍禅师的话，要比父亲的听起来有道理。"蒙参趴在了桌子上，"可我总觉得他是巧舌如簧，在掩盖什么。"

"二娘也不知道二娘说得对不对，也许你应该多和道衍禅师接触一下，多听听他说的话，与老爷的话对照着来看。"徐氏笑了笑，"人生终归还是你的，路怎么走，是要你来做决定的，别人终是左右不了的。"

"我觉得，我还是太小了。"蒙参站起来，走到窗前，"如果大哥还在……就好了……"

是的，徐氏看着站在窗前的蒙参的小小身影，他肩膀上的担子太重了，如果不是家里碰上了这么大的事情，八岁的蒙参或许正在跟私塾先生读书，跟隔壁家的孩子们在街巷里追逐打闹。

蒙参转过头来，对着徐氏一笑，"虽然我还想不明白父亲和道衍禅师谁说的话更正确，但是我可以确定的是，二娘刚刚说的话是没有错的。"

"二娘只是个妇道人家，说的话也都是浑话，你当听则听，不当听千万别往心里去。"

"黄子澄和方孝孺都是当世的大儒，但是并不代表他们就是非常好的臣子。建文皇帝乃是天下正统，若是说起来，应该是民心所向，可是正如道衍禅师所说，为什么最后登上皇位的却是燕王呢？"蒙参似是在喃喃自语，"兴许，饱学的鸿儒未必就是治世的能臣吧，否则，百万雄师为什么就挡不住燕王的军队呢？"

徐氏看着蒙参，这个孩子从小就与众不同，他的胸怀宽广，甚至超过了他的父亲和兄弟，所以他注定会做一些与其他孩子不同的事，有一些与其他孩子不同的烦恼吧。徐氏站起来，慢慢向外走去。

"二娘！"蒙参叫住徐氏。

徐氏笑着问："还有什么事吗？"

"以后，你就叫我'参儿'或者'叔齐'吧！"蒙参笑着说，"就把我当你的亲生儿子一样吧！"

建文元年六月，也就是公元 1399 年的夏天，建文帝朱允炆接受黄子澄和齐泰等人的建议，开始大肆削藩，从而激化了他与藩王之间的矛盾。镇守北平的藩王朱棣趁机以"清君侧"的名义"靖难"起兵，最终挫败朱允炆的各路军队，入主应天，也就是后来的南京城。朱允炆被迫焚烧宫殿，不知所踪。朱棣登基后论功行赏，排在第一号的功臣就是道衍禅师。这位道衍禅师传说懂阴阳五行之术，而且智谋过人，运筹帷幄，他的本事甚至不逊色于三国时代的诸葛亮和大明的开国名臣刘伯温。在帮助朱棣登上皇位以后，朱棣给了他显赫的权力和官职，并且赐他恢复原来的名字：姚广孝。可是，道衍只接受了继续留在朱棣身边为他做事，至于荣华富贵，他却弃之如敝屦，每天除了上朝处理政务，平常都回到大相国寺继续做他的和尚，不问世事，潜心修佛，坊间的老百姓都称呼他为"奇人"。

　　新登基的皇帝却比其他人了解自己这位老朋友的心思，所以对于他的私事并不过问，只是派人好好修葺了一番大相国寺，以"帝师"的身份相待。道衍就此位极人臣。

　　蒙参是上午到的大相国寺，道衍的事务显然要比一般的僧侣多，他要上早朝处理政务，然后回来参加寺院的早课，还要参禅礼佛。据说，道衍还是皇长孙朱瞻基的老师。故而蒙参仔细计算着，只能等着道衍相对比较空闲的时间过去。

　　可是蒙参并不知道，今天，道衍特意在禅房里等候着他。蒙参刚刚走到大相国寺门口，就有一个青年僧人迎了上来，"阿弥陀佛，这位公子莫非就是蒙家的三公子吗？"

蒙参一惊，"我与师傅素昧平生，师父怎么会认得我？"

"道衍禅师说午时三刻必有贵客临门，请贫僧在这里恭候。"

"这真是奇了，我确实是来找道衍禅师的。"蒙参笑着说，"那就劳烦师父为我引路吧！"

修葺一新的大相国寺更显得幽静安谧，如同世外桃源，遗世独立。寺内的林苑绿树掩映，时有清脆的鸟鸣传出来，蒙参身在其间，不觉心旷神怡。道衍的禅房就位于绿荫深处，简简单单的一间屋子，阵阵檀香自里面飘出来，青年僧人轻轻叩着半掩的门扉，蒙参只觉得如同是一幅颇具禅意的画卷。

"师父，蒙参施主到了。"青年僧人恭敬地说。

房间里还有个细小的声音在诵读诗文，听到青年僧人的声音，就停了下来。"瞻基，莫要管身外的闲事，继续读你的文章便是。"果然是道衍的声音，那诵读着诗文的声音遂又响起来，"请施主进来就是，我这里已经备好了清茶。"

青年僧人应了一声，就伸手将禅房的门轻轻打开，让蒙参进门，自己则转过身，顺着来路离去。道衍的禅房并不大，里面的陈设也非常简单，几幅古画挂在墙上，书架上散放着几卷佛经、青灯、木鱼，有一个竹制的柜子，屋子里一尘不染，俨然是世外的景致。道衍坐在正手的蒲团上闭目打坐，他的面前是一个四五岁的孩童，抱着一本对他而言有些厚重的书本，摇头晃脑，煞有介事地诵读着，他的旁边还放着一个蒲团，旁边摆着一杯茶，袅袅地升腾起清香，想是为蒙参留着的位置。

蒙参向道衍深深作了一个揖，然后轻轻盘坐在蒲团上，捧起那杯茶呷了一口，然后提溜着眼珠子瞟了一眼身边正在读书的孩童。刚刚道衍叫他"瞻基"，莫非他就是当今皇帝的长孙朱瞻基吗？蒙参又悄悄瞟了一眼，也难怪，他的双眉微蹙，脸上透出一股和他的年龄不相吻合的气韵，那声音亮如洪钟，掷地有声。"帝王家的孩子，果然是与平常人不同的。"蒙参在心里禁不住琢磨。

"蒙参，你想明白了吗？"道衍蓦地问。

蒙参这才回过神来，急忙向道衍一拜，"师父前日说的话，蒙参明白了一些，但还有一些疑窦需要师父指点。"

"讲吧！"

"师父既然是为天下苍生计，当初又为何煽动靖难起兵，明知天下万民经战事久矣，太祖皇帝洪武立国，干戈方止，靖难之时，又逢战事。这其中，渴望功名的武将虽是可以受益，但是天下的黎民却总要受损，战事一起，难免会家人离乱，田亩荒废，岁无收成。"

"当时天下藩王割据，宁王与燕王更是手握重兵，镇守要隘。以建文彼时之才，信那些腐儒之策，纵然燕王不起兵，其他藩王难道都会坐以待毙？"道衍叹了口气，"到时天下兵戈四起，蒙古铁骑若趁机南下，天下必然再度陷于乱世。藩王确实是大明的病，但是，但凡治病，都要对症下药，建文帝登基之初，根基未稳，就下猛药，这样只会让刚刚才建朝不久的大明危在旦夕。若夺藩王之权，先夺藩王之势，建文帝不遵治国之道，只知一意孤行，结果使得同胞骨肉死于非命。一个还在登基之初，就不会先想着去安抚黎民，却急于收复权力的君主，天下人如何敢跟从他？"

"难道，"蒙参看着道衍禅师，"当今的圣上也会效仿建文帝'削藩'吗？"

"建文帝是仁厚之人，而非仁厚之君。"道衍说，"蒙参，你才八岁，还有很多事情不是你现在可以悟透的。"

蒙参定定地看着道衍，"那么，师父，你能够指点我悟透这些吗？"

道衍双手合十，"阿弥陀佛，蒙参，你愿意跟随在我身边吗？"

蒙参俯下身去，"希望师父能够指点我。"

道衍笑起来，"蒙参，你可知道贫僧毕生只有三个弟子入室？"

"蒙参知道，兵部尚书金忠、内官监大太监马和、皇孙朱瞻基。"蒙参说，"这三个人都是非凡之人，蒙参不能比，只求侍奉师父左右，早晚聆听教诲。"

"那你可知道贫僧传授的是什么学问？"

蒙参摇了摇头。

"贫僧所传的乃是入世之术。"道衍捋着长髯说。

蒙参俯下身去，"蒙参只为求学，不求入世。"

道衍笑了起来，"小儿，你先不要这么说，待到数年之后，再仔细与我说这些。"

“师父愿意留下蒙参了吗？”

道衍点了点头，问蒙参：“这茶可好喝？”

蒙参一愣，“师父恕罪，刚刚心不在焉，喝茶的时候并没有觉出味道。”

道衍笑起来，“不假虚言，孺子可教。”说罢转过头去叫坐在蒙参身边的朱瞻基，“瞻基，方才我们的谈话你可听清楚了吗？”

刚刚蒙参和道衍谈话的时候，朱瞻基就一直坐在那里诵读手里的诗文，好像身边并没有其他人。现在道衍问他，他就放下手里的书，慢慢地说：“都听到了，师父。”

“刚刚蒙参他请教为师的疑问是什么？”

“师父既以天下苍生为念，又为何会帮助皇爷爷靖难起兵，以致祸及苍生。”

“你刚刚读到了哪首诗？”

“唐朝诗人杜甫的‘三吏三别’中的《石壕吏》。”

“刚刚你读这首诗的时候，外面的屋檐上是不是站了三只燕子？”

“不，师父，”朱瞻基肯定地说，“是两只。”

道衍捋着长髯微笑着点了点头。

这真让人不敢置信，旁边的蒙参愣住了。从小读书，家塾先生讲的都是读书要“一心一意”，最忌的就是在读书时心有旁骛而不能专注。可是道衍教朱瞻基读书，用的却是截然相反的法子，不仅仅是“心有旁骛”了，而且是要求“眼观六路耳听八方"，这实在是蒙参闻所未闻的教学方法。

"瞻基，"道衍指着蒙参对朱瞻基说，"从今天开始，他就是你的师弟，早晨扫地打水的事情你不必管了，以后都由他来做，你只管点香沏茶就可以了。"

"谢谢师父。"朱瞻基显得很高兴，他努力把胸脯挺得很高，一脸严肃地对蒙参说，"快磕头，拜师兄。"

第三章 册封太子

朱瞻基告诉他的母亲,他有了一个比自己年龄大的师弟。朱高炽听着儿子的笑声,却怎么也高兴不起来,父亲登上皇位,天下一统。可是,烦心的事情就接踵而至。朝臣们在朝堂上不止一次向朱棣询问什么时候立太子的事情,看得出来,朱棣为此事很是心烦。朱高炽知道,在浦子口大战时,朱棣曾经抚着汉王朱高煦的脊背说:"世子多病。"这并不是什么秘密,坊间流传的更离奇的版本朱高炽也听过,是的,朱高炽体态臃肿,而弟弟朱高煦能征善战,更是有天下无双的神力,他太像父亲了,父亲怎么可能会把皇位传给一个走路都需要人扶着的胖子呢?纵观靖难一战,自己也只有护卫北平城这一项战功,而朱高煦则在郑村坝、东昌、浦子口等很多地方都留下了自己的声名。

就是因为这个,靖难的功勋元老们几乎都站在了汉王的一边。缺少了靖难起家的元老们的扶持,朱高炽顿时矮了朱高煦半头。所幸文臣们都站在了朱高炽身边,尤其是得到了解缙、杨士奇、杨荣、黄淮这些内阁大臣的支持,才让朱高炽有了些根基。

最后的决定权还是在朱棣的手里啊!父亲不说话,就算是满朝臣子磨破了嘴皮子也是没有用的。朱高炽忐忑，朱高煦也很不安，朱高炽用帕巾擦了擦脸上的汗，轻轻抚摸着还少不更事的朱瞻基的肩膀，叹了口气，唉，何苦生在帝王家啊！

朱高炽并不知道，最烦的不是他，也不是朱高煦，而是朱棣。朱棣喜欢朱高煦，自不待言，就是傻子也能知道。可是，他对选择继承人这件事情太看重了，他的父亲朱元璋就是因为选错了继承人，才让他可以靖难起兵坐上皇位。

选择朱高炽吧，他太仁厚，恐怕日后步建文的后尘，可是内阁的臣子们支持朱高炽。这些还不算什么，最让朱棣烦恼的是兵部尚书金忠，金忠是靖难元勋中少数立场坚定支持朱高炽的人之一。金忠这个人并不算什么，可他是道衍的徒弟，金忠的态度在一定程度上可能就是道衍的意思。朱棣太了解道衍了，道衍既然选择朱高炽，就一定有他的道理，而且这个道理是绝对毫无争议的。

要是选择朱高煦呢？朱高煦太像自己了，他能征善战、勇武不凡，而且有靖难元勋们的支持。如果朱高煦登上皇位，所有觊觎皇位者必然不会得逞。可是，当皇帝不是当山大王，朱高煦能够带兵打仗，他能够治理好这个偌大的国家吗？朱棣了解朱高煦，他是一个相信暴力能够战胜一切的人。即便是在靖难的战场上，朱高煦也很少会出奇兵，他的部队被称为"死士之师"，个个都不怕死，他屡屡救自己于危难，却很少能够出去打胜仗：他只能救火，却不能够点火。

"我大明需要一个能够点火的君王，并能让这片火越烧越旺，一直生生不息。"朱棣在心里又想，"我靖难起兵之际，不也是一介武夫，不懂得治国之道吗？万事都得学，高煦现在是个武夫，或许当上了皇帝以后，反而会体现出他粗中有细的一面呢？"

当皇帝，实在是一件辛苦的差事，朱棣自我解嘲地笑了笑。然后朱棣叫来太监马和，让马和去把杨荣和解缙找来，陪他去一趟大相国寺。

"去见见那个越来越会装聋作哑的老和尚吧！"朱棣站起身来冲内侍马云喊道，"更衣！"

今天的天气真好。坐在禅房前的蒙参眯缝着眼看树冠上的枝丫摇晃着，这时朱瞻基拿着一张弓走了出来，他站到树林前面，四处张望了一番，然后从地上捡起一根树枝，折去了周围的枝节让它显得光滑一些。朱瞻基就用那树枝作箭，搭在弓上。

"师兄，你是要射树上的鸟吗？"蒙参问，"师父不是才讲过，不能让寺院里沾染上血气的吗？"

朱瞻基做了个"嘘"的手势，"你这么大声干什么？师父只说不能'见血'，又没有说不能杀生。"

"可是你射中它，它一定会流血的啊！"蒙参放低了点儿声音。

朱瞻基笑着冲蒙参眨眨眼睛，"谁说只有射中它，它才会死啊！"

蒙参愣愣地看着朱瞻基，他还从来没有听过这样的说法。

说着，朱瞻基忽然紧抿住双唇，将弓箭举起，对准了一棵树上落着的鸟，瞄了瞄，一箭射出去，不承想手上一抖，箭打在了树枝上，鸟扑棱扑棱翅膀飞走了。"啊，真晦气！"朱瞻基气得直嚷嚷，"莫非这一招真的是行不通吗？"

蒙参走到了朱瞻基身边，"师兄，可以把弓借给我用一下吗？你想射什么，我可以为你代劳吗？"

"我只是想知道我的想法对不对。"朱瞻基把手里的弓交给蒙参，"你确定你能够射到我说的地方？"

"我试试吧！"蒙参试了试手里的弓，"你想射什么？"

朱瞻基看了看四下里的树木，指着一棵树的枝丫说："看到那树枝上的鸟了吗？我要你的箭从那只鸟的头上飞过去，要贴着它头上的羽毛，但是绝对不能伤到它。"

"你要我射那只鸟还好说，可为什么非要射它头顶上的羽毛呢？"蒙参百思不得其解。

"你听过'惊弓之鸟'的典故吗？"

蒙参点点头，"听过。"

"我觉得'惊弓之鸟'那种事未免太玄了，除非世上真的有那么强的射手。但是书上所说的攻伐之术重在伐心，却是非常有道理。你要杀一个人，如果他心生仇恨，就算他杀不了你，他的兄弟姊妹、他的父母儿孙也会来杀掉你，可如果你能够降伏他的心，他不仅对你没有丝毫的威胁，还有可能帮助你。"朱瞻基笑了笑，"我就是想伐这只鸟的'心'。"

"听起来挺复杂的。"蒙参叹了口气，"但是我很乐意做这件事情。"

蒙参学着朱瞻基的样子，在地上捡了一根光滑些的树枝，屏住呼吸，瞄了瞄那树枝上落着的鸟，一双眉毛忽然倒立起来，随着他从鼻子里吐出一丝轻轻的气息，弓弦"嘣"的一声，箭已经射了出去。片刻，树上的鸟儿忽然直愣愣地落向地面，摔在草丛里。

"啊！"蒙参拿着弓站在那里，顿时被这情景怔住了。

朱瞻基也是一愣，继而高兴得手舞足蹈地跑过去，捡起了那只落在地上的鸟，"我就知道是真的，我就知道是真的！"马上就冲着蒙参喊，"喂，师弟，想不到你射箭还射得不错嘛！"

"师兄过奖了，"蒙参挠着头，"这些都是我大哥从前教给我的。"

朱瞻基跑到蒙参身边，学着大人的样子拍拍蒙参的肩膀，"师弟，你射箭很有天分。"

蒙参的脸顿时通红。

"既然如此，"朱瞻基笑着说，"师弟，你就再射一只下来怎么样？"

"不是已经成功了吗？还要射一只做什么？"

"笨蛋，咱们两个人，你射一只下来，又这么小，怎么够吃啊？"

"啊，师兄，你不是说不'见血'的吗？"

"我们拿到寺外的小河边上去吃啊！"

"那么，师兄吃吧，蒙参不吃。"

"那你也得再射一只下来。"

"为什么？"

"你不吃，那我就一个人吃两只。"

两个孩子在禅房前面玩闹，全然不知此情此景已经被隐藏在树林深处的四个人看得一清二楚。站在前面的是朱棣与禅房的主人道衍，而站在他们身后的则是内阁的重臣解缙和杨荣。朱瞻基与蒙参的对话已经悉数被他们听到了，朱棣若有所思地看着禅房前朱瞻基的身影。

几只胆大妄为的飞鸟从他们的头顶掠过，解缙咳嗽一声，低低地叹了一句："好圣孙！"

朱棣的思绪被这一声低叹拉了回来，"师父，你确定方才孙儿所做，不是你事先安排？"

道衍捋着长髯说："阿弥陀佛，和尚只传济世之能，从不教杀伐之术。"

"瞻基好学，自不待言，若是如此年纪就有这样的胸怀，日后的天下苍生有福了。"解缙缓缓说着。

朱棣却并不接话，而是转过头去问杨荣："杨学士，你觉得如何？"

"陛下若选择汉王，则我大明犹可开疆拓土，戎兵万里；陛下若选择世子，则我大明可休养生息，稳固基业。"杨荣说。

站在一旁的道衍，依然缓缓地捋着长髯。

那边的蒙参抵不住朱瞻基的唆使，又依样射了一只鸟下来，朱瞻基高兴地拾起那只鸟，"在这寺院里快淡出个鸟来了，今天咱们兄弟俩就去开开荤吧！"说罢，拉着蒙参就走。

"哎，师兄，不是说好了你一个人去吃的吗？"

"我不是个不讲义气的人。"朱瞻基笑着说，"师兄弟之间本来就得'有福同享，有难同当'嘛！"

看着两个孩子拉拉扯扯地跑开了，朱棣对道衍说："久不到师父的禅房来了，进去喝杯茶如何？"然后对解缙和杨荣说："你二人到前面去添些香火钱，过一个时辰再来找朕。"

解缙和杨荣领命去了，道衍就引着朱棣进入禅房。

道衍亲自为朱棣奉茶，朱棣却静静地看着道衍，看着他的每一个动作和每一个眼神。

"师父可是要朕立世子为太子吗？"朱棣缓缓地说。

"皇家的事情，恕贫僧不敢妄言。"

"朕也不瞒师父，这次来大相国寺，就是专门请教这件事。"

"陛下不是早就心中有数了，又何必多此一举来问老和尚？"

"朕是有主意，可朕担心这个主意会毁掉靖难而得的江山社稷。"

"陛下是否觉得现下所处的环境，与太祖皇帝时颇有些相似？"

朱棣点了点头，"不错，经常夜半惊梦，觉得实在是造化弄人。"接着叹了口气，"高炽与懿文太子的心性太像了，尤其内阁诸臣越偏向他，朕就越是觉得惊心。而高煦偏偏又与朕太像了，甚至连他的野心和抱负，都与朕当年无二。"

"陛下差矣，时移世易，表面上看来似曾相识，其实大不相同。"

朱棣居然对道衍拱了拱手，"愿闻其详。"

"其一，太祖皇帝掌政即杀戮功臣，以致靖难时唯有以耿炳文为将。而陛下则不同，靖难诸臣除作奸犯科之徒被正法外，俱都在任上，也就是说他日若天下有变，唯王命是从者多，而欲宰割天下者寡。"

"其二，世子虽仁厚，但心志之坚韧实非平常人可以看得透彻。陛下应该记得，当初李景隆率五十万大军攻北平，城内人人自危，而世子以区区之身负担起一城之安危、一战之成败，这不是平常人能够做到的啊！"

"其三，陛下现下的内阁之臣，实不能跟建文帝身边的那些书呆子相提并论。建文帝身边的黄子澄、方孝孺、齐泰这些人，大多都是纸上谈兵，做学问属上乘，治国则平平。而如今内阁中如解缙、杨士奇、杨荣等公，都是真正的社稷之臣。"

"其四，那就是，世子有一个聪明才智足以凌驾于其他皇孙之上的子嗣。"

朱棣想了想，"师父，你不觉得，瞻基这孩子尚幼吗？"

"陛下不必为难贫僧。"道衍笑着说，"陛下将瞻基托付给贫僧，必是心里已经有了打算。"

"师父有一双明澈的眼睛，朕相信师父。"

"陛下的知遇之恩，贫僧此生怕是不能报完了。"道衍忽然俯下身去，跪在朱棣的面前。

朱棣赶紧把道衍搀扶起来，"望师父能不负朕所托，这样才能不枉你我生平所愿。"

道衍对朱棣说："陛下，其实，立世子为太子，还有最重要的一点。"

　　"哦？"朱棣问道衍，"师父，还有什么？"

　　"我们煮沸了'天下'这杯茶，但是不能让它一直沸下去，否则水就会从里面溢出来了。"道衍说，"陛下，唯有细水长流，才能源源不断啊！"

第四章　构陷解缙

蒙参和朱瞻基在大相国寺学道，就这样过去了八年。

永乐八年，天策卫的校场上，一匹黑马、一匹白马，一个消瘦的汉子、一个健硕的青年，一个拿着冰铁长棍、一个拿着一双银锤，正战得尘土飞扬、马嘶阵阵。汉子手里的长棍如同一条冷冷的长蛇，在他的手中盘旋蜿绕，可是青年手里的双锤丝毫不落下风，每一锤挥出似乎都有千钧的力气，长蛇纵使再狡猾也找不到双锤的罅隙。

"好了好了，仲长，今日就到这里吧！"使双锤的青年高声笑着说，"近几日你的武功精进很快啊，今日居然与本王战了三百多个回合仍然分不出高低。"

使棍的汉子放下手里的长棍，急忙擦着额头上的汗珠，"殿下过奖了，臣已经使尽生平所学，堪堪招架殿下而已，若再打下去，臣恐怕就力有不逮了。"

"过谦了，过谦了，当年本王在浦子口大战盛庸等名将，也不过如是，有你这样的将领在南军中，朱允炆居然不懂得使用，他的脑子真是读书读糊涂了。"青年跳下战马，脱下身上的战甲扔给身边的近侍，赤裸的上身皮肤黝黑，横竖交纵的伤疤暗示着他曾经的战功，腋下的地方竟然泛起几片如龙鳞般的纹

31

路，虎虎生威，旁边的宫女端过一碗酒，青年接来一饮而尽，"不愧是北平的烧酒，激战之后喝一口，才不负此生啊！"对身旁的侍女说，"再倒一碗给蒙将军，让他也尝尝我们燕塞的烈酒。"

一旁的蒙佑也学着朱高煦的样子将侍女端过来的酒一口气喝掉，顿觉通体发热，一股热气直冲脑门，"燕塞烈酒，果然名不虚传。"

"当年父皇带燕云各骑征战漠北，班师后我们在营中就着烈酒高歌，通宵达旦，好不痛快。"朱高煦坐到椅子上，四周的侍女们赶紧凑过来罩上华盖，用羽扇给他扇风，他抬起手臂来一把擦去了嘴角的酒汁，"那可以说是本王这一生最快意的时候了。"

"殿下豪气满怀，令人钦佩。"蒙佑坐到了朱高煦的下首。

"北平那地方真是让人快活。"朱高煦叹了口气，"相比之下，待在南京只能每日里受些鸟气。"

蒙佑笑起来，"殿下何须说这么丧气的话，殿下靖难一役居功至伟，又是皇亲国戚，正该是一人之下万人之上。"

朱高煦挥了挥手，左右的人纷纷退了去，偌大的校场上只剩下了他和蒙佑，"按说靖难一役如果没有我，父皇也不可能安然坐上皇位，可是不管怎么说，他还是选了大哥当太子，若是别人也就算了。可是论文治论武功，我哪一点比不上我大哥？让大哥当太子，恐怕日后我大明江山难以保全。"

"据臣所知，靖难元勋大都站在殿下一方，况且据说当年浦子口大战时，圣上似乎也曾向殿下您允诺过什么。"

朱高煦低下头去，看了看蒙佑，"父皇说，本王当自勉，况世子多病。"

"悠悠之口，纵使万乘之尊也不能奈何。"蒙佑笑着说，"但是若'世子多病'，那么殿下将有足够的资历登上继承人的位子。"

"可是太祖皇帝当年不是一样无视父皇，立了皇太孙朱允炆嘛，如果大哥出了什么事，难保父皇不会让朱瞻基那个黄毛小子占了便宜。"

"恕臣斗胆，臣听说三年前解缙离开内阁，不只是因为他反对圣上出兵安南的事情。"蒙佑低声说。

"哦，你还知道些什么？"朱高煦故意似是吃了一惊。

"解缙这书呆子当年为了立储的事情大肆在外廷到处叫喧，圣上虽然终是立了世子为太子，可对他却就此心存芥蒂。"蒙佑用视线瞥了瞥左右，"所谓安南的事情和廷试读卷不公，都只是些借口，解缙把立储的事情搞得乌烟瘴气，或许圣上在心里还是更偏向殿下您的。试想让一个走路都需要人搀扶的胖子继承英明神武的永乐帝的皇位，传给后世的人，恐怕也是圣上不愿意看到的事情。"

朱高煦的两只眼忽然闪现出光芒，"莫非，坊间还真有这样的传闻？"

"百官朝臣都看得明明白白清清楚楚，只有殿下还不相信吧？"蒙佑说，"圣上封殿下去云南做藩王，殿下没有动身，圣上不是也没有怪罪嘛！若换成其他皇子，恐怕早已经有性命之忧。"

听到这里，朱高煦急忙站起来，向着蒙佑深深作了个揖。蒙佑吓得跳了起来，赶紧扶住朱高煦，"殿下这是做什么？"

"高煦笨拙，当今之事还要将军多多提点。"

"殿下言重了，自古良臣择主而事。建文无道，蒙佑才归顺圣上，如今太子不可扶，放眼天下，堪称'英明神武'有王者之风的，蒙佑只看到了殿下而已。"

"那依将军所言，现在该当如何？"

"既然解缙已经被圣上厌烦了，那我们不如就从他开始下手吧！"蒙佑笑着说，"满朝文武，就数解缙在立储这件事上闹得最欢，除掉解缙，就等于是让太子的三魂七魄少去了一个魂，支持太子的内阁臣子们少去了一把剑。没有了解缙，太子身边剩下的人都不足为虑。"

"可解缙毕竟是天下尽知的名臣，当世第一的大才子，要除去谈何容易？"

"臣听说前几日解缙回到南京奏事时，去见了太子？"

"确有此事。"朱高煦点了点头。

"这个解缙早不来奏事，晚不来奏事，偏巧在圣上去北平的时候来奏事，而且作为外任的阁臣，私自觐见太子，这件事的意味太深远了。"蒙佑笑着说，"只此一条，就足以让解缙的项上人头不保。"

朱高煦满意地笑起来，"确如将军所言，除去解缙，就如同断去了太子的一条臂膊。”

“杀此一人还不够，殿下还需要拉拢一个人。”蒙佑低声地说，“如果能够得到此人的帮助，胜过得到千军万马。”

朱高煦的面容立刻冷峻起来，“将军说的是谁？”

“纪纲。”蒙佑一字一顿地说，“锦衣卫指挥使纪纲。”

“这是为何？”朱高煦没有多说，目光炯炯地看着蒙佑。

“以殿下所知，当今圣上最宠信的两个人是谁？”

朱高煦紧锁着眉头想了想，“我想，应该是道衍禅师和太监郑和（即马和，郑是朱棣赐姓）吧？”

“不，”蒙佑摆了摆手，“道衍禅师确实是当年靖难起兵的功勋，也和圣上一起并肩走到了今天，但是圣上最信赖的却不是道衍禅师，甚至可以说，道衍禅师恰恰是圣上的心腹大患。圣上日日提防着的，不是蒙古的鞑子，不是手握兵权的成国公，而是他最亲近的道衍禅师。”

“那如将军所言，父皇最宠信的臣子是谁？”

“太监郑和和锦衣卫指挥使纪纲。”蒙佑下意识地看了看左右，“甚至不妨说，相较于郑和，圣上更信赖纪纲。”

“将军为何这样说？”

“殿下，锦衣卫负责的是什么？”

“侍卫、缉捕、刑狱之事。”

“臣不知道殿下是否还记得死在锦衣卫大狱中那些人的名字，但是臣记得，太祖皇帝时有开国名臣李善长、胡惟庸、陆仲亨、蓝玉等，而圣上登基之后，有建文时的名臣方孝孺、铁铉，权倾一时的风云人物，都难逃锦衣卫的一纸'诏令'。把这样重要的事情交给纪纲，足以说明纪纲在圣上心目中的地位举足轻重。"蒙佑接着说，"况且，锦衣卫神通广大，如果能够将锦衣卫收归己用，就相当于掌握了太子方面的一举一动，莫说是千军万马，这万里江山，还不都在殿下的视野之内？"

"本王也明白纪纲的厉害，不瞒将军，本王也曾托人去找过这个魔鬼，可他对本王是欲拒还迎，本王一时也搞不明白他在玩什么把戏。"

"此人城府之深，不是我等可以度量得了的，但是不管怎么说，事在人为。"蒙佑笑着说，"如果纪纲不吃这套，那么就从纪纲身边的人下手。"

"纪纲的左右手，锦衣卫同知'铁面'赛哈智和'狐仙'卞乌啼本王也先后派人笼络过，他二人的态度与纪纲如出一辙。"

"纪纲为人喜怒无常，杀人如麻，恐怕锦衣卫多半都忌惮他，所以没有他的示意，绝不敢妄为。"蒙佑想了想，"臣倒是听说纪纲近来跟宫里的太监们走得很近，尤其是跟'东厂'的人，也许这倒是一条接近纪纲的路。"

朱高煦叹了口气，"我只怕纪纲这个人，软硬都不吃。"

"那他就是自寻死路。"蒙佑笑了笑，"连当年被圣上宠爱得快上了天的解缙都要掉下来了，纪纲杀了这么多人，圣上恐怕也不会容忍他狂妄多久。殿下只需记得，别的事情可以怀有仁慈之心，唯有眼前的事情不能有半点儿儿女情长，试想圣上当年若有善念，安能登上大宝？太子仁厚，殿下却万万不能像太子一样仁厚，只有心肠坚硬的人才可以挺到最后。"

"今日之事，殿下须记在心里，即刻就拟好给圣上的奏章，就说狂傲的解缙在教唆太子效仿唐太宗李世民。"蒙佑说到这里，停了停，"解缙之后，至于夏维喆、杨弘济那些人，才能虽然并不逊色，但是在立储这件事上却难以有什么大作为。"

朱高煦忽然沉默不语，过了一会儿，他不无担心地问蒙佑，"将军所言本王也做了一番深思，能够除掉解缙这个碍手碍脚的书呆子也好，可如果除不掉，恐怕他会反咬一口，事情就麻烦了。解缙毕竟是内阁名臣，本王还记得当年中秋佳节，解缙显露才华，父皇还夸奖他是'才子'，有'夺天手段'。恐怕父皇让他外仕是别有用意，咱们千万别弄巧成拙啊！"

"殿下听过'鸿门宴'的故事吗？"蒙佑定定地看着朱高煦，"若是贻误时机，可就后患无穷了。"

蒙佑的话像钟鸣一样轰然响在朱高煦的耳边，他再一次想起了自己在靖难战场上出生入死的场景，多少次冲锋陷阵，多少次死里逃生，不过就是为了让自己的功劳簿足够厚重，让天下的人都知道只有他才配得上朱棣子嗣的声名，配得上在金銮宝殿上受四海的朝觐。他用自己的生命换来了一片江山，那个胖子干了什么？他什么也没有干，他像个小丑，站在他身后的北平城上擦着汗，挺着肚子等待着他们用血肉之躯换来江山社稷。

"同腹所生，同气连枝，何以命运迥异？"朱高煦总是在内心里不断地考问，"我用浑身的伤疮换来了江山和王座，可是自己却什么也没有得到。"

藩王的尊贵？朱高煦想起了靖难前夕，建文帝朱允炆派去围剿燕王府的那些兵将，"人人都说朱允炆是妇人之仁，可他还不是逼得湘王举家自焚？"朱高煦闭住眼睛，似乎又看到了他的父亲朱棣骑在战马上，面对着北平城外苍茫的沃野，挥舞着马刀，对天盟誓，兵发应天的矫健身姿。

"成，则万世基业，九五之尊；败，则祸及亲眷，万古骂名。"朱棣曾在浦子口的江边面向着对岸建文帝的军船，若有所思地对朱高煦说，"没有人愿意背负这样的考验，可这是成王者的路，不能做其他的选择。"

这是唯一的选择。

朱高煦终于抬起了手中的笔，在摊开的纸上写了下去："伺上外出，私觐太子，径归，无人臣礼。"永乐八年十一月，朱棣在秋风中结束了巡边，回到南京，朱高煦见到朱棣的第一件事，就是把奏章递了上去。

"前几日才在途中收到解缙的奏章，说是要开凿赣江。"朱棣把奏章拍在案几上，"这个解缙，他不好好回交趾去，一路上走得这么慢、管这些闲事到底想干什么？"

朱高炽站在一旁吓得满头冒冷汗，大气也不敢出。

八年之前的储君之争，朱棣确实把太子的位置给了解缙一直支持的朱高炽。可是在朱高炽成为太子之后，解缙就更加肆无忌惮，他经常针对汉王朱高煦公开和自己对质。"朕是皇帝，什么时候轮到这个书呆子在朕面前指手画脚！"连靖难的功勋老臣们在此时都不敢说太多，解缙却喋喋不休。本来，朱棣让解缙担任《永乐大典》的总裁官，后来终于无法忍受解缙的所作所为，《永乐大典》还没有修完，就让他外仕到交趾去了，本想着眼不见心里也就不烦了，可想不到自己只是去了趟北边，这个人就又不老实了。

"他对朕心中必有怨气，如今趁着朕不在京城的时候来见太子，不知道他葫芦里在卖什么药。"朱棣按了按自己的额头，"传朕的手谕给锦衣卫指挥使纪纲，将解缙抓回来，我看他是舒服的日子过腻了。"

第五章　锦衣在身

永乐九年六月，解缙被抓了起来，在刑部大牢里受尽了各种折磨。这件事牵连的人越来越多，大理丞汤宗、宗人府经历高得旸、中允李贯、赞善王汝玉等都难逃劫难。内阁臣子杨士奇和杨荣，唯想朱棣会怀疑到他们也是太子一方的人，刻意减少了跟朱高炽的往来，这让朱高炽很是惊慌，他想挽救解缙，可他感到自己势单力薄。

"也许我们可以问问道衍禅师，禅师是得道的高僧，可以指点迷津。"朱高炽的妻子张氏对他说，"可以让瞻基带信去。"

"可父皇现在疑心我，如果被他发现这封信就麻烦了。"朱高炽忧心重重地说。

"臣妾记得，永乐五年禅师曾委托解大人送给殿下一把魏晋古琴，殿下何不以'送琴之人'尊称解大人？"

"夫人说得极是。"朱高炽于是让内侍研墨，提笔写道："近日授瞻基抚山水之曲，念及禅师赠琴之谊，只是不知道禅师托以送琴的那位乡人近日可好？"

道衍禅师拿着朱高炽托朱瞻基送来的书信，陷入了沉思。良久，他抬起头来，把这封信放在烛火里烧了。坐在道衍对面的蒙参看着那张纸只在瞬间就变成了一片灰烬，黑色的灰烬飘落在他的衣服上，一阵阵的焦味。

"叔齐，你到大相国寺有多少年了？"

"师父，九年了。"蒙参恭敬地回答。

"当年的疑窦解开了吗？"

"像绳子上系的扣，比之从前要松开些了，但是仍然没有解开。"

"九九归一，看来，真是天命使然。"道衍叹了口气，"虚岁十八，该是婚娶的年纪了。"

"弟子久在寺院之中修行，早已经忘记了红尘中的事情。"

道衍笑了笑，"难道你想像贫僧这样当个和尚吗？"

蒙参也笑起来。

"叔齐，天将降大任，你可有胆量和魄力去体会另一种完全不同的生活？"

"能解开弟子心中的疑窦吗？"

"若还不能解开，就是你的命。"

"弟子愿意去。"

"刀山火海，九死一生。"

"不入虎穴，焉得虎子？"

"隐姓埋名，忍辱负重。"

蒙参俯下身去，"请师父指点迷津。"

"秦淮河画舫'凤来楼'上有一个老艄公叫丁重七，他的儿子叫丁零，今年正好十七岁了，是个哑巴。六年前，丁重七的妻子带着丁零回安徽老家，结果坐的船在河里翻了，丁重七的妻子落水死了。他的儿子丁零被一个云游的苦行僧救了，一直寄居在寺庙里，近日才回到了南京。"道衍像是在自言自语，"蒙参，放下你从前作为蒙家后人的身份，去给秦淮河上的老艄公丁重七做个哑巴儿子吧！"

蒙参呆了一呆，"师父，这样怎么能解开我心中的疑窦？"

"是的，兴许更多时候你看到的是艄公丁重七，可有的时候他也是锦衣卫丁重七。"道衍叹了口气，"他老来得子，现在已经是五十多岁的老人了，他干不了几年了，该轮到他的儿子丁零顶替他了。"

"师父是要弟子去做一名锦衣卫？"

"在锦衣卫的牢狱里，有一个叫解缙的人，他能够解开你现在所有的疑窦。"道衍顿了顿，"也许他不能，但是见到他总比见不到要好。"

"可是弟子听说，锦衣卫的'诏狱'不是一般人可以进去的，这个丁重七只是个平常的锦衣卫吗？"

"不错，他只是个检校。"

"那弟子怎样才能进入'诏狱'？"

"等你做到镇抚或者千户的时候就可以。"

"那弟子怎样才能做到镇抚或者千户？"

"那是你的路。"

道衍不再说什么，他低下头去，嘴唇默默地启合着，诵着经文。蒙参看到窗外的阳光照进来，在禅房里留下斑驳的影。十七岁，多少人从十七岁这一年开始走向另一种生活，娶妻，生子，担负起不同的命运。可是他，蒙参，却要从十七岁开始去过另一个人的人生，和他的父亲一样，穿上那身飞鱼服，去跋涉更加漫长的路。

走出道衍的禅房，朱瞻基正在树林里练习射箭，当初调皮成性的小孩子已经长大了。朱瞻基长得不像他的父亲，他高大、俊秀、不怒自威，眉宇中有一股凛冽的气势，喜欢骑马射箭，喜欢读书写字，据道衍说，他更像当今的皇帝朱棣。

"师弟，你要去做什么？"朱瞻基放下手里的弓。

"我可能要离开这里一段时间，我要去帮师父做一件事情。"蒙参笑了笑，"出一趟远门，所以今天我得早点儿回家，收拾收拾东西。"

朱瞻基明显若有所失，"那你要早点儿回来。"

"我一定会回来找你的，我们还有一同奔赴沙场的誓言没有兑现。"蒙参笑了笑，转身走向树林深处。

"也许，我还有更大的梦想需要你一起！"

朱瞻基的声音在背后响起，蒙参依然一步也没有停。

丁重七的儿子在寺院里住了三年之后，就皈依了佛门。因为丁重七觉得是佛祖救了儿子的命，所以他也要一心向佛。丁重七本来就是道衍安插在锦衣卫里的棋子，在遥远的靖难之役中，丁重七为靖难做出了卓越的贡献。新的棋子出现在棋盘上，从前的棋子就可以离开，这是他最后的使命。结束之后，丁重七也将进入寺庙，在青灯古佛旁度过余生。蒙参将在道衍的信笺里听完这个故事，在灰烬里去续写这个故事未竟的部分。

这是他的路，他做出了选择。

他整晚都坐在空荡荡的蒙家大院里，他没有什么可收拾的。道衍已经告诉他，会把蒙参作为锦衣卫的俸禄按月交给徐氏或者蒙三四。这或许会是他作为蒙参的最后一天？道衍说过，他现在反悔，还可以放弃作为丁零的命运，可以继续蒙参的生活，可是他一生都将找不到什么答案。今夜的月亮皎洁，凉风习习，蒙参抬起头来，抚摸着自己的鬓角，垂髫已经剪掉，扯去头上的纶巾，任着长发在风里随便地飘荡。

徐氏走到了蒙参的身后，"叔齐，发生了什么事？"

蒙参站起来，向着徐氏笑了笑，"二娘你不要担心，什么事也没有，只是我明天要为师父去很远的地方办一些事情，你要照顾好自己。"

"多少时日回来？"

"短则一载，长久的话……"蒙参叹了口气。

"你放心去做你的事吧！我们会一直等你回来。"

蒙参忽然跪在徐氏面前，泣不成声。

南京城外的秦淮河是天下最出名的风流场所，从魏晋起，这里就是达官显贵才子佳人千金买笑的场所。大凡到了南京不到秦淮河，就算是白到了一次南京。朱元璋将都城选在南京，称为"应天"，就是因为这里的莺歌燕舞、繁华如梦，试问，天下还有比金陵城更彰显富足与繁盛的地方吗？

丁重七是秦淮河上一个不起眼的艄公，从太祖年间开始，他就一直在秦淮河上划船，几十年如一日。他和所有在秦淮河上撑了一辈子船的男人一样，佝偻着腰，低着头，看惯了日日笙歌、夜夜金迷，他不声不响地划着船，似乎和每一个在这里靠划船度日的老人没有什么分别。他老了，如今他的儿子也开始干他这一行了，他的儿子叫丁零，身材比他高大壮硕，相貌也说得上俊秀，只可惜是个哑巴。丁零曾经掉在江水里险些被淹死，是被僧人们救下来才生还，多年的寺院生活，让他对遇到的每一个人都非常恭敬。

"老丁，你的儿子如果不是个哑巴，这画舫上不知道有多少姑娘想赎了身当他的娘子呢！"

"丁大叔，明天我要是没有客，让你儿子陪我一夜怎样，我看他还是个雏儿啊！"

看到丁零划船还有些慌乱，而且性子又很温和，画舫上的妓女和艄公们免不了揶揄一番丁重七。老实的丁重七总是摘下斗笠，绽开满脸的皱纹，冲着人们笑笑，然后继续闷不作声地划船。后来呢，丁零逐渐掌握了划船的技巧，皮肤被晒得黑了，跟人们打招呼也不再那么生涩了，闲暇的时候还会夯拉着腿坐在船舷上，掏出牧笛吹一曲。

"这小曲吹的，不比画舫上的那些姑娘吹得差。"

晚上有专划夜船的艄公来接替丁重七和丁零，丁重七就带着儿子沿着青石路慢慢往回走，有时候也会在路上找个没有关门的酒肆喝两杯。丁重七喜欢喝黄酒，丁零从不喝酒，他只是坐在父亲身边，低着头"呼噜呼噜"地吃着一大碗面条。

丁重七和丁零住的是一处破旧的院落，简陋的两间正房。据邻居们回忆，从前丁重七的媳妇还活着的时候，院子里还像模像样的，现在两个男人住进去，脏乱得一塌糊涂。只有丁重七知道，这间破落的屋子里隐藏着什么样的世界。房子里最干净的地方，就是放在墙角的佛龛。丁重七每天回来，都要仔仔细细地把那里擦一遍，然后给菩萨上香、磕头、祷告，也会诵经，虽然他赚的钱不多，但总是要买上好的檀香。他的儿子是佛祖搭救的，邻居们都这么讲，丁重七信佛，而且无比的虔诚，可他不认识字，经文全是寺里的和尚一句一句教给他的。在丁重七的那张破床下面，放着很多没有用的东西，堆得如同一座小山，在小山的下面是一条被完好地隐蔽起来的又黑又长的隧道，那条隧道的另一端是城外的富绅万家保的豪宅。

万家保原来不叫万家保，他原来的名字丁零也不知道，他是锦衣卫检校的小头目。丁零拜倒在万家保的面前，万家保腆着高高隆起的肚腩，将一件飞鱼服交给丁零，"从此以后，丁零，你就是永乐朝的锦衣卫了，你要知道你肩负着多么崇高的使命。"

丁零点了点头，他是个哑巴。

从蒙参变成了丁零的那一刻起，他就变成了一个哑巴。

丁重七知道他是蒙参，可他叫他"狗杂种"或者"兔崽子"，像所有老艄公们称呼自己的儿子一样，在任何时候，不论作为一个艄公还是一个锦衣卫。这是一个比天大的秘密。丁零像对待父亲一样对待丁重七，而且不论在任何时候任何地点，身边有人或者没有人，丁零都不会说话，沉默着，因为他是个哑巴。很有可能，就这样下去，以后的一辈子都是这样。开始，他总是整夜整夜地不睡觉，他怕自己说梦话。

这里的床是用砖和木头拼凑起来的，上面铺的是草和泛着湿气的破布，晚上会有成群成群的蚊子在身边盘旋，跳蚤和虱子到处都是，每天起床，丁零都浑身是包，奇痒难耐。他把皮肤挠破了，长好，然后继续被蚊虫叮咬，再挠破，长好，再叮咬。他要练习游泳，丁零是不会游泳的，否则不会险些被淹死，因为他的母亲生前溺爱他，想让他读书识字，哪怕去当个账房先生，也不要再过撑船打鱼的日子。这不足为奇，很多渔家母亲的心愿都是如此，可是孩子们总是禁不住水的诱惑，羡慕那些手握长篙站在船头高唱渔歌的弄潮儿们，从而扔掉孔孟之道，继续操持起祖祖辈辈的营生。

哑巴丁零和渔家的孩子们一样，他在水里扑腾，天长日久，变成一个和水如胶似漆的渔民。很多渔家的女人可怜他，又因为他的性格亲近他，他乐于喝一口她们端来的水，然后给她们吹笛子，可他会躲开带给他麻烦的人。

"哑巴看起来傻，其实很贼，老丁，你的哑巴儿子精着哪！"

艄公们冲着丁重七喊，丁重七眯缝着眼睛抽着旱烟，笑着仰起头。

第六章　血溅秦淮

夜幕降临，华灯初上，画舫纷纷靠岸，女人们尖利或妖媚的声音开始响彻河岸，无数的达官显贵或者书生义士扑向花枝招展的怀抱里。在朗朗的星空下，是欢腾成一片的丝竹之声，画舫划到水天之处，客人们就会要求艄公们停住船，在江心揽着美人，听着丝竹，欣赏着幽然的水天一色，何其畅快。

趁着这段时间，丁重七蹲在船头，掏出烟袋来抽一锅烟，哑巴丁零则坐在船舷上，奔拉着腿，拿出牧笛来吹着。

"别弹了，"画舫上的客人叫停了弹琵琶的歌姬，出神地听着外面的笛声，"这是谁人在吹笛子，吹得如此动听。"

"是老艄公的儿子。"客人怀里的娇娘妩媚地说。

"若使丁郎笛声残，秦淮水月失颜色。"客人问怀中的娇娘，"那个'丁郎'说的就是他吧？"

娇娘笑着说："秦淮河上，除了他，还有谁呢？"

在距离"凤来楼"画舫不远的地方，停着一艘更为华丽的画舫。丁零的笛声一起，画舫上一间昏暗的屋子里登时亮起了灯光。娇弱的女子从床榻上慢悠悠地站起来，移到窗口，出神地望着笛声传来的方向。

推门进来的紫衣女子看到她倚在窗前，赶紧快步过去搀扶住，"妹妹你的身体还没有复原，急着起来做什么？"

女子轻轻一笑，苍白的脸更显得无力，"方才听到丁零的笛声，就不觉起来了，真是好听。"

紫衣女子探头向外看了看，"这秦淮河上的酸秀才们本来就嫌艳事不够多，若是让他们知道'绣春舫'的头牌风怜怜生着病都要爬起来听哑巴吹笛子，估计他们可以把这个事编出花儿来，就此成了一出《西厢记》也未可知。"

风怜怜笑了笑，"姐姐你又取笑我了，谁不知道秋竹你才是'绣春舫'的头牌。"

"咱们这是互相取笑。"秋竹叹了口气，"在这风尘之所，什么'头牌'不'头牌'，还不是做着一样的营生。"

"所以我好生羡慕这吹笛子的哑巴少年，他的笛声如同这水上飞着的鸥鸟。"风怜怜幽幽地说。

"那我一会儿等他收工，让他上来给妹妹好生吹一曲怎样？"

"他辛苦了一天，也倦了，何必打扰人家？"

"说的什么话，我们也不让他白吹，给他钱就是。"秋竹说着就要往出走，"我这就找个小船过去跟他说说。"

"慢着。"风怜怜叫住秋竹，"我听这笛声，想这丁零也不是一般艄公的性情，待我写封信给他。"

"咳，"秋竹说，"他一个撑船的，能认识几个字啊！"

风怜怜已经把笔蘸饱了墨，"我倒是听说丁零在寺院里住过，想和尚们也会教他认几个字，我尽量写得简单些就是。"

"哼，"秋竹假装嗔一声，"妹妹你原来私底下早就摸清楚人家底细了。"

风怜怜却不作答，只是写着字，写好了放在灯下烘干，又抖了抖，确定墨汁干了才折好了交给秋竹。秋竹出去叫了小船过来，径直奔丁重七他们的船划过去了。丁重七看着有船划过来，就冲着丁零摆了摆手，丁零放下笛子。

"这不是'绣春舫'的秋竹姑娘吗？"丁重七离着老远跟秋竹打招呼，"来找我们当家的吗？"

"不找你们当家的。"秋竹说，"我找你们父子。"

丁重七一惊，"秋竹姑娘找我们父子有什么事啊？"

"主要是找他。"秋竹指了指丁零，然后走过去，拿出风怜怜写的信笺，问，"臭小子，你认识字吗？"

丁零点点头，丁重七靠过来说："秋竹姑娘见谅，也就认识几个大字。"

"我家妹妹想请丁兄弟晚些过去一趟，其实也没有什么，我家妹妹病了，今天又心烦，想听听曲子。琵琶太闹，古琴太沉，只有笛子听着舒服，不知道丁兄弟赏不赏脸？"秋竹说，"不过你们放心，我们是会付钱的。"

丁零急忙摆了摆手，丁重七笑着跟秋竹说："秋竹小姐见谅，我们是本分的船工，卖曲儿的事我们不做。"

"先别急着推掉，看看这封信再说。"秋竹把风怜怜写的信笺交给丁零。

丁零打开信笺，借着船上的光看着，眉头紧蹙着，看完信笺，终于陷入沉思。

"怎么样？"秋竹急着问，"行不行给个痛快话！"

丁零看看丁重七，点了点头。

可是等丁重七和丁零收了工，秋竹却没有找到他们，派人去岸上的酒肆里寻，只见丁重七和丁零正在吃饭。丁零听了来人的话，就嘴里"啊啊啊"地比画一番，然后指了指碗里的饭，两只手做了个往嘴里扒拉的动作，然后用两根手指比画着腿往秦淮河的方向伸，来人知道丁零的意思，就让丁重七和丁零吃完了饭，才带着他们过去。

秋竹听了原委却气得直跺脚，"你们这两个人真是的，过来给我们吹曲，我们'绣春舫'还会亏待了你们一顿饭不成？若是天色再晚些，让你们过来，四下的人怎么说，你们也不想想，真是猪脑子。"

丁重七一个劲儿地赔不是，丁零也嘴里"啊啊啊"地直鞠躬。

想想也就算了，再折腾下去天色就真晚了。秋竹带着丁重七和丁零到了风怜怜的屋外，丁重七却说什么也不肯进去，他说只在外面等丁零。风怜怜坐在纱帐的后面，丁零则被安置在厅堂里，秋竹嘱咐他绝不能向里面挪动一步，千叮咛万嘱咐，才推开门走了出去。丁零坐在椅子上，左看看，右看看，忐忑不安，一时无所适从。

"公子不必惶恐，奴家只想听公子的笛声，公子尽管吹来就是。"风怜怜柔弱的声音从里面传出来，"至于曲牌，任凭公子就是。"

丁零慢慢拿起笛子，想了想，就随意吹了起来。

笛声很平缓，如同夜晚悄然流淌的秦淮河，可是丁零不会知道，躺在纱帐里的风怜怜已经是泪流满面。

由于有纱帐相隔，丁零那天晚上并没有看到风怜怜的真面目，直到十天之后，他终于在人群后面看到了风怜怜。她被衙役们抬着，手腕处滴答着鲜血，手里攥着一把明晃晃的尖刀，直到死去依然拼命地攥着，不愿意放开。她死在了她的房间里，和她一起死去的是慕名来会她的朝廷大员赵范。赵范是朱棣在当燕王时的旧将，曾参加过靖难之役，而风怜怜的真实身份后来经查证居然是建文旧臣铁铉的女儿。建文四年朱棣攻入南京，铁铉被凌迟处死，他的妻子和女儿都被卖入教坊司做妓女。在铁铉被凌迟之前，朱棣曾派人割下他的耳朵和鼻子煮熟，强行喂给他，那个割下铁铉耳朵和鼻子的人，就是赵范。

几乎在同一天，靖难的大将曾冲也死在了画舫上，杀死他的人是齐泰的妻子，杀人之后她也自杀了。黄子澄的妹妹在第二天就自杀了，建文旧臣沦落风尘的妻女们几乎都死去了，但事情并没有因此结束，不久又死了三四个人，都是参加过靖难的名将，秦淮河上人人自危，应天府尹亲自来查案，可是半个月过去了毫无所获。

万家保发来了讯息，秦淮河周边所有在活动的锦衣卫迅速集合，丁零第一次看到了那么多飞鱼服聚集在一起，他们都跪在地上，这些人无疑都是丁零所熟识的，有酒肆的伙计、画舫上的龟奴、岸边的乞丐，甚至隔壁家的老头。他抬起头，看到在所有人的前面站着两个形貌枯槁的人。一个个子高些，相貌很苍老，驼着背，皮包骨头，似乎一阵风就会把他吹倒；另一个个子矮些，虽然满脸堆笑，但是却脸色苍白，使得那笑非常僵硬。后来丁零才知道，两个人都是锦衣卫镇抚，个子高些的叫高参，个子低些的叫王扁。

两个人的背后，坐着一个眉清目秀的公子，那一身飞鱼服与他的温文尔雅很不般配，他慢悠悠地摇着手中的扇子，细细品着桌上的茶，白色的扇面上只写着一个字：静。这个像女子一般温婉的人，就是锦衣卫中地位仅次于纪纲的两大同知之一——被称为"狐仙"的卞乌啼。

"圣上本以为建文余孽都已经铲除得差不多了，却不料发生了这件事，圣上为此雷霆震怒。"卞乌啼说话的时候总是细声细气，让人分辨不出他的语气，"案件接二连三发生在秦淮河，我想万家保大人你也难辞其咎。"

跪在地上的万家保，浑身打了个寒战。

"指挥使大人已经在圣上面前立下了军令状，此案定在十天之内了结。"卞乌啼呷了一口茶，"万大人，不知道你有没有这个信心？"

万家保急忙说："有、有、有，属下一定会在十天之内找出元凶。"

"不，"卞乌啼笑了笑，"万大人你没有十天，你只有三天，三天之内若找不出元凶，你的位置就要找别人来取代了。"

"三、三天？"万家保慌乱地把头磕在地上，"求同知大人宽限几日，三天的时间……"

"万家保……"卞乌啼打断了万家保的话，"你恐怕是在这里当财主当久了吧？既然说给你三日，你就只有三日，锦衣卫从来只有任务，没有讨价还价。"

万家保绝望地抬起身子，额头上已经渗出了血迹，"属下遵命。"

可这终归是一桩无从查起的命案，即便卞乌啼告诉万家保为了破案，他可以随时要求调动南京任何地方的锦衣卫协助，但是万家保并不知道该从哪里下手。"就从案发现场开始吧！"还是丁重七叹了口气，以一种老江湖的口气对万家保说。

"绣春舫"的龟奴乔春就是锦衣卫，他安排了一个绝密的时间，让万家保、丁重七等人神不知鬼不觉地到了风怜怜的房间。由于是在画舫上，风怜怜的房间并不大，有一个专门抚琴弹曲的小厅，摆着简单的桌子和茶具，里面则是睡房，只有一张床和放衣物的柜子。柜子已经被顺天府尹搜查过，都是些妓女平素需要的物件。床上也没有搜到什么东西，墙上是教坊里善工笔的妓女画的秦淮水岸图景，除此以外，别无其他。

丁零站在当初他坐着吹笛子的地方，忽然觉得恍如隔世。纱帐里那个安静聆听的女子，居然已经与他生死永隔，这实在是一件让人无法置信的事情。之后，万家保等人又去了其他的命案现场，都是一样的毫无所获。没有办法，只好分派人手下去到处暗访。

丁零坐在茅屋里，就着如豆的微弱灯光，拿出了风怜怜当初写给他的信笺，"妾恐此生时日不长，唯念君久矣，愿君怜妾将死之身，委身下驾，与赠一曲，了妾生平憾事。"他闭着眼，几乎能够想象她倚在窗边，静静听着他的笛声。转过头，看到丁重七在床上睡得正熟，丁零就穿上鞋蹑手蹑脚地下了床，可是他和丁重七的床之间太狭窄了，还是不小心碰到了丁重七放在地上的鞋，他怕走路会发出响声，就把床上的草抓了两把下来，铺在地上，然后踩着走出门。迎着夜晚的风，他奔向秦淮河边，他要再看一眼风怜怜的屋子。

夜晚的秦淮河已经拦不住他了，水已经是他的伙伴。他拿着风怜怜写给他的信笺，感受着那些字里行间的温度，她肩负着特殊的使命，所以一直到生命的最后时刻，才愿意向他表明自己的心迹。丁零不是没有收到过妓女们的信笺，也不是没有满足过她们的希愿，但是风怜怜不同，她是生命绝唱的哼唱者，是在用生命最后的力气聆听他的一曲哀婉。

房间里还是一样的陈设，他站在曾为她吹奏笛子的地方，怔怔地看着这间屋子，正在出神的时候，忽然听到水面上传来一声碰撞，那是似有似无的撞击，但是足以让丁零全身的感觉都敏感起来。他转身跃出屋子，看到一条人影飞到船下，划着一条小舟飞快地离开。

他是谁？丁零骤然紧张起来，这个人是尾随他来到船上的，就在他出神的时候，他的小舟已经无声无息地靠近了这艘画舫，可他竟然浑然不觉。

第七章　迷雾重重

破窗而出终归是惊动了船上守夜的人，丁零转身关好窗户回到屋子里，他看了看周边的环境，转身钻到了床底下。不一会儿，两个守夜的人进来提着灯笼看了看，没有发现什么就退出去了，丁零听着他们的脚步走远，就从床下面钻了出来，正要出去，忽然听到有人叫住了守夜的人。

"刚刚出了什么事？"丁零认识这个声音，说话的是风怜怜的好友秋竹。

"秋竹小姐，没有什么，刚刚我们好像听到风怜怜小姐的屋子那边传来了什么声音。"

"那可看到了什么？"

"什么也没有。"

"好的，那没什么事了，你们继续去忙吧！"

守夜的人远去了，秋竹的脚步却向这边走了过来，这一次不能再隐身于床下了，丁零飞身到了窗外，然后关上窗翻到了船舷下面，屏住呼吸贴在了船身上。秋竹进入了风怜怜的房间，丁零竖起耳朵听着，她似乎很快地转了几圈，然后翻腾了一下什么东西，又顿了一会儿，才转身出去。

听着秋竹走远了，丁零看看夜色已不早，也不敢逗留，赶紧回到了房间里。看了看丁重七，他睡得正酣，连地上的草都没有动过，看来他一直都没有醒，丁零就翻身上床，用衣服裹着湿漉漉的身子睡了。

一天就这样过去了，派出去了无数的人，但是丝毫没有收获，万家保坐不住了，既然死人身上找不到什么线索，就去活人身上看看：唯一活着的靖难后人只有方孝孺的女儿方敏儿。"她是个疯子，""绣春舫"的老板娘樊如花总是对人说，"不对，应该说她是个傻子。"卖入教坊的第一天，第一个褪去她所有衣衫的男子离开她的床榻的清晨，方敏儿就疯掉了。她本来是个高傲得不可一世的姑娘，却成天要坐在腥臭的地方，谁也拉不走她，她什么东西都不吃，只吃红枣，即便是枣子里已经生了蛆，她照样能大口大口地吃下去。

"人变成了这个模样，真还不如死了的好。"万家保叹了口气，"谁会想到一代名臣方孝孺的女儿，竟然落得这般下场。"

方敏儿发疯之后，就被"绣春舫"的老板娘关在了水牢里，方家的后人毕竟是被皇帝钦点到教坊做妓女的，没有皇帝的旨意，谁也不敢胡乱处置这些钦犯。可是，谁又会为了一个傻子去惊动日理万机的皇帝陛下呢？丁零半蹲下来看着方敏儿，她披头散发，一直低着头，她的手指在污水里比画着，有的时候她就对着水里的影子憨憨地笑。丁零试着去看水里倒映出的方敏儿的影子，可是她的手指一直在水面上划着，什么也看不到。

"兴许，能从风怜怜房间里的那些摆设中找到什么玄机。"

一名检校给万家保出主意。

"病急也只能乱投医了。"万家保仰天叹了口气。

于是风怜怜屋子里的桌子、椅子、床、墙上的画全都成了锦衣卫要排查的对象。在万家保豪宅的后院里，锦衣卫们睁大了眼睛对着这些东西仔仔细细地看，甚至不得已将其断成数段，一寸一寸地检查。木头的里面，还是木头。剩下的就是那几幅画了，这些画都是"绣春舫"的艺妓顾小莺画的。这个顾小莺的背景倒是简单，父亲是落第的举人，靖难时死去，其母欠债累累，将她卖身到了妓院。

说来倒是巧得很，这个顾小莺去年染了风寒的时候，曾请丁零去给她吹过一曲，她因为丁零是个哑巴，还跟他说了很多慨叹身世的话，总之就是一句话：她不可能是凶手，甚至连凶手的帮凶都不可能是。丁零不能说，就写在了纸上交给万家保，可是万家保顾不上那么多，他派人悄悄捉了顾小莺到锦衣卫的"诏狱"里，进行严刑拷打。

顾小莺睁开眼就发现自己到了一个冰冷血腥的所在，然后就有人来问她画给风怜怜的画可有什么寓意，顾小莺大叫着"冤枉"，可是没有人能够救她。听着顾小莺凄惨的呻吟，皮鞭的响声在"诏狱"里回荡，万家保满脸汗珠地走来走去。

"万大人，那个顾小莺还是咬紧了牙关说'不知道'。"负责审讯的锦衣卫过来跟万家保汇报，"现在已经疼得晕过去了。"

"泼醒她，再打，再问。"万家保几乎是用嘶吼的口气在说，"到她招认为止。"

不一会儿，"诏狱"里再次响起了顾小莺凄厉的叫声，万家保依然焦虑地来回走着。他似乎在内心里迫切地希望顾小莺能够承认，似乎只要她承认，凶手就真的是她了。丁零看着在面前走来走去的万家保，忽然感觉到一股热血在沸腾，对于丁零来说，杀死达官显贵的凶手已经不可恨了，这个视人命如草芥、只想着保住自己身家性命的万家保才真正该死。顾小莺最终死在了"诏狱"里，她连一个时辰也没有撑过去。

万家保也没有等到三天期限的最后时刻，就在第三天的早晨，万家保为了案件心急如焚的时候，锦衣卫镇抚王扁的尸首被人从秦淮河里打捞了出来。纪纲彻底震怒了，而万家保还在摇椅上看着锦衣卫们，他们已经把从风怜怜那里拿来的东西变成了一堆木屑，仍想从中扒拉出一点儿蛛丝马迹。

"咣"的一声，遮蔽着阳光的门已经被一脚踹开，满脸杀气的卞乌啼带着高参和几个锦衣卫已经闯了进来。万家保吓得从摇椅上跳起来，赶紧带着人跪倒在卞乌啼的脚下。肯定出了什么事，能让气定神闲的卞乌啼怒容满面的事情，铁定不是小事，万家保下意识地摸了摸自己的脖子。

"蠢材！"卞乌啼一脚踢在满地的木屑上，"万家保万大人，我是让你去查案子，还是让你在这里带着检校们做木匠？"

"大人恕罪，属下正是在这里寻找罪证……"

"闭嘴！"卞乌啼怒吼着，"在木屑里找罪证吗？简直是荒谬。"

"大人，三、三……三天期限还没有到……"

"三天期限？"卞乌啼笑着走到万家保的面前，俯下身对视着他，"万大人，等你的三天期限到了，恐怕我的脑袋也已经不在自己的脖子上了。"

"卞大人，请卞大人网开一面！"万家保跪在地上，抽噎着喊道。

"万家保，像你这样的蠢材，莫说给你三天，就是给你三十天三百天，你也破解不开这个案子。"卞乌啼站起来背对着万家保，"万大人，我会替你安置好你的家人的。"卞乌啼摆了摆手，几个锦衣卫过去把万家保提起来就往外拽，任凭他怎么求饶也无济于事。

"高参，"卞乌啼叫过身边的高参，"万家保毕竟也是个多年的检校，就给他个痛快吧！莫让指挥使大人得悉。"

"属下了解。"高参转身走了出去。

卞乌啼转过身来，对着还跪在地上的检校们，"从即日起，就由在下与诸位一起侦查此案。今日清晨，锦衣卫镇抚王扁大人已经遇害，也就是说凶手很可能已经将目标锁定在锦衣卫身上。以后的日子里大家所做的事情，不只是关乎我等的功名富贵，还有自己的身家性命，希望诸位好自为之。"

卞乌啼来了，案件依旧是没有丝毫进展。

接下来的疑问就是：王扁是怎么死的呢？是中毒，而且是剧毒。既然是投毒，那么王扁是怎么中毒的呢？了解别人的行踪可能还要麻烦些，了解王扁的行踪却并不难，因为前一天的白天，王扁一直都和卞乌啼、高参在一起，直到深夜亥时王扁才离开了众人。他离开了卞乌啼等人以后，就径直去了一家酒肆，这家酒肆当然是一名委身坊间的检校开的，王扁向他打听了一下有无收获，就喝了点儿酒离开了。王扁最后一次出现，就是在酒肆里，然后，就是第二天早晨变成秦淮河里的一具死尸。

毒不是那名开酒肆的检校下的，但是验尸官却从王扁肠胃里还没有消化的饭菜中发现了毒药，是做菜的厨师吗？开酒肆的检校交出了他们的资料，非常详细，他们都是老实本分的人，那么是谁在什么时候神不知鬼不觉地在王扁的饭菜里投了毒？卞乌啼紧蹙双眉，他终于明白，不是万家保无能，而是凶手太厉害了。

卞乌啼可没有万家保那么多的耐心，把家具"搜查"成一堆木屑。他带着锦衣卫大摇大摆地出现在了"绣春舫"，告诉樊如花，他要办案，"绣春舫"即日起暂停揽客。樊如花扭动着肥硕的身体，嘟囔着自己认识的朝廷大员的名讳，卞乌啼掏出了怀里的"诏令"，"锦衣卫的规矩，就是圣上的意思，违令者，立斩！"樊如花扭动着身子退后了，丁零想不出她年轻时的样子，据说曾是名动一时的秦淮花魁，她是怎么从杨柳细腰吃成一只水桶的，丁零觉得查出这个原因也很难。不承想樊如花后退的时候，由于转身不方便，险些绊倒，等她好不容易站稳，丁零觉得整个画舫都晃了一晃。

锦衣卫的出现，让秦淮河上人人自危，生意也就此萧条了几日，丁重七和丁零日常的工作也渐渐少了。艄公们每天都聚集在岸上的酒肆里看着锦衣卫走来走去，丁零也不再吹笛子了，他每天都静静地坐在艄公们中间，听着他们聊天。丁重七一袋接一袋地抽着旱烟，他总是喜欢眯缝着眼睛，其余身处在艄公中间的锦衣卫，开始旁敲侧击地打探几件命案发生时其他艄公有没有发现什么异常情况。

尽管风怜怜的屋子里已经是空空荡荡的，趁着丁重七熟睡，丁零还是会偷偷跑出去，到"绣春舫"风怜怜的房间里待一会儿。那是一条经历过很长岁月磨砺的船，在撤去很多家具之后，露出了下面略显斑驳的地板，可以在缝隙里找到一些果核或者纸屑，由于经过的时间很久，都裹了一层土。风怜怜在和画舫上的姐妹们一起在这里玩闹时，或者跟那些要一亲她香泽的客人们曲意逢迎时，她该是怎样的心情呢？

从风怜怜的屋子里出来，望着水上的明月，丁零的心里忽然升起一个奇怪的念头，他想去其他的遇害现场看一看，看看那些地方的风里还隐藏着什么样的故事，是否有和风怜怜屋子里相同的气味。这不是一个好想法，可丁零还是去了。

他一直想方设法地在画舫间潜伏，还有一个很重要的原因是，他在等着那天看到的那抹黑影，再次追上他的脚步。

除去赵范和曾冲以外，参加过靖难的元勋张庆也死在画舫上，那条画舫当晚就停靠在"绣春舫"不远的地方，名字叫"悦来舫"。张庆死的那间屋子是妓女柳昨昨的房间，当时他与柳昨昨云雨刚罢，屋子里的花酒刚刚喝完，柳昨昨出去找花酒，回来就看见赤身裸体的张大人横尸屋内。柳昨昨当即就被吓傻了，一直到现在还神魂恍惚。

　　相比较风怜怜的房间，柳昨昨的房间设施还保持着案发时的情景，甚至连床榻上的血迹都还没有擦去。丁零曾经跟随着万家保来查看过这间屋子，所以他对里面的设施也算是了解。他坐在那张床榻上，感觉屋子里还有一股浓郁的血腥气没有退散干净。外面的水静静流淌着，丁零静气倾听，确定没有什么人随着他靠近这里，想是那天打草惊蛇，让那个黑影不再出现，想来那抹黑影很有可能就是这个案件的关键线索。

　　可是这样等的话，跟守株待兔有什么区别呢？别说十天，就是等一百天也等不来。丁零叹了口气，想想自己的办法也真是笨拙，站起来正准备走，忽然觉得脚底下踩着地面时一粘一粘的，抬起脚来一看，鞋底上不知什么时候踩上了一枚枣核。

第八章　终露端倪

被丁零踩到的那枚枣核，第二天粘到了卞乌啼的脚上，这当然是丁零故意干的。枣核？拿到枣核，让人一下子想到的人当然是牢狱里的方敏儿，可是，一个被关押在水牢里的傻子怎么可能出来作案呢？

卞乌啼带人去了水牢，方敏儿依旧被好好地关在里面，负责看管的检校也作证方敏儿近几日从来没有离开过水牢。卞乌啼等人走进水牢，里面臭气熏天，虽然隔着方敏儿还有一段距离，还是得捂住鼻子才站得住。可是丁零没有捂住鼻子，他居然俯下身子卷起了裤脚，然后走进了臭水里，有陌生人惊动了本来安谧的水牢，方敏儿显得很惊慌，尖叫着向后退去，丁零只是走了几步，就停下了。

"丁零，你是发现了什么吗？"一旁的检校问。

丁零看了看方敏儿，又看了看一旁的检校们，摇了摇头。

"快上来，臭小子，池子里的水多深啊！啥也看不见，别踩上什么不干净的东西！"丁重七冲着丁零喊，"老子今天晚上不许你盖被子，除非你洗干净去。"

周围的检校们一阵哄笑。

卞乌啼却一直注视着丁零，沉默不语。

晚上丁重七跟着卞乌啼去其他地方巡查了，丁零却没有跟着去，他毕竟还是一个年轻稚嫩的检校，很多人也觉得没有必要老带着他，更为严重的是他还是个哑巴。丁零换回艄公的衣服，跑去酒肆里听老艄公罗老汉讲故事了，由于锦衣卫在秦淮河上查案，搞得画舫都不能开门揽客，大家都只能回家去睡觉了，来听罗老汉讲故事的人也不多了。

可是哑巴丁零来了，他还要罗老汉给他讲讲方孝孺抓江洋大盗的故事。方孝孺是建文旧臣，由于拒绝给朱棣拟"登基诏"并且痛骂朱棣，被朱棣一气之下诛了十族。可他毕竟是天下知名的大儒，从政期间也做过不少利国利民的好事，很多老百姓还记得他，尤其是他缉拿纵横江南的飞贼的事情，在坊间流传不息。

这个江洋大盗来无影去无踪，经常潜入官宦世家偷珍窃宝，有一次还窃走了兵部尚书齐泰的一把御赐宝剑。连建文帝都知道了这件事情，就让方孝孺下去查办，方孝孺随即布下天罗地网，抓住了这个神出鬼没的江洋大盗。结果一审之下才知道，这个江洋大盗是"劫富济贫"，方孝孺深为他的事迹所感动，不仅放了他，还跑到建文帝面前为他求情。

"罗老头，你又讲这些大逆不道的故事，小心当官的知道了抓你去砍头。"酒肆里跑堂的人冲罗老汉说。

"我老罗快七十岁了，老婆孩子都被我熬死了，现在就剩下这堆老骨头了。"罗老汉哑着嗓子喊，"我还能怕砍头？"

"哎，罗老头，你老说方孝孺抓住江洋大盗，这个江洋大盗是男的是女的，是三头还是六臂啊？"旁边喝酒的人问。

"这就不得而知喽，这些都是建文二年的事情了，反正以后那个江洋大盗就再也没有作过案，也没有人再提起过。"罗老汉唏嘘着说。

"这么说建文二年可是蛮遥远的事哩，那时候秦淮河上还没有这么多画舫吧？"旁边的客人问。

"'凤来楼'那时候才刚刚起来，'绣春舫'和'悦来舫'还没有吧？"

"'悦来舫'是建文二年的十一月才有的，至于'绣春舫'应该是建文三年才建起来的吧？"

"'绣春舫'是到建文三年才有的吧？那时候的樊如花还是个美女，婀娜多姿啊，想不到现在变得那么胖。"一个客人"啧啧"着嘴说，"真是'流光容易把人抛'啊！"

正在一旁喝酒的老秀才捋着须酸溜溜地说："你们这就有所不知了，那时的樊如花是赵飞燕，而今的樊如花是杨玉环，环肥燕瘦，是各有不同啊！"

"穷秀才，你怕是得不到画舫上姑娘们的青睐，想着等半老的老板娘垂青你吧？"

酒肆里已经哄笑成了一片。

丁零在哄笑声里站了起来向外走去，他紧攥着右手，因为就在所有人谈笑的时候，酒肆的店主放了一张字条在他手里，字条上只有七个字：速到九江客栈，卞。是的，这是卞乌啼的字迹。

66

卞乌啼有的是办法支走所有的锦衣卫，从而单独和丁零见面。他有预感，这个哑巴肯定发现了什么。

"没有人会跟踪你来到这里。"卞乌啼笑着说，"至少，没有可疑的人。"

在丁零的面前摆放着笔墨纸砚，卞乌啼知道，丁零需要这些。

"你发现了什么吗？"

丁零点了点头。

"你还需要什么？"

丁零在纸上写：关于铁铉的一切，他的生，他的死。

"你这是难为我。"卞乌啼叹了口气，"铁铉是建文旧臣，作为朝廷命官，谈论他要比平常百姓更加危险。"

铁铉是河南邓州人，洪武年间由国子监生直接授官为礼部给事中，建文年间被任命为山东参赞。靖难之役时，铁铉负责给建文帝的南军押运粮饷，当时的主帅是李景隆，李景隆督战不力，南军节节败退，铁铉退到济南和盛庸一起抵抗朱棣的靖难军。

在靖难之役时，南军中的大将耿炳文和李景隆都不足以与朱棣的北军抗衡，直到盛庸和铁铉的出现，才扭转了战局。尤其是在东昌大战中，朱棣当时手下的第一战将张玉就死在了盛庸和铁铉的手下。后来朱棣驱兵南下，与盛庸大战于浦子口，盛庸兵败，不久后就投降朱棣。而铁铉直到朱棣攻陷南京的时候，依然在与北军对抗。

永乐建朝后，朱棣要铁铉归顺，铁铉不仅不答应，还大骂朱棣。朱棣一气之下就割掉了铁铉的鼻子和耳朵，煮熟了以后塞给他吃，待铁铉把自己的耳朵、鼻子咽下去，朱棣就问他味道如何，铁铉回答："忠臣孝子之肉，有何不甘！"此后铁铉被凌迟处死，他的儿子也被杀，女儿就被送入教坊做妓女。

"铁铉的女儿，也就是风怜怜。"卞乌啼叹了口气。

只有风才能怜惜的女子，而从她身边来来去去的男子们，又有哪一个不是如风呢？

丁零在纸上写：赵范死时饮酒了吗？

"验尸官并没有在他肚子里发现过多的酒。"卞乌啼说。

丁零想了想，就在纸上写：凶手不是风怜怜。

"为什么？"卞乌啼惊问。

风怜怜娇弱无力，终年多病，手指上有茧证明她喜欢抚琴，手掌上没有茧证明她不善握刀。

"可是这并不能排除风怜怜就不能杀死赵范。"卞乌啼说。

赵范伤在脖颈，一刀致命，是高手所为。丁零想了想，又在下面补充上：风怜怜手里的刀，不是凶器。

"那么，你的意思是，曾冲、张庆、王扁他们与赵范的死是同一个凶手所为？"卞乌啼神色严峻地说。

丁零点了点头。

"凭什么？"卞乌啼顿了顿，"或者说，你有什么证据？"

刀伤，一击致命的刀伤。

"可是王扁是中毒……"

凶手不止一个。

"那说说你发现了什么。"卞乌啼缓缓地说。

丁零这一次写了很长时间，有几次他的手臂都酸了，停下来歇息了一会儿：凶手共有两个，也就是凶手甲和凶手乙，当然，风怜怜也算是凶手，她可以算是凶手丙。凶手甲当晚就藏在风怜怜的屋子里，杀掉赵范以后，风怜怜自杀并由凶手甲布置出了风怜怜杀人后自杀的现场。而张庆当晚碰到的情况有些类似，只不过这一次柳昨昨并不知道事先已经有人潜伏在了她的屋子里，凶手杀死张庆后并没有离开，而是躲在屋子的角落里，直到后来柳昨昨发现张庆死去以后，画舫上一片大乱，凶手趁乱才离开。不过，曾冲的死却是齐泰的妻子一手所为，这一次就是为了让别人相信，赵范也是这样死去的。凶手甲在完成这两宗命案之后，基于某种原因不便再出手，于是凶手乙出场了，她先后毒死了其他的几名受害者，可能也包括王扁，转移了大家对于凶手甲的怀疑。

"凶手甲可以这么神出鬼没，难道他会轻功吗？"

丁零点了点头。

"可以飞檐走壁？"

丁零写下：至少登堂入室不成问题。

"他难道是飞贼吗？"卞乌啼笑了笑，"或者是武功盖世的江洋大盗？"

丁零居然点了点头。

"凶手甲是江洋大盗，那么凶手乙呢？"卞乌啼笑了，"难道是绿林好汉？"

是绝色佳人。可以随意出入任何王公府邸的绝色佳人。

"这倒是不难猜，数数秦淮河上大大小小的画舫，能够得到这样特别眷顾的姑娘不会多过十个。"卞乌啼叹了口气，"可是凶手乙是怎么在众目睽睽之下毒死王扁的呢，假设凶手乙不是武林高手的话？"

桌子，王扁吃饭的那张桌子，凶手在桌子上放了毒，而王扁有吃掉在桌子上的食物的习惯。

"可凶手是怎么知道王扁会坐那张桌子？"

因为凶手路过王扁身边。

"既然路过王扁的身边，为什么王扁会觉察不到凶手做了手脚？"

丁零叹了口气：如果你是王扁或当时在酒肆里的任何一个男人，有几个绝世美女同时从你眼前走过，你也会觉察不出来任何事情的。

卞乌啼长吁了一口气，"也许，我还会因为美女碰了我的桌子，而多去那里看几眼，闻一闻，甚至爬上去亲一下也未可知。我只道是撞上了桃花树，全然不知道掉进了鬼门关。"

毒药是一个时辰以后发作的，那个时候王扁正好走到了秦淮河边。

"没有人会看到一个莽汉摔进水里，因为正是秦淮河上莺歌燕舞的时候。"卞乌啼说，"即便单是揽客的声音，也足以盖住一片水花。"

卞乌啼站起来，走到窗边，"可是，任何案件都必须要得到证据，丁零，你有什么证据证明你的推断是正确的？"

刀，那把杀人的刀。

是的，风怜怜"杀掉"赵范的时候手里握着刀，齐泰妻子杀死曾冲的时候手里也有一把刀，可是死在柳昨昨房间里的张庆身上只有刀伤，却没有找到那把刀。

为什么凶手不故技重施地在张庆身上也加上一把刀呢？

因为凶手动了恻隐之心，他们害怕这件凶杀案会牵连到更多无辜的人，比如柳昨昨。

"拥有妇人之仁的杀人凶手？"卞乌啼笑了笑，"恐怕也是妇人。"

丁零终于点了点头。

"那凶器在什么地方？"

丁零想了想，慢慢地写下：水牢。

方敏儿还像丁零上次见过的那样坐在水牢里，甚至似乎连位置都没有挪动，她还做着一样的动作。樊如花不情不愿地打开了水牢的门，对于她来说，总是让她来见一个傻子实在是一件会沾染晦气的事情。"那你可以滚开了。"卞乌啼冷冷地说，樊如花一听这话，反而赖着不想走，卞乌啼可不能让樊如花看到穿着飞鱼服的丁零，让检校把她哄了出去。

丁零就从检校们的身后走了出来，他撩起下摆，脱掉靴子，卷起裤管，走进了臭水里。这所有的动作，他都做得很慢，而且非常认真，一丝不苟，好像是故意在做给水里的方敏儿看。

卞乌啼摇着手里的扇子，另一只手背到身后，紧紧地攥着，两根长长的峨嵋刺从袖管里滑了出来，被他用手指夹住。

"啊啊啊啊"，丁零嘴里发出空洞的声音，冲方敏儿招了招手，丁零距离方敏儿越来越近，方敏儿面前的水被搅浑了。方敏儿像受到了非常巨大的恐吓，忽然慌张地向后退去，并且将四周的臭水拍得乱溅，连岸上的检校们也被臭水溅到，有的即便没有被溅到，也可以闻见一股恶臭的味道，令人作呕。

可是丁零并没有后退的意思，他依然向方敏儿走去，哪怕身上已经溅满了恶臭的水。几乎是电光火石的瞬间，慌乱的方敏儿忽然飞身跃起，一拳把丁零打倒，发出一声尖锐的吼叫，从水里面取出一把闪亮的精钢短刀，向丁零扑了过去。

方敏儿掏出刀以后，却摔倒在了水里，两根长长的峨嵋刺已经扎在她的膝盖上，她顿时没有了跳起来的力气，卞乌啼身边的两个检校飞身跳进水里，把方敏儿反手押住。

丁零缓缓站起来，伸手从水里捡起那把短刀，恶臭的水也无法遮掩住刀上的猎猎杀气，依稀还有些血渍因为匆忙未曾拭去。

第九章　真相大白

回到住处已经是二更天，丁重七睡得正熟。这两天确实是太累了，要继续混在艄公里寻找线索，还要跟着卞乌啼化身为检校，丁重七毕竟已经是个老人，他的精力已经不如丁零那么旺盛。丁零回来时他居然一点儿反应也没有，继续背着身子睡觉，鼾声震得屋顶的椽子都在发抖。

丁零也累坏了，案件似乎有了进展，所有的事情都要结束了。想到这里，身上觉得很轻松。

躺在床上，丁零不一会儿也睡着了，仔细听也有轻微的鼾声，真是身心俱疲。三更的更声刚刚敲过，更夫的喊声还没有远去，丁重七翻了个身，看似无意中扬起的右手里，忽然扬出一阵白色的粉末，纷纷落在丁零的身上。又过了大概一炷香的时间，丁重七翻身坐了起来，他的鼾声戛然而止。他的目光在夜里迸射出锐利的光，整个人佝偻在床上，像一头随时要展开攻击的野兽，他伸出骨瘦如柴的手臂使劲碰了碰丁零，发现丁零没有反应，继续打着鼾，才露出满意的微笑。

丁重七走出院子，就如同一头蛰伏到夜晚才出动的兽，飞快地在夜里奔跑着。他的身形健硕，快如疾风，与他平常苍老枯槁的姿态迥然不同。在秦淮河畔的密林深处，他才停下来，然后冲着夜空发出一种如狼嗥的呼哨。呼哨过后，从密林深处走出一个一身紫衣的女子。

"出大事了，"丁重七慌张地说，"敏儿现在已经暴露了，卞乌啼已经在连夜审问她。"

"敏儿虽是一介女流，但是铁骨铮铮，卞乌啼休想从她口里得到什么。"

丁重七叹了口气，"那是因为你们没有见识过锦衣卫的可怕，当年的蓝玉大将军何其英雄，还不是在'诏狱'里被屈打成招，才在《逆臣录》上画了押。"

"那依你之见该怎么办？"

"当断不断，必受其乱。"丁重七亢然说道，"为了这件事情献出的生命已经很多了，既然已经开始，我们就别无选择。"

紫衣女子沉吟半晌，"我与敏儿曾相约同生共死，现在怎能亲手杀死她？"

"我们即将要面对的对手都是最可怕的，我们每个人都必将面对九死一生的命运，难道你还奢求能活下去吗？"

紫衣女子叹了口气，"也罢，明天锦衣卫带走敏儿的时候我会亲手了断她。"

"千万不要让敏儿被押进'诏狱'，我对'诏狱'太了解了，进入那个地方，就真的是身不由己了。"

"那里是炼狱吗？"

"更加可怕，比炼狱还可怕。"丁重七摇着头说。

"好吧！一切都依你说的办。"

"事成之后，我将混入'大相国寺'刺杀道衍，而你就要去给纪纲做妾，等待机会刺杀朱棣。只要道衍和朱棣一死，所有的恩怨就算是了结了。"

"我不会让怜怜、敏儿她们白白死去的。"

"今日一别，恐怕就是天人永隔，或者黄泉陌路了。"丁重七无力地笑了笑，"你可否让我再看一次你，我想看真切些，最后再看真切些。"

紫衣女子并没有说话，丁重七慢慢向她走了过来，月光照在她冷艳的脸上，这个紫衣女子赫然正是风怜怜的好友——秋竹。

"可否将你的那根金钗送给我？"丁重七凄然地说，"我想……留个念想。"

"丁伯父，"秋竹冷冷地说，"从小到大，我都是一直把你当长辈来看待的。"

丁重七摆了摆手，"我知道、我知道，这话不用你再说了，我知道的，否则我也不会娶妻生子，毅然断了心里的念头。可是，我已经命不久矣，你难道狠心让丁某的临终之愿也要落空吗？"

"好吧！"秋竹从头发上取下金钗扔给丁重七，"丁伯父，咱们后会无期了。"说罢，转身就隐入了漆黑的树林深处。

丁重七手握着金钗，忽然在月夜里露出一副狰狞的面孔，"是啊……后会已无期。"

躺在床上的丁零依然熟睡着，阵阵的鼾声还和丁重七走的时候一样，丁重七满意地笑了笑，眼看着要脱鞋上床，忽然从床上铺着的草里抽出一条冰铁短棍，回身照着丁零一棍打了下去。这事情发生得实在突然，丁零顿时被打得一口鲜血喷了出来，整张床倏时折断了，刚刚还熟睡的丁零忍着剧痛跳起来就往窗外跑，不想丁重七的速度更快，顷刻间丁零的小腿又被击中，身体一软摔倒在地上，只觉得肝胆俱裂，痛不欲生。

"不要再挣扎了，我的棍子打到老虎身上它也会瘫，莫说你个黄毛小子。"丁重七冷冷地看着丁零。

"不愧是曾经跟随蓝玉远征漠北的大将，每一下都打在我最要命的地方。"哑巴丁零也不得不开口说话了，他惨笑着叹了口气。

"臭小子，不愧是道衍送过来的人，明明被我下了'迷魂散'居然还能丝毫无事？"丁重七笑着说。

"那些白色粉末刚刚从你手里撒出来的时候，我就已经屏住了呼吸。"丁零嘴角殷红，说话已经是有气无力。

"你什么时候发现了老夫的身份？"

"那天晚上我去风怜怜房间的时候。"丁零直了直身子，好不容易才靠到墙上，"那天晚上我怕吵醒你，所以在地上垫了些草，因为草是后垫上去的，所以有几根草盖住了你的鞋，可是等我回来的时候，我发现你的鞋踩在草的上面。"

丁重七笑了笑，"看来老夫还是太低估你了，道衍亲自提拔的人，应当不是泛泛之辈。"

"不，是你太狡猾了，如果不是柳昨昨房间里的那枚枣核，我也不会那么肯定地怀疑到你。"丁零笑了笑，"那实在不是一枚应该在三天以前掉在那里的枣核，它太新鲜了，核上的肉还没有沾上太多的土。"

"可那又怎么能证明是我放的，我可是天天都在你的身边啊！"丁重七看着丁零，眼里的杀气越来越浓。

"可我并不是天天都在你的身边。所以我每天都在地上放越来越多的草，甚至特地摆出一些形状，回来后查看它们的变化。"丁零说，"我不断地在半夜外出，就是在给你机会。"

丁重七蹲下身子，看着丁零，"可我还是想不明白，这么多人，为什么你偏要怀疑到我？"

"你原本是不应该被怀疑的人，禅师将我委托于你，就说明你值得托付，可无奈你的疑点太多了。"丁零苦笑着说，"其一，方敏儿入室的身手是江洋大盗传授给她的，可是江洋大盗只是入室偷盗，并不擅长杀人，而方敏儿杀人的手法干净利落，只有经过特别训练的人才会采取这么吝啬的杀人方式；其二，柳昨昨房间里的枣核应该是白天有人放进去的，可是自从案发以后，现场就被封锁起来，连应天府的人都进不去，也就是说放枣核的人肯定是锦衣卫；其三，没有人会平白无故地把锦衣卫的视线往一个傻子身上引，如果方敏儿不是凶手，那么就是凶手在扰乱锦衣卫的视线，如果方敏儿是凶手，那么这个放枣核的人又是基于什么原因呢；其四，秋竹在王扁桌子上下毒是我想到的，但是操作起来并不那么容易，即便是王扁真的中了秋竹施在桌子上的毒，也未见得够让他致死的分量，那么也就是说很有可能是其他亲近的人给他下了毒，而这个人的行迹绝不会引起其他检校甚至王扁的怀疑。"

"也就是说，这个人既是凶手中的人，也是检校。"丁重七笑着说。

"我就更加想不明白了，这个人既然是凶手，他杀死王扁就顺理成章，可他为什么又要放枣核到柳昨昨的房间里呢？"

"或许，这不是一个人。"

"是的，我当时也在这么想。"

"那为什么后来你不这么想了？"

"因为酒肆里的罗老汉讲了一个有趣的故事。"

"什么故事？"

"建文帝没有死。"丁零看了看丁重七，"罗老汉讲这个故事的时候，我记得你也在旁边。说是当年南京城破之日，太监王钺取出太祖皇帝留给建文帝的箧子，帮助他逃出了南京城流落天涯。在太祖皇帝留给建文帝的箧子里，有度牒三张、僧侣的衣服，以及剃刀一柄、白银十锭、朱书一纸。罗老汉尤其讲到了那纸朱书，上面不仅有建文帝出城的路线，据说还有太祖皇帝专门留给建文帝的藏宝图。我后来发现，每次罗老汉讲到故事的这个地方，你都会岔开话题。"

"那是坊间的传闻，不足信。"丁重七笑着说。

"也许听这个故事的人都不信，但是你信，因为只有你知道，当年南京城破，奉天殿大火，事后却并没有人找到建文帝的尸首，也就是说建文帝确实没有死。"丁零说，"而且，大相国寺确实有应文、应能、应贤三位高僧的名录，但寺内却没有人见过这三位传说中的高僧。你当然有理由相信，建文帝确实还在世上，这世上也确实有太祖皇帝留给儿孙的藏宝之地。所以你作为'铁浮屠'的一员，却要亲手将'铁浮屠'送上绝路。"

丁重七脸色大变，"你怎么知道'铁浮屠'？"

"不仅如此，我还知道，风怜怜并不是铁铉真正的女儿，她只是被移花接木，真正的铁铉之女则改头换面，变作'秋竹'来到了秦淮河。"丁零的声音忽然变得低沉，"一个正在成长的女孩子，用三四年的时间，完全可以变成另一个人，更何况是由大家闺秀变成风尘女子。"

"你如果要去说书，肯定比罗老汉说得精彩，只可惜，你要做一个哑巴。"丁重七发出让人毛骨悚然的低笑。

丁零仰起头来，看了看窗外的夜色，"于是我就把白天进入柳昨昨房间的检校一个一个想了想，忽然发现，只有你可以完全将我的所有疑惑解除。你在担当锦衣卫期间曾经跟随蓝玉出征，作为一个多年的检校，没有人会怀疑你，甚至连道衍禅师也被你蒙蔽了。"丁零笑了笑，"当然，我唯一不敢确定的，是你的身手。所以我今天不准备给你可乘之机，可是，你在今天比平常任何时候都需要让我给你机会。"

"不错，"丁重七点点头，"我必须去通知秋竹，杀掉方敏儿，否则我是'铁浮屠'的事情就会败露。"

丁零摇了摇头，"你要秋竹去杀死方敏儿，最主要的原因还不是担心方敏儿招认什么，正如秋竹所说，方敏儿铁骨铮铮，她一定会在受刑之前想办法结束自己的生命，你要的其实是秋竹自己去送死。卞乌啼的身手我见识过，如果是在去'诏狱'的路上行刺，秋竹肯定会暴露自己的身份。秋竹一死，世上就没有人能够知道你的身份。"

"所以今天晚上我与秋竹的见面，就显得更加重要。"

"可是你不知道我什么时候回来，如果你深更半夜就这么贸然出去，肯定会引起我的怀疑。"

"于是我只能使用'迷魂散'。"丁重七摇了摇头，"我千算万算，想不到还是被你算计了一次。"

"如果我猜得没错，她们本来没有这个计划，是你把复仇的种子植入了她们的灵魂。你部署整个计划，你训练方敏儿一刀杀人，你告诉她们要以血还血，你还告诉她们，在计划的开始阶段，你不准备出手，你出手的时机在最后，因为你的对手是所有人里最难对付的道衍禅师。"丁零叹了口气，"她们相信了你，她们忍受屈辱、铤而走险，其实只是为了帮你铺就一条通往大相国寺的路，而你进入大相国寺并不是为了道衍，而是为了溥洽，被关押在大相国寺的建文帝的帝师。"

"那又怎么样，即便是如此，这些也都只是你的猜测。"丁重七笑着说，"而且，你也不敢去告诉卞乌啼，虽然我不知道你是什么人，你跟道衍想要救解缙还是做别的事，但是只要我被抓住，你们所有的计划都会付诸东流。"

丁零叹了口气，"是啊！否则我也不会在这里束手待毙。"

"可是我不会手下留情的。"丁重七笑了笑，"你试试自己的腿脚，还能动吗？"

丁零闭住了双眼，摇了摇头，"你的力气配上这条铁棍，我就是钢筋铁骨，也早就折了。"

"如果你能在一炷香的时间里，爬出这个屋子，也许你还有生还的希望。"丁重七笑了笑，慢慢掏出身上的火石，点燃了手里的烟袋，抽了两口，把燃着的烟草倒在了地上，火星碰到地上的干草，迅速燃烧起来，火势越来越旺盛，"当然，如果你能够爬出来，我也会亲自送你一程的，只怕你全身的筋骨已经支撑不了你的皮囊了。"丁重七拍了拍丁零的肩膀，笑着转过身去，消失在了熊熊烈焰里。

第十章　江枫渔火

清晨的霞光洒在秦淮河上，卞乌啼打着呵欠走出了画舫。十日的期限还没有到，他就已经破获了这件大案，虽然还有很多事情没有理出头绪，但是最后的真相似乎就在眼前。河岸上早就聚集了无数的人，到处都是身穿飞鱼服的锦衣卫，将秦淮河围了个水泄不通，只要将方敏儿押解到"诏狱"，卞乌啼自信有的是办法让这个倔强的姑娘说出一切。

卞乌啼当然不知道，此时在正对着"绣春舫"画舫的半山上，一身灰色衣服的秋竹正手握着一张强弩，时刻对准着"绣春舫"。这绝对不是平常的秋竹，她冷静、坚定，知道自己只有一次出手的机会。这是一张强弩，她用出全身的力气才把箭上好，它的速度和力量没有人能够阻挡，她曾经做过不止一次的试验，从这个地方射下去，莫说是个人，一棵粗壮的大树也可以穿透。

在距离"绣春舫"不远处，就停靠着"凤来楼"的画舫。这当然是卞乌啼特地安排的，凡是有检校的画舫，都停在距离"绣春舫"不远的地方，以作防范。看这样的阵势，真的是天罗地网。

丁重七像往常一样，盘腿坐在"凤来楼"的船头上，眯缝着眼睛，"吧嗒吧嗒"地抽着旱烟，他脸上带着些遮掩不住的忧伤，他的房子和他唯一的儿子昨天晚上被一场大火烧死了，所以别人都站着的时候他坐着，显得无精打采和痛苦难当。他昨天喝醉了，今天早晨被人在河岸上发现，他想起了他的妻子，酒醒后却又失去了自己的儿子，他太痛苦了，所有的人都为他叹息，想安慰他又不知道从何说起。

丁重七在内心里讥笑着这些围在他身边的人，在这个世界上，被别人玩弄于股掌之间是痛苦的，而玩弄别人于股掌之间是快乐的。丁重七现在就是个快乐的人，他看着身边那些肮脏腥臭的人的屁股，就想着要把他们一个一个踹到水里。

终于，在人们的注视下，罪魁祸首方敏儿被检校们押了出来，傻子方敏儿如今目光如炬，表情大义凛然，沉重的手铐脚镣让她更加显得倔强，她挺着胸脯面对着千夫所指，用愤怒的目光巡视了一下这个花花世界。

轮到秋竹了，冷酷如她也忍不住眼角滚落的泪珠，可是机会只有一次，转瞬即逝。她任凭泪水从脸上滚落，还是按下了机关，箭离弦而出，呼啸着向方敏儿射了过去。可是在一旁的树林里，忽然也射出了一支箭，力量和速度丝毫不比秋竹手里的强弩逊色，这支箭的目标是秋竹射出的箭，它并没有阻挡住强弩硬弦所产生的力量，但是却改变了箭的方向，于是人们听到了一声惨叫，方敏儿却依然完好地站在船上。

秋竹看到了那个倒下的人，忽然被吓得脸色苍白，卞乌啼赶紧让人去对面的山上寻找射箭的人，可是因为秋竹的箭在半空被改变了方向，卞乌啼指出的那个位置根本是错误的。

秦淮河因为这一箭变得异常宁静，画舫上所有的艄公，岸上围观的人们，全都屏住了呼吸，卞乌啼的目光向着那惨叫声传来的方向看去。那支箭插在死者的咽喉上，血早已经顺着船板向秦淮河里流去，死者的眼睛瞪得滚圆，还不可置信地望着天空，掉在船板上的烟锅里的烟草还燃着，发出"哟哟"的声响，丁重七看到了秋竹射出的箭，却不知道这支箭要索取的是自己的命。

深谋远虑，如今连一声叹息都换不来。他努力地想发出什么声音，一群水鸟遮住了他的视线，他到死也不敢相信，这就是他人生里最后的画面。

如果锦衣卫封山，那秋竹就插翅难飞了，她忍着悲痛和懊恼，转身就向山下狂奔，一个时辰之后，就变成了那个妖娆的秋竹，穿着华丽妖媚的衣服出现在了繁华的南京街头。直到下午，在茶肆的老板那里听说秦淮河的禁令已经解除，才姗姗回到了"绣春舫"，她跟老板娘樊如花说她今天有些头疼，不准备接客，就回到了自己的屋子里。

她关上门转过身，忽然被吓得险些惊叫出声。

因为她的屋子里已经坐了一个客人，被她射死的丁重七的儿子——丁零。

"不要害怕，我不是鬼，我也不是来找你索命的。"哑巴丁零居然开口说话了，"来索取你性命的人要晚些才能到这里，所以你有的是时间陪我说话。"

"我不知道你在说什么，如果你不出去，我就叫人了。"秋竹激烈的心跳仍然难以平复。

"不用惊慌，'铁浮屠'的事情我全部都知道。"丁零把手伸进怀里，取出一件东西扔给秋竹，正是秋竹送给丁重七的那根金钗。

看着那根金钗，秋竹登时呆住，"这根金钗怎么会在你的手里？"

"它本来是被丁重七放在你今天射箭的地方的，碰巧被我捡到了。"丁零漫不经心地说。

"不可能，丁重七当时在船上，他不可能知道我会选择在哪里射箭。"

丁零笑起来，"可惜，他比你还要了解你自己。你和方敏儿的杀人术都是他言传身教，他怎么会不知道你在哪里射出这夺命的一箭？"

"哼，你说什么我都不会听的。"秋竹忽然从靴子里拔出一把匕首，"你不是丁重七的儿子丁零，你到底是谁？"

"我一直都在想，是谁能够让方敏儿神不知鬼不觉地走出那间水牢去杀人，又是谁能够进出那些朝廷大员的府邸杀人而不被人发现，我暗中排查了秦淮河上所有可能进入朝廷大员府邸的姑娘。"丁零似乎根本没有在听秋竹的问话，"你天生一副菩萨心肠，和风怜怜、方敏儿的关系最要好，你总是关心她们，也直率得很容易就让人忽略掉你，就因为你直率、仗义，那些朝廷大员乐于和你走动，甚至为你开启无人知晓的偏门。"丁零笑了笑，"当然，还有你确实迷人，有着不同一般女子的风采，对床笫之间的事情可能也要比别人好。因为这些都是你的手段。"

秋竹的眼睛迸射出灼人的火光，直直地盯着丁零。

"如果我猜得没错，'绣春舫'的老板娘樊如花，就是当年纵横南京城，最后被方孝孺抓住的江洋大盗吧？"

"你知道的实在是太多了。"秋竹恨恨地说，"实在是让人不敢置信。"

"我知道的比你想到的还要更多。"丁零叹了口气，"有很多事你直到现在还被蒙在鼓里。"

秋竹冷笑一声，"那我倒是愿意听听。"

"你知道锦衣卫是怎么查到方敏儿的吗？"

秋竹摇了摇头。

"因为柳昨昨房间里的一枚枣核。"丁零看着秋竹，"以你对方敏儿的了解，她是这么不小心的人吗？身上粘着自己吐的枣核去杀人。"

秋竹摇了摇头。

"不错，你们为这些训练了千百次，缜密如方敏儿绝不会让事情坏在自己的一颗枣核上的，而且我相信，她作案的时候一定会更换另一套衣服，否则人还没有进到屋子里，她身上的恶臭味已经让别人先发觉了。因此，房间里出现的枣核不可能是方敏儿身上的。"

"可锦衣卫终归还是查到了敏儿。"

"那是因为有人一直在给锦衣卫提供线索。"丁零坐下来，慢悠悠为自己倒了杯茶，"是丁重七和樊如花。"

"啊！"秋竹顿时花容失色。

"丁重七是故意的，那枚枣核就是他放的，我本来也不会怀疑方敏儿，可是丁重七对着我喊'池子里的水多深啊！啥也看不见，别踩上什么不干净的东西'。那水上是漂满了肮脏的东西，发出阵阵的恶臭，但是平心而论，那水并不深，却偏偏让人看不清楚水下面的情景，那把被方敏儿保护起来的短刀，就此隐藏得很好。"丁零呷了一口茶，"丁重七是故意的，樊如花却是无意的，或许是她的轻功太好了，她这些年已经习惯了要隐瞒自己的身手，所以她走路总是比别人用的力气要大。她很胖，但是还远没有胖到震得整艘船都摇晃的样子，唯一的解释是，她的下盘功夫很扎实，而且是异于常人的扎实。"

"不可能……"秋竹喃喃地说，"你说的都是假的……"

"我当时也很怀疑自己的推断，因为我从来没有使用过自己的推断，可是直到那天晚上你和丁重七的见面，终于让我彻底相信自己。所有的一切，都和我所推断的一模一样。"丁零苦笑着说，"丁重七那晚对我施了'迷魂散'，结果在与你见面时才发现我跟了去，于是他想杀我灭口，却不料一把大火没有把我烧死，反而搭上了他自己的命。他实在不应该想不到，一个在怀疑他的人既然没有跑掉，就证明这个人有足够的办法对付他。"

"可是，"秋竹问丁零，"你又凭什么让我相信你？"

"你还没有明白吗？"丁零笑了笑，"我没有让你相信我，秦淮河的每一艘画舫上几乎都有锦衣卫，他们只要计算一下每一个姑娘回到船上的时间，卞乌啼在三更天左右就能知道谁是今天早上射杀了丁重七的凶手。"

"那么你就不担心，"秋竹问，"敏儿会泄露丁重七的身份，从而危及你？"

"在这一点上，"丁零说，"我比你要信任你的同伴。在去'诏狱'的路上，她一定会想办法结束自己的性命，为了不拖累你们。"

秋竹听到这句话，慌张地向后退了几步，"敏儿……"

"你们做的计划是很完美。"丁零说，"可是你们太低估锦衣卫了，日落之前，你和风怜怜的所有故事就会真相大白。"

"我和风怜怜有什么故事？"秋竹紧张地问。

"是你安排自己和风怜怜来了个'偷天换日'，而你，才是建文旧臣铁铉真正的女儿——"丁零冷冷地看着秋竹，"铁浮屠！"

听完丁零的这番话，秋竹登时呆在那里。

"你们的计划真是百密一疏。"丁零叹了口气，"在开始这个计划的时候，你们先杀掉的人不应该是赵范，而是酒肆里的罗老汉，他知道的事情太多了，像这样准备说话说到死的人，才是你们真正的头号敌人。"

秋竹激愤地说："我们不是朱棣那样的杀人狂，我们不杀无辜之人。"

"是啊，你们担心嫁祸给柳昨昨，你们不想杀掉罗老汉这样无辜的人，你们明明知道丁重七并不值得信任，可你们还是实施了自己的行动。"

秋竹颓然放下了手里的匕首，"你来这里是要做什么？"

"我不想让你不明不白地死去。"丁零叹了口气，"我不想你为了丁重七的死满怀愧疚，就算他不死，他也不会潜入大相国寺杀掉道衍的，他不能，也不会。"

秋竹苦涩地笑了笑，"何劳你说，我又怎么会不知道他的心思。"

"你从来都不知道。"丁零笑了，"他要的根本不是你的美色或者青睐，而是一张子虚乌有的藏宝图。"

"也就是说，是你让我射出的箭改变了方向？"

"箭势如虹，我也只能做到这样而已。"丁零看了看秋竹，"我告诉你这些，实在是想让你帮我达成一个愿望。"

"什么愿望？"

丁零把手指放在右边脸的眉毛上面，然后顺着脸颊滑下来，落在唇角上方，"我看到过你们纹在耳垂上的那朵菊花，我希望你能把它纹在我的这里。"

"那朵菊花纹得很小，你是怎么看到的？"秋竹怔怔地看着丁零，"那你是要毁去自己的半张脸吗？"

"只有这样，我才能继续生存下去。"丁零笑了笑，"我怕以后会碰上陌生的老朋友。"

第十一章　晓风残月

漆黑的夜风吹拂着秦淮河的水面，零零星星的灯火点缀其间，秋竹取出铜镜给丁零，撩起长发，看到右脸上一朵火红的菊花诡异地盛放着，丁零笑了笑。今夜的风很大，花船上的桅杆发出"吱吱呀呀"的声音，仿佛随时会被狂风吹得折断。

"好生生的一张脸，为什么要纹这些在上面？"秋竹叹了口气，"你实在是个深不可测，又让人无法猜度的人。"

"这菊花真像一条有许多脑袋的蛇。"丁零笑着说。

"现在，让我问一个问题吧！"秋竹说，"我不想知道你是谁，我只想知道，你怎么会知道我是铁浮屠，你怎么会知道我就是纹这些菊花的人？"

"你还记得蒙忠吗？"丁零笑了笑，看着秋竹，"建文元年，他带着一个小孩，曾在铁府为你弯弓射雁。"

"你是……"

"其实，我是到你与丁重七见面时，才真正认出了你。所以我才赶在卜乌啼之前来到这里，"丁零说，"放下你的仇恨，抛弃你对于死去的人的愧疚，离开这里，去浪迹天涯吧！大嫂……"

"天地虽大，却早已没有了我容身之处！我等了这么多年，等来的却是一个荒谬的结局，如今，我已经不知道我为什么还要再活下去了。"秋竹反而笑了起来，"叔齐，我也有一件事托付给你。"

"你不必说了。"丁零说，"你可能已经忘记了，我现在是个哑巴，不折不扣的哑巴。"

"很好，你要保重。"秋竹凄然一笑，丁零看到那绝望的嫣然中是一抹遗世独立的鲜艳，真是美，除了"美"根本找不到多余的词来修饰，"既然如此，秋竹已别无所求，但求一快！"说罢，秋竹拿起地上的匕首，猛地插入自己的心脏。

秋竹微笑着倒在了一片血泊中。

丁零跪在地上，右脸上依然热辣辣地疼着。

震惊南京的连环凶杀案至此告破，锦衣卫指挥使纪纲再次受到皇帝的嘉奖，锦衣卫同知卞乌啼也得到了丰厚的赏赐，名不见经传的丁零由此晋升到了锦衣卫千户。昔日那个在秦淮河畔吹笛的艄公儿子哑巴丁零，转身一变成了身穿飞鱼服出入宫闱的锦衣卫千户丁零，秦淮河上的艄公们为此惊叹不已，原来在身边的哑巴居然就是朝廷的检校。就在丁零晋升为锦衣卫千户不久，那个总是喜欢在酒肆里讲故事的罗老汉，忽然变得沉默寡言，直到永乐十二年病逝，他的故事似乎伴随着丁零一起离开了秦淮河。

丁零成为锦衣卫千户以后，就不再执行潜伏工作，他将终日身着飞鱼服和大红蟒袍，配着绣春刀出入宫闱，这将不是他所熟悉的生活。他甚至因此怀念着秦淮河上，住在丁重七那间简陋屋舍里的日子，可是他的生活将改变，卞乌啼告诉他，晚上他们将一起去见一个人，一个丁零不得不见的人。

他们是在深夜从长长的隧道里去的，这条隧道的一头连着的是卞乌啼府邸花园里的枯井，另一头则是锦衣卫指挥使纪纲府邸的庭院。那一晚纪纲宽大的厅堂里站满了人，都是内廷的高官，甚至连皇帝身边最宠信的太监也在这，每个人都穿着朝服，好像他们即将面见的不是锦衣卫的指挥使，而是至高无上的君主。卞乌啼在路上就告诉丁零，一会儿见到指挥使，必须使用君臣之礼，也就是要三跪九叩。

　　这实在是一套繁琐的礼仪，当丁零抬起头来，看到一个身材壮硕的男人端坐在正上方的座椅上，他穿着一身金黄色的属于王族的服装，正带着凛然的微笑看着所有的人，他微微抬了抬手，"免礼吧！"所有的人才弓着腰站了起来。

　　是的，这个状如君主的人，就是锦衣卫的指挥使纪纲，那个被世间的人们称为"魔鬼"的男人。

　　"乌啼，"纪纲叫着卞乌啼，"你身边的那个新面孔就是刚刚晋升上来的千户丁零吗？"

　　"是的，大人。"

　　纪纲站了起来，一步一步地走过来，丁零听到他踏在地面上的脚步声，发出一阵一阵的战栗，那是一双曾经踩踏过无数条尸体的脚，他身上无处不在的凶戾和杀气，让所有的一切都显得恐惧和错乱，包括丁零。还没有等纪纲走到面前，丁零已经俯下身去，向着纪纲参拜，纪纲的气势，如同一把久经杀戮的名刀，锋芒逼人。

　　"我已经听乌啼说起过，秦淮河一案多赖你才能这么快地真相大白。"纪纲叹了口气，拍了拍丁零的肩膀，"令尊还因公殉职，实在令人叹息。"

丁零慌乱地又去参拜，被纪纲拦住。

"年纪轻轻，已经有这般作为，前途殊不可限。"纪纲笑着说，"令尊在天之灵，也当含笑。"

纪纲看着身边的一个朝臣说："以丁零这样的才学，只提到千户实在可惜。"

那个朝臣立刻凑上来附和，"其实只要跟着指挥使大人，荣华富贵是指日可待的。"

纪纲看着丁零说："丁零，圣上赐你的是官禄，这些我不能给你。但我能给你些你更需要的，府邸和佳人，至于金银绢锦你要多少就跟乌啼说，但凡是你所需，予取予求就是了。"

不等丁零表示，卞乌啼已经先行跪下，"乌啼代丁零叩谢指挥使大人。"

"乌啼，是我该祝贺你啊，能得到这样一员得力干将，是你的福气。"纪纲看了看丁零，"虽然丁零他不会说话，但是他的才能胜过任何能说会道的人。"

"此乃是大人之福，乌啼之幸，乌啼岂敢居功。"

纪纲笑起来，"莫说这许多了，乌啼你亦无需自谦。"坐回到座椅上，看着卞乌啼，"乌啼，我正有事与你商量。"

"大人这么说，乌啼惶恐，大人吩咐就是。"

"我很器重丁零，"纪钢顿了顿，注视着丁零，"你今天带他来到这里，证明你信赖他，你卞乌啼信赖的人，我亦深信不疑。"

"大人……"卞乌啼已是俯身拜倒在地上。

"我准备让丁零去北镇抚司的'诏狱'里，替我做一件最紧要的事情。"

"任凭大人吩咐。"

"'那个人'，"纪纲忽然若有所思，"或许能从丁零身上看到一些我纪纲与别人的不同之处。"

"大人，'那个人'在'诏狱'里，大人对他恩威并重，可他仍旧只想着出去效忠太子，他何德何能让大人你如此地费去这许多心思？"

"你知道什么？当今圣上登基之时，天下多少英雄曾执刀来到京城谋刺，皆因当今圣上屠了方孝孺十族，引得天下英雄都生了怒恨。'那个人'当是方孝孺之后，天下文人的魁首，我若是能够得到他，天下英雄岂能不对我侧目？"

"大人心思缜密、高瞻远瞩，实在不是我等可比。"旁边一个太监献媚地说。

"可是，丁零他……不能说话……"卞乌啼看了看丁零。

"话说多了，未必合适，不说话，未必就无济于事。"纪纲看着丁零，"或许，丁零正是上天赐给我的。"

卞乌啼径直带丁零去了他的新住处，院子不大，但修得非常雅致，推开大门，已经有家丁在等待着他，他们叫他"主人"，他在灯火璀璨中呆住了。他有些不知道该何去何从，可是必须坦然接受，这是纪纲给他的，他不能推托：一个人必须要向另一个人展示出他的弱点、他的欲望，才能让对方感觉到踏实和可靠。

一个人怎么可能没有欲望呢？尤其还是一个艄公的儿子，一直生活在简陋房屋里、睡在铺着草的床上的人。他接受了纪纲的豪宅，却拒绝了那两个端坐在床榻上的女子，他把话语写在纸上给卞乌啼看：他现在父母双亡，实在是大悲之际，根本无心享用这些软玉温香。卞乌啼并不勉强他，纪纲也没有勉强，他们知道，丁零的一生已够跌宕，幼年丧母，而今又失去了父亲。

　　丁零坐在空空荡荡的屋子里长出了一口气，可是他知道，从此以后，他将要在许多双眼睛的注视下生活，这样的生活看似锦衣玉食，其实要比之前的日子更难受、更苦闷。因为自此以后，他的一举一动都会在纪纲的视线里。

　　纪纲和卞乌啼口中提到的"那个人"，就是曾经的内阁名臣解缙，如今，他早已成了锦衣卫的阶下囚。可是与其他身在"诏狱"过着地狱般生活的囚犯不同，解缙的牢房里布置着桌椅和床榻，文房四宝、书卷古籍，一应俱全，打扫得也是干干净净，其他罪犯吃的食物都难以下咽，而解缙却是要酒有酒、要肉有肉，虽然身在地狱，过的却是天堂的日子。丁零见到解缙的时候，并不知道解缙的入狱与蒙佑有着关系；解缙见到丁零的时候，也并不知道眼前这个沉默的锦衣卫就是当年与朱瞻基一起射箭的道衍的徒弟。

　　这是丁零来专门看守解缙的第一天，丁零向解缙施礼，然后放下饭菜，帮忙给解缙打扫牢房，收拾杂物，倒掉恭桶。

　　"哦，是新来的检校吗？"解缙放下手里的书，看了看丁零。解缙还是从前的模样，只是胡子多了些，眉目间多了些许愁容，"你叫什么名字？"

丁零张开口"啊啊啊"地比画着，用手指了指自己的嘴，然后摆了摆手。

"妙哉，纪纲怎么会找了个哑巴来呢？"解缙笑起来，"你念过书吗？"

丁零点了点头。

"那写几个字给我。"解缙忽然来了兴趣，跳起来把丁零按在他刚刚坐过的位子上，"随便写几个字就可以。"说着就去给丁零研墨。

有多久没有写字了？记不得了，从离开大相国寺以后，他的日子一直是划船、撑篙、吹笛子，他指尖上因为握笔磨出的茧已经浅得快看不见了，手掌上因为撑船磨出的茧倒是新的。再次握着笔，手忍不住在发抖，他写了"拼今宵倚阑不去眠"，"拼今宵"三个字多少有些歪歪扭扭，到后面几个字才越写越好了。解缙知道，这正是他自己的诗句。

昔年中秋节，朱棣在宫中大宴群臣，不料天公不作美，乌云遮月，很是扫兴，解缙即兴作了一首《落梅风》，其中就有"拼今宵倚阑不去眠"一句。

"唉，荣华富贵，俱烟云耳。"解缙叹了口气，"'一入诏狱魂魄散'，只是想不到在这阿鼻地狱里，还能记起前尘往事。"

丁零又找了纸上空白的地方写下：不才丁零。

"丁零，零丁，好孤苦的名字啊！"解缙看了看丁零，"你的眉目之间气韵温良，'诏狱'里似你这样性情的锦衣卫很少。"

"诏狱"里的都是一样的魔鬼，没有什么分别。

解缙笑着，丁零却将刚刚写下话语的那张纸揉成一团，吞进了嘴里。

"你……"解缙顿时被丁零的这个举动惊呆了。

丁零却仿佛什么都没有发生，弓着腰转身走了出去。

几天以后，丁零为丁重七办了非常隆重的葬礼，将他跟他去世的妻子埋葬在了一起，然后怀抱着灵位去了南京城外的一座古刹。那是锦衣卫无法到达的地方，因为那里属于东厂管辖的范围，东厂的总管虽然名不见经传，它的幕后首脑却是皇帝最宠信的太监郑和。只不过郑和现在主要负责出洋的事宜，东厂的势力并不如锦衣卫。

在那里，丁零看到了另一个丁零，已经出家为僧的丁零。

"你是谁？"

"我是丁零。"丁零看了看他，"你又是谁？"

"贫僧法号'法真'。"他双手合十，默诵经文。

"佛陀的彼岸便是你的归宿吗？"

"佛陀不在彼岸，施主，'佛法无边'，回头才是岸。"

"那我的岸又在哪里呢？"

"施主的岸也在来路，天道循环，自始而终。"

"你寻的是佛法渡厄，那我寻的是什么？"

"'天道循环'，施主寻的当是'天道'。"

"什么是'天道'？"

那和尚面对着丁零摇了摇头，却是笑而不答。

第十二章　出征瓦剌

这世界上从来没有真正的哑巴，要么把话语放在心里，要么就把话语放在嘴上，有的仅仅是这样的分别。

埋葬了罗老汉的永乐十二年的春天，阴雨绵绵，瓦剌派来的特使扬起头看了看皇宫的斗拱，拍打了一下落在皮毛衣服上的雨水，迈着笃实的脚步走进了皇宫的大殿。

内侍接过瓦剌特使递来的"国书"交给了高高在上的皇帝朱棣。

朱棣打开国书看着，不时瞟一瞟大殿下面的瓦剌使臣，瓦剌使臣挺着胸脯，撇着嘴，不时抬起手摸一下自己的胡子，转着头看看四下的朝臣们，显得有些百无聊赖。

"这哪里是'国书'，分明是马哈木给朕的'战书'。"朱棣冷笑着说，"盘旋在斡难河上雄鹰的翅膀被朕折断了，却又招惹来自草原上的狼群。"

"大明的皇帝陛下，"瓦剌特使向朱棣鞠了一躬，"草原造就了瓦剌人，我们只想要肥沃的土地养育我们的牛羊，延续我们的血脉。瓦剌人要驱逐阿鲁台，是希望蒙古能够和平，有自由的阳光和雨露，答里巴汗认为，这是瓦剌人的心愿，也是皇帝陛下您的意旨。"

"朕是要蒙古和平，是要看到遍地繁衍的牛羊，是要看到安宁的草原。"朱棣朗声说道，"但是，朕希望的是，不论瓦剌还是鞑靼，都能够和平相处，你们都是草原的子民，不应该互相残杀。"

"不，蒙古人自有蒙古人的方式，草原上只能有一个大汗，不能同时有瓦剌和鞑靼，不能有不同的血脉。"瓦剌特使依然不依不饶。

"阿鲁台已经归顺大明，尔等继续出兵攻打阿鲁台，就是在向大明挥动你们手中的马刀。"朱棣厉声说道。

"皇帝陛下，蒙古人的事情，是不劳您费心的。"

"乃尔不花、哈剌兀、阿鲁台……"朱棣的语气瞬间变得冰冷，"现在，瓦剌人也要一试我大明铁骑的强弓硬弩吗？"

"皇帝陛下，瓦剌不是鞑靼，马哈木不是阿鲁台，答里巴汗也不是本雅失里。"

"说得好！"朱棣笑起来，"那就只能战场上见了。"

转天，皇帝要御驾亲征出战瓦剌的消息就在街头巷尾传开了，"可真是一位喜好打仗的君王啊！"朱棣做燕王时，就曾率领着军队深入漠北征战。登基称帝之后，更是于永乐七年，亲自带兵征讨过鞑靼。出征之余，还经常到北方去巡察边事，南京的皇宫里主事的其实是监国太子朱高炽。

"战事一起，劳民伤财，无奈的是北方的纷争，又不能不去平定。"解缙叹了口气，"但马哈木可是个难缠的对手啊！"

丁零定定地看着似在喃喃自语的解缙。

"这次圣上准备带多少将士出征瓦剌？"解缙问丁零。

丁零伸出五根手指。

"五十万？"

丁零点了点头。

"当年开平王率万余众出击漠北，蒙古人闻之丧胆，常言有万人足可以横行天下。"解缙苦笑着说，"圣上总以当世名将自居，出师漠北却要引兵数十万，几倾天下之兵征讨，还真是'多多益善'啊！"

丁零看着眼前的解缙，忽然生出一股悲凉的感觉。这个已经身在"诏狱"，九死一生的人，居然还在担心牢狱外的君主和生灵，他早就已经浑忘了自己，浑忘了这座阴森的牢狱。他还经常会吟诗作赋，丁零看过他写的每一篇诗词，无不透露着等待他日出狱以后，辅助圣主开创盛世的雄心壮志。

"解先生果然心忧国事啊！"牢狱里蓦地传来一阵爽朗的声音，如雷霆压顶，振聋发聩，只见纪纲迈着大步走了进来，卞乌啼跟在他的身后。丁零向纪纲施礼之后，匆忙退了下去。

眼见纪纲进来，解缙却依然坐在那里动也不动，"几日不见，指挥使大人倒是更红光满面，大腹便便了啊！这般下去，这小小的牢房都要容不下指挥使大人的龙行虎步了！"

"世人说刀剑无情，却不知解先生的舌头也可以伤人啊！"纪纲笑着坐在了解缙的对面，"近日拜读了先生几篇在牢内所写的大作，才气惊人，气贯长虹啊！"

"哦，解某所写的这几篇大人都读过了？"解缙拿起面前桌

100

案上的几篇文稿，"能在解某眼皮子底下神不知鬼不觉地将敝人的文稿拓写去，不愧是锦衣卫啊，做这种鸡鸣狗盗的营生天底下实在是独一份了！"

"解先生才气纵横，这般好的诗文，若无人品读，岂不可惜？"纪纲依然笑着。

解缙看了看纪纲，忽然伸手将文稿都撕了个粉碎。

"解先生，你这是为何？"卞乌啼惊讶地问。

"解某宁可自己的文稿在这牢狱里不见天日，也不愿无耻小人腌臜了在下的心血。"解缙一字一顿地说。

卞乌啼一只手甩到身后，一对峨嵋刺已经从袖中弹了出来，双眉倒竖，一只脚便要跨上前去。不料纪纲微笑着伸出手，一把拦住了火起的卞乌啼。纪纲依然微笑着，浑身上下没有一丝一缕的波动。

纪纲带着卞乌啼走出解缙的牢房，解缙举起桌案上的酒一饮而尽，在一旁把这一切都看在眼里的丁零，都不禁为解缙捏了把汗。

走出"诏狱"时，纪纲的一只脚踩在了门口的青石板上，过去后那里留下了一个清晰的足印，深深落入石中。

"解缙，不识抬举。"这几个字几乎是纪纲从牙缝里挤出来的。

卞乌啼贴近纪纲，"大人，属下以为，这解缙是死不悔改，大人留着他已无用处了。"

"这些，"纪纲向卞乌啼摆了摆手，"你毋庸多言，我自有主意。"

"属下多嘴了。"卞乌啼赶紧退了一步。

"对了,从明日起,丁零不必再来照看解缙了,换一个人。"

"那大人准备怎么安排丁零?"

"圣上即将出兵瓦剌,随军的锦衣卫正好还缺人手,就让丁零去吧!"

"随军的锦衣卫历来都是选取老手,而且在圣上身边,稍有不慎恐怕就会拖累大人,丁零毕竟是初出茅庐,属下恐怕他担当不起这样的重任。"

纪纲笑着瞟了一眼卞乌啼,"乌啼,一入沙场命难归,你不是怕丁零在战场上送了命吧?"

一听纪纲这番话,卞乌啼吓得赶紧跪了下去,"乌啼乃是大人的人,为大人效劳责无旁贷,不敢有私心。"

"我只是说笑,看你,"纪纲说着扶起了卞乌啼,"我知道你看重丁零,我也看重他,他能担大任,而且忠心耿耿,随军出战虽然凶险,但却是平步青云的最好契机。入仕为官靠的是真才实学,但有的时候也需要机会和运气。机会,我给他,但是能不能利用好这个机会,就看他自己了。活着回来,就有富贵和荣耀等着他;死在那里,就是天意使然,谁也没有办法。"

"大人厚爱丁零,乌啼代丁零谢过大人的恩典。"

纪纲说:"他若能为我所用,我还要谢谢你呢,乌啼。现在最关键的是,我已得到了确切消息,皇孙朱瞻基肯定会跟随圣上出征,我让你办的事情你可都安排妥当了?"

"一切都按照大人的吩咐，这次肯定会让朱瞻基有去无回。"

"这件事一定要办得漂亮，放眼满朝王侯将相，只有这个朱瞻基是我们最大的敌人，我每每想到永乐十一年的'宫中射柳'，都会冷汗直冒，难怪圣上会为他舍弃战功赫赫的汉王而选择太子，这个孩子确实太可怕了！"

"大人的意思是，他将是我们最后的一块绊脚石吗？"

纪纲摇了摇头，"肯定不会是最后一块，但必定是不得不搬开的一块，如果有他在，我就不能完全投入地去面对最后的对手。"

"大人放心，乌啼一定竭尽全力帮大人了却这块心病。"

"谋事在人，成事在天。"纪纲对卜乌啼说，"记着，就算无法把朱瞻基置于死地，也要尽量挑起太子与汉王的争斗，有些事不可强求，但有些事不可不求。"

"但是，不知此事是否应该告知丁零呢？"

"不要全告诉他，但是也不能什么都不让他知道。"纪纲略作思虑，"给他一个锦囊，吩咐他在最后时刻打开，若我们的计划失败，就让他亲手处决掉失败者，圣上审讯人的法子不比我们的少。"

"属下知道了。"

"还有，"纪纲看着卜乌啼，目光中忽然闪烁出一股凌厉的锋芒，"若丁零胆敢泄露风声，你万不能有妇人之仁。"

"大人放心，若有一日，丁零出了什么差错，"卜乌啼再次跪了下去，"属下一定亲手解决掉他。"

天色已晚，窗外明月高悬，那些在夜里才会鸣叫的鸟在树枝上和房檐上发出清脆悦耳的声音，面容娟秀的姑娘推开了窗子，对着天上的月亮怔怔地发着呆。这宅子如今更显得凄凉，她进来时，还是十几岁的小女孩，未谙世事，天真无邪，如今光阴似箭，附在她眼角眉梢上的那些岁月的痕迹，已掩映不去蹉跎的声音。

"冬雪，你又趴在窗子上看什么呢？"

冬雪被这声音拉回到现实里，回过头去，看见披着单衣的徐氏已经站到了身后，虽然是在夜色里，脸颊还是不自觉地红了。

"又在想他了吗？"徐氏笑着问。

"没……没有……"冬雪结结巴巴地回答，"我是在担心三公子的安危……他、他都走了好多年了，连个话也不捎回来。"

"是啊！若不是每个月道衍禅师都派人送来银两和只言片语，我总担心他就这么一去不回了。"徐氏也叹了口气。

"夫人，你说三公子现在长成什么模样了啊？"冬雪问，"怕他回来了咱们也认不出来了吧？"

"二十岁，那应该是就像二公子的模样了，"徐氏用手掌比画着，"这么高，不对，该是这么高了，应该比老爷还要高大些。"

"是啊，都二十岁了……"冬雪喃喃地说。

徐氏笑着看了看冬雪，"是啊！该是婚娶的年龄了。"

冬雪的脸颊倏地又红了起来，"夫人，你说什么哪……"

"不是吗？老爷在二十岁时已经有大公子了，"徐氏叹了口气，"也不知道叔齐他现在身在何处，正做着什么想着什么……"

"夫人……"冬雪声音很小地说，"你说小少爷在外面是不是已经婚娶了啊？"

徐氏笑着说："不会的，叔齐很懂事，娶亲这样的大事不会不跟我们商量的。"

"那……"冬雪的声音更小了，"他的身边会不会已经有了红颜知己啊？"

"这可就说不好了，"徐氏故作严肃地说，"咱们的小少爷啊，说不定现在出落得玉树临风，而且到了外面到处都是姹紫嫣红，碰到一两个红颜知己也是难免的事情。"

"唉……"冬雪慢慢地从怀里掏出一块木牌，抚摸着那上面镌刻下的一行小隶：但为君故，沉吟至今。"他要是真有了红颜知己，我就将这物什归还给他。"

徐氏微笑地抚摸着冬雪披下来的长发，"叔齐虽非我亲生，但是我了解他，你等他不惜韶华流逝，他又怎会辜负了你？"

"可冬雪毕竟只是个丫鬟……"

"这种词儿只有弄曲儿编唱儿的人才会写，"徐氏笑着说，"在咱们蒙家，没有这些。"

徐氏和冬雪并未看到，就在正对着她们的窗子不远处，漆黑的房顶上正站着一个人。那是沉默的丁零，他正沉默地站在夜晚的风里，他穿着一袭黑衣，如夜里挂在屋上的一片云，他望着在窗前为他牵肠挂肚的两个女子，已忍不住泪水。这一次，也许真的回不来了，他又想到了他的大哥，在跨上战马前抚摸着他的脸说：

"身为七尺男儿，若能征战沙场，得马革裹尸而还，当是人生最快意的事情。"

他实在没有兄长的豪情烈怀，但眼下，他知道，他也将踏上那条曾留下兄长马蹄声的冗长战道。

第十三章　饮马关山

在出征的军队里，丁零再次见到了朱瞻基。随军的锦衣卫在出征之后，都要去行营里拜见皇帝和皇太孙。朱瞻基长高了，身体也变得很强壮，眉宇间的英气更盛，他坐在朱棣的身边，虽然脸上的稚气还没有脱净，总是挂着亲切的微笑，但身上散发出的气势已经跟朱棣不遑多让。他并没有认出丁零，他的目光甚至没有在丁零身上多停留片刻。他们都已经长大，不再是少年时的模样。

这也是丁零第一次见到朱棣，这个靠武力夺得建文帝江山的王者。他坐在大帐的正中央，不怒自威，络腮胡子的每一根都直挺挺的，目光扫视下来如同刀锋。从始至终，丁零都不敢直视他一眼。这样的人，一看就知道曾经历过无数次的生死鏖战，他的身躯和骨血都是被战火磨砺出来的，任何人在他面前都会被打回原形。丁零实在无法想象，他的兄长当年是怎样与这样的人物交战的！

他们已经到了塞外，当今皇帝亲率的五十万大军，前不见头，后不见尾，他们居住的大帐里睡着几十个人。丁零从来没有看到过这么大的月亮，而且是雪白色的。看着看着，都会觉得心上一寒。他们睡觉的时候从来不脱衣服，手里攥着兵器，年纪大些的士兵都是坐着睡觉的，他们告诉第一次上战场的人，怎样辨别那些由风沙传递来的声音里，哪些是狼的声音，哪些是敌军的声音。

"鞑子兵的马跑得比漠北的狼还要快！"老兵们总是会这么说。

要判断一个人是不是第一次上战场很简单：第一，看他身上有多少伤疤；第二，看他的身上是不是带着酒壶。老兵们没事的时候，要么就在磨砺自己的兵器，要么就在喝酒，只有初次上战场的士兵才关心自己的盔甲和敌人何时来犯。

"鞑子兵不是娘们儿，不会在你想着他的时候来。"老兵们一边说着，一边拧开酒壶。

"听说了吗？刘江将军在康哈里海跟鞑子兵打上了，大胜，还活捉了几个俘虏，听说马哈木就在忽兰忽失温。"

"那咱们是不是就要去忽兰忽失温了啊？"

"那还用说，这就要去跟鞑子兵决战了！"

"快点儿打好，这样还能好好看看漠北是个什么模样！"

"小子，只怕你没有命再好好看看漠北了。"一个独眼老兵淡淡地说。

"我一定能活着回来！"说话的士兵叫张鹏，也是一个锦衣卫，"只要圣上能取得最后的胜利，我们就能活下来！"

另一个老兵笑起来，"你以为你是圣上身边的锦衣卫，禁军就会像保护圣上一样保护你吗？"

"除非你是个漂亮娘们儿！"

初次出征的士兵们脸都不免涨红，那些老兵们却笑成了一团。

"唉！那个脸上刺花的哑巴！"一个光头的老兵忽然喊叫着丁零，"听说你小曲儿吹得不错，都是快去见阎王的人了，给爷儿几个吹一曲怎么样！"

丁零点了点头，探手去怀里掏出笛子来，才发现笛管里都是沙子，甩了半天才算是甩干净了，试了试音，就找了个曲子吹了起来。

正吹着，那个坐在篝火旁的独眼老兵忽然哑着嗓子唱了起来：

辞别乡间去万里征

为博君王赐车千乘

其他的老兵们笑起来，然后也就跟着往下唱：

辞别乡间去万里征

为博君王赐车千乘

车千乘，酒千樽

沙如雪，生似梦

一出阳关肝肠断

从此萧娘是路人

一个醉醺醺的老兵倒在了丁零的身边，一把压住他吹着笛子的胳膊，把酒壶递给了他，"小子，人一披上这身铁东西，就等于是把半条命埋到这片黄沙底下了，喝口酒，壮壮胆，能活着回来最好，不能活着回来，喝醉了，刀砍在身上也不会觉得疼！"

丁零接过酒壶，就"咕咚咕咚"地喝了两大口，然后向递酒过来的老兵伸了伸大拇指。

"可惜他是个哑巴，"旁边的一个兵说，"你们知道吗？这小子原来是在秦淮河上撑船的，他要是能说话，给咱们讲讲秦淮河上的事儿，那就有趣了！"

"娘们儿？"旁边的那个光头老兵仰起头来叹了口气，"这辈子我是不会想了。"

第二天天刚蒙蒙亮，士兵们就爬了起来，军队要开拔了，要去的地方就是忽兰忽失温，瓦剌首领马哈木的大本营。朱棣和朱瞻基所乘坐的马车都被放了下来，他们和士兵们一样，骑着战马上了路，身着黑色铠甲的禁军围在他们左右，锦衣卫负责贴身侍卫。丁零侍卫着的是朱棣。

这一天的风沙很大，大军行进得并不是很快，朱棣一路上什么话都没有说，只是偶尔低声吩咐身边的人照顾好朱瞻基。朱瞻基一路上倒是显得很兴奋，不时和他的近侍李谦说两句话。朱瞻基背着一把用黄色绸绫裹着的刀，据老兵们说，那是当年朱棣在靖难时所用的战刀，名为"破军"，摧枯拉朽，锋利无比。

再次入夜，丁零就发现那些老兵不再像前几天那么活跃了，他们忽然都变得沉默寡言，除了磨自己的兵器，就是喝酒，他们每个人的眼神里都闪烁着一种让人不寒而栗的光。他们晚上睡觉的时候总是坐着，即便是后半夜也依然会因为一点儿风吹草动而睁开眼睛，忍受不了困意睡去的都是新到的士兵。

到了第二天晚上，丁零和随军的锦衣卫就不再和士兵们睡在一起了，他们都住到了朱棣大帐的四周，狼嗥般的风声开始在四周响起。他们距离忽兰忽失温越来越近了，地势不再那么平坦，山地多了起来。禁军中经验丰富的老兵告诉初次出征的士兵，在山地要格外小心，敌人一般都喜欢在山地设伏击。

是的，明天，他们就将到达忽兰忽失温，决战真的就在眼前了。丁零趁着四下无人，打开了出发前卜乌啼塞给他的那个神秘锦囊。这是只有在决战之前才被允许打开的，里面是一张小字条，上面写着：皇孙苟存，李谦则死。

朱瞻基的近侍李谦？对于卜乌啼的这个任务，丁零百思不得其解，但大战在即，很多事容不得他多想。就在丁零回到营中时，他忽然看到张鹏在用一块破旧的蓝布包裹他的双铜，张鹏习惯用铜，可以说这是他最趁手的兵器，为什么突然要包起来呢？

"那是因为这是战场，短兵相接时，铜实在是华而不实的兵器。"张鹏拿起一把长刀，"我要活着，所以我得用战场上该用的武器。"

"那你背着一对铜岂不是很累赘？"丁零心想。

"可这是我家传的兵器，我总不能把它扔掉吧！"

太阳升起在了地平线上，属于皇者的战旗升起在漠北的天空中，号角吹起，朱棣跨上了战马，身后是他的孙子朱瞻基，他握紧了马的缰绳。丁零又看了看朱瞻基，皱了皱眉，"皇孙苟存"，这是卜乌啼在字条上写下的话，难道朱瞻基这一路上将要遇到什么不测吗?

说话间,大军已进入了忽兰忽失温的地域,骑在马上的朱棣轻轻叹了口气,低声说:"果然是打伏击的好地方!"接着,朱棣让禁军统领传令下去,"所有士兵之间的距离不要拉得过长,以防敌人从侧翼进攻!"

朱棣的命令刚刚下达不久,从不远的地方就响起了一片号角声,朱棣厉声喊道:"吩咐下去,迅速变阵!"

步军在前面一线排开,神机营跟在步军后面,一面熟练地往火铳里灌火药,一面向前跑去。前哨的兵士已经跑到了朱棣的面前,高声禀告着在前面已经发现了瓦剌的骑兵,他们现在正像虎狼一般扑过来。

"以逸待劳,好狡猾的马哈木啊!"朱棣说着,就驾着马向前走去,丁零他们急忙跟了上去。

远处烟尘滚滚,马蹄声顺着风声传来。瓦剌骑兵从山上冲下来,势如闪电,而且现在还处于上风位,显然,比起长途跋涉的他们,瓦剌军队在体力上也要好出很多,真是占尽了"天时地利"。喊杀声震天撼地地传来,整个忽兰忽失温都被这震耳欲聋的喊杀声震得颤抖不已。

"变阵!"朱棣又喊了一声,禁军统领火速将命令传达给神机营统领柳升。

走在前面的步兵忽然开始撤向两翼,埋伏在他们身后的神机营摆在了前面。但是瓦剌骑兵仍在如闪电般靠近,丁零已经能够感觉到脚下的土地似乎要被那海浪般的马蹄声震碎了。就在瓦剌骑兵距离越来越近的时候，柳升一声命令，神机营开始对着瓦剌骑兵进行射击，丁零只看到眼前人仰马翻。

丁零抬头看了看马上的朱棣，他依然那么沉稳，那么冷静。马哈木的伏击准备得非常充分，但这还不足以摧毁朱棣，这个曾经在漠北征战多年，如入无人之境的燕王，风采依然。但是丁零并没有时间想那么多，因为瓦剌骑兵仍然在冲锋，而他知道，神机营的火铳并不能够连发。他们总有用尽子弹的时候，而两军交战，敌方没有人会留给你装火药的时间。

朱棣一声令下，神机营身后的骑兵从两翼杀了出去，接着神机营退向两翼，朱棣带着中军坐镇中央。顽强的瓦剌骑兵冲破重重围困，向朱棣的中军杀了过来，丁零握紧了手里的长枪，感觉全身都已经湿透了。

朱棣缓缓拔出了战刀，他还不忘回身对朱瞻基说："孙儿，这就是战场，不是你死，就是我亡！记住，让自己活下来最好的方法，就是毁灭你的敌人！"

说罢，朱棣忽然一兜缰绳，胯下的战马就立了起来，随之从所有禁军的头顶跃了过去，冲入敌阵。其他的人几乎同时喊叫着冲了过去，丁零是不由自主地冲上去的，在他冲入敌阵的一瞬间，他唯一的感觉是自己身上刚才黏糊糊的、热得让人心里发慌的汗全都冻结了，浑身冰凉，然后，他手里的长枪就与敌人的马刀相遇了，眼前是狰狞的面孔和腾起的烟雾。思考在这个时候是毫无用处的，也感觉不到什么疼痛，只是刚刚一会儿，他就已经很疲惫，呼吸似乎也非常困难。他刺倒了迎面撞

113

上来的瓦剌士兵，然后又马上有新的敌人扑上来，但这是一场胜负悬殊的战争，因为他感觉到加入战斗的己方士兵在不断增加。

他的肩上被砍了一刀，是谁砍的，他并没有看清。独眼老兵死在了不远的地方，他是被人射死的，箭穿过了他的心脏，等他倒下以后丁零才发现，独眼老兵的小腹上至少还插着三四支箭。接着，前方的瓦剌兵开始撤退了，后来丁零才知道，原来战争开始不久，瓦剌的首领马哈木知道大势已去，就率先逃跑了。

作为守卫，丁零得马上去寻找朱棣，离着很远，他就看到了横刀立马的朱棣，霸气卓然的他在人群中总是容易分辨，但是丁零并没有看到朱瞻基。这让他忽然感觉到一阵心悸，下乌啼字条上的那行字又跳到了他的眼前，有人看到朱瞻基去追击瓦剌的败军了。丁零刚眺望了一眼朱瞻基追击而去的方向，就在这时，忽然一个熟悉的身影从身边奇异地跑了过去，他的脚步非常诡谲，从所有人的面前飘忽而过。是张鹏，他手握着长刀，忽然跑向了丁零的身后，敌军刚刚撤退，很多士兵还没有从刚刚的激战里缓过神来。所以没有人注意到张鹏。

丁零转过身，跟在张鹏后面追了过去。张鹏跑出很远，才停了下来，他环视了一下四周，解下背在身后的蓝布，一抖，丁零看得真真切切，顿时大吃一惊，因为从那块蓝布中抖出的并非是张鹏的家传双铜，而是本来应该背在朱瞻基身上的那把宝刀"破军"。

114

第十四章　千钧一发

一切进展得非常顺利。张鹏长出了一口气，剩下的就是把这把刀藏在这大漠的黄沙之下，就神不知鬼不觉了。他赶紧开始用手扒地上的沙子，坑挖得差不多了，转过身去，他一下子呆住了：刀不见了。而且地上还多了一个人，那个哑巴丁零。

刀背到了丁零的背上。

"你干什么？"张鹏对丁零说，"把刀给我，这是指挥使大人的命令。"

丁零摇了摇头。

"你不是负责杀掉李谦吗？那你就快去！"张鹏说，"我负责的就是处理掉这把刀。"

"你还不知道吗？"丁零笑了笑，"我不准备让你将这把刀'处理'掉。"

"啊？"张鹏顿时脸色煞白，"你不是哑巴吗？你怎么会说话？"

"你想不明白的话，就不要想了。"丁零忽然拿起长枪，向张鹏刺了过去。

张鹏的反应更快，一枪格住丁零，狞笑起来，"看来你还真是藏得很深，居然连锦衣卫也没有看出你的底细。但不管你是谁，跟我比枪，你都死定了。"

张鹏忽然一声长啸，将手中的长刀舞得如同出海的蛟龙，只三两下，丁零就已经招架不住了。没有别的办法了，丁零虚晃一枪，撒腿就跑！张鹏赶忙在后面追，他对任何人都有防备，却偏偏疏漏了这个哑巴，就是现在，他也不敢相信，这个哑巴会是锦衣卫中的叛徒！纪纲曾告诉他，这次随军出征的每一个锦衣卫都是可以完全信任的，这个哑巴居然瞒过了纪纲和卞乌啼！

丁零在风沙中奔跑着，张鹏有几次想把长刀掷出去刺死丁零，但是风沙太大了，他试了几次根本无法瞄准，而且停下来反而让自己的速度减缓，跟丁零之间的距离更大了。

在大军的后面是负伤的兵员，丁零看到了一个弓箭手，他的一条腿被砍断了，正坐在那里呻吟，丁零跑过去喘着气抢过了他身上的弓箭。还没有等这个负伤的弓箭手缓过神来，丁零就已经张弓搭箭瞄准了张鹏。张鹏是用刀的高手，但是他不擅长射箭，所以在漫天风沙里他根本无法瞄准，但不擅用刀的丁零却是射箭的能手，莫说是满眼风沙，就是漆黑一片，他凭借声音也能够找到对手。张鹏看到了丁零，看到他面对着自己，就在张鹏还没有看清楚丁零的模样时，一支冰冷的箭已经穿透了他的心脏。

丁零拿着弓箭跑向骑兵，他没有时间向任何人做什么解释了，他趁那个骑兵没有注意，将他从马上推了下来，夺过他的马就钻进了风沙里。

那个跌在地上的骑兵和那个负伤的弓箭手几乎是同时叫起来："丁零造反了！"

李谦问朱瞻基："殿下，您知道为什么圣上总是喜欢汉王多一些吗？"

朱瞻基回答："因为皇叔能征善战！"

李谦又问朱瞻基："殿下，那您知道为什么圣上这次让你随军出征，而不是能征善战的汉王呢？"

朱瞻基没有回答。

李谦说："因为圣上要考验您，看看您的本事和汉王相比，孰高孰低。殿下若能在此次忽兰忽失温一战中建立军功，圣上必将下定决心不再动换储的心思，殿下就立下了不世之功。"

所以，朱瞻基几乎是不假思索地带着士兵追向了瓦剌军。可没过多久，他就发现身边的士兵越来越少，而瓦剌兵却是越来越多。忽然一阵箭雨射来，李谦惨叫一声，坠落马下，朱瞻基急忙回身来救李谦，不料倒在地上的李谦忽然纵身而起，从怀里掏出一把匕首冲向朱瞻基的战马，马蹄一断，朱瞻基立刻从马上摔了下来。

"李谦，你干什么？"朱瞻基灰头土脸地从地上爬起来。

"殿下您待我不薄，但我自幼曾受汉王殿下厚恩重义，今日不得不为了汉王殿下将来之事而将您的生命结束在这里了。"李谦露出一丝凄然的笑。

朱瞻基赫然呆住了，想不到自己身边最宠爱的近侍，竟然是要置自己于死地的刽子手。身边是不断倒下的士兵的尸体，鲜血已溅满了自己的铠甲，蜂拥而至的瓦剌兵冲了过来，朱瞻基挥舞着手中的长矛迎了上去，他的脑海里此时是一片空白，身体只是被求生的欲望支撑着。

刚刚杀倒了几个瓦剌士兵，忽然感到肩上一痛，一支箭已插在了他的身体上，另一边的李谦也发出了一声惨叫，只见他的身上已经中了三四箭。朱瞻基挥舞着长矛挡住攻过来的瓦剌士兵，肩上的伤口已经是血流如注，瓦剌骑兵的箭又从人隙中射了过来，其中一支擦着他的脖子飞了过去。

朱瞻基转身把倒在血泊中的李谦拖到了一块山石后面，骤雨般的箭射了过来，他只觉得天上的太阳都被战场上扬起的风沙给遮挡住了。

"殿下，你已经无路可走了。"李谦苦笑着说，"臣就陪着殿下一起死在这里吧！"

"我不能死在这里。"朱瞻基解下背后的绸布，想拿出朱棣赐给他的战刀，可当绸布打开，发现里面放着的竟是两把铜，"啊，皇爷爷的战刀哪里去了？"

"臣说过，殿下，你已经无路可行了。"李谦叹了口气。

朱瞻基表情复杂地看了看李谦，战刀想必已是被他给换去了，"李谦，我不曾负你，你何至于非要置我于死地？"

"各为其主，身不由己。"

又是一阵冲杀声传来。朱瞻基拿着长矛转过身来，看到一群瓦剌士兵已经冲向了他们，他攥紧了手里的长矛，准备拼死一战。

"殿下，所有的挣扎已是徒然，认命吧！这里就是你与我的葬身之地！"李谦说着已闭上了眼睛。

朱瞻基注视着冲杀过来的瓦剌士兵，没有理会李谦。

"殿下乃是万金之体，怎会死在这种荒蛮之地！"

话音甫落，朱瞻基只觉得有三四支箭从自己的身后射了出来，扑过来的几个瓦剌士兵随即倒了下去。

一个满身血污的人手挽着弓跳到了朱瞻基的面前，解开身后背着的包袱，将里面的战刀交到朱瞻基手里，"臣护驾来迟，让殿下受惊了！"

看着这突发的情形，李谦有些不敢置信。

"我就知道，你会来的。"朱瞻基笑着拍了拍丁零的肩膀，"师弟，我几乎认不出你了。"

丁零一怔，"是师父告诉你的……"

"师父什么都没有告诉我，"朱瞻基将战刀握在了手里，"但我认得你，你化成灰，我也认得你。"

他们都笑了起来。

"眼前形势紧急，敌众我寡，殿下有什么良策吗？"

"古人云：'挽弓当挽强，用箭当用长，射人先射马，擒贼先擒王！'"朱瞻基手指着乱军之中被旌旗团团围住的那名马上的虬须大汉说，"我刚刚看了一下，周围已乱作一团，只有那个人被保护着，而且面容上丝毫不见慌乱，想必就是瓦剌军中的大将，若想解眼下的危局，就必须先要杀掉此人，挫敌军的

119

锐气！"

"万军之中取上将之首级，并非易事。"

"我去取他的首级，师弟，但我需要一条畅通无阻的路。"

"愿效犬马！"

"好！"朱瞻基伸过手来与丁零击掌而誓，"你我多年不见，久别重逢，却万不曾料到会是在此时此地，但若能笑傲沙场，也是快事！"

"殿下放心，臣一定会保护殿下的安全！"

"师弟，这是沙场，'沙场无父子'，更何况是君臣。"朱瞻基笑着拍了拍丁零的肩膀，然后喃喃低语，"若上天真的要瞻基命丧于此，让我造福苍生的宏愿付诸东流，是天意，但天意应是民心，民心终不该是要让天下焚于战火之中的。"

朱瞻基的这番话让丁零不觉有些愕然，他看到朱瞻基双手握着曾横扫朔漠的名刀"破军"，已经是蓄势待发。

"师弟，准备好了吗？"

丁零将七支箭搭在了弦上，"好了！"

"就让我见识一下蒙家的'七星望月'吧！"朱瞻基长啸一声，冲向了瓦剌军的敌阵。

丁零的七支箭射了出去，瓦剌军阵前的弓箭手顿时被命中。接着丁零一口气不歇地又射出了七支箭，正好命中了扑向朱瞻基的几个瓦剌士兵。朱瞻基手握战刀扑向敌阵，眼睛紧紧盯着敌方主将，对于身边冲杀过来的瓦剌士兵视而不见。

箭囊中的箭一支又一支射出，丁零镇定自若，目光如炬，在间隙，他不忘看看倒在地上的李谦，"你是奉了谁的命令？"

李谦面无表情地回答："汉王。"

丁零笑了笑，箭囊里只剩一支箭了，朱瞻基已逼近瓦剌的中军。瓦剌军的大将似乎发现了朱瞻基的意图，命令守卫着自己的军队拿着盾牌挡在前面，两翼的士兵迅速集结向中间挡住朱瞻基。

"你究竟是谁？"良久，李谦向丁零问道。

丁零走到李谦面前，将他拿着匕首的手臂抓了起来，"你活着的时候不用知道，死了以后更不必知道。"说罢，就将匕首划向李谦的脖子，一抹猩红喷溅在了李谦身后的岩石上。

丁零伸手摸出了箭囊里的最后一支箭。

这支箭射中的是正对着朱瞻基的一个瓦剌士兵的膝盖，瓦剌士兵一下软倒在了地上，朱瞻基在长啸声中飞身跃起，一脚踏在那瓦剌士兵的盾牌上，借着这一踏之力跃到了空中。

"快拦住他！"马上的将军一手抽出腰间的马刀，一手用马鞭指向杀过来的朱瞻基。

可是朱瞻基的去势太猛太快了，士兵们还没有来得及反应，他已经逼近了瓦剌将军的坐骑。瓦剌将军的马刀在"破军"的锋芒之下根本不堪一击，他只能眼睁睁看着自己的马刀破碎，而那道长虹般的刀芒穿过他的身体。

瓦剌将军的世界变得颠倒，然后漆黑。

主将虽死，但仍然有无数的瓦剌士兵向朱瞻基围困过来。

挥舞着一支长戈的丁零从乱军中杀了进来，和朱瞻基并肩站在了一起。

"师弟，刚刚我飞身斩杀敌方主将的那一幕你可曾看到？"朱瞻基高声地问丁零。

"看到了，如雷霆万钧，势不可挡。"丁零大口地喘着粗气。

朱瞻基笑起来，"若是开平王在世，我想也不过如此吧？"

"日月辉映，难分高下。"丁零说。

"说得好，你我兄弟见面不能把酒言欢，实为憾事啊！"

"能与殿下同生共死，是微臣的福分！"

"师弟，别再说什么君君臣臣了，今天若是能活下去也是九死一生，虽说这样的相逢实在仓促，但也是恰逢其时啊！"

两个人在乱军之中又冲杀了一番，杀了四五个瓦剌士兵，各自身上也已是血迹斑斑，遍体鳞伤，大口地喘吁着，看来也没有多少气力了。

"师弟啊，这些年你去了什么地方做了什么事认识了什么人，怕是要到他乡再向我细说了！"朱瞻基只觉得再拼杀下去，自己的一双手臂连战刀都要提不起来了。

忽然，从远处传来一阵激昂的战角声。

接着就听到有人喊起来。

不一会儿，仿佛是一片雷电般迅捷的乌云飘了过来，携带着巨大的风暴，朱瞻基和丁零身边的那些瓦剌士兵，在倏忽之间被吹了个干干净净。

接下来是一声骏马的长嘶。

一匹骏马从他们的头顶跃了过来，稳稳落在地上，骏马上端坐的人正是朱棣。

"孙儿莽撞，请皇爷爷恕罪！"朱瞻基跪在地上，已没有多少说话的气力了。

朱棣从马上跃下，走到朱瞻基面前把他扶了起来，"瞻基，你不要自责，你并没有愧对你身上流淌着的大明皇家的血！"

丁零跪在朱棣面前，却不知道该从何说起。

"你虽然擅离职守，却救了皇太孙一命，功大于过。"朱棣对丁零说，"你下去吧！"

丁零点了点头，就转身走了下去，朱瞻基看着离去的丁零的背影，眼睛里满是关切。

"孙儿，这个锦衣卫你之前可认识？"朱棣忽然问。

朱瞻基想了想，忙回答："孙儿并不认识。"

"他虽是个哑巴，却是个不同凡响的人。"朱棣说。

朱瞻基笑了笑，"这次真是多亏了他，若没有他，孙儿这条命怕是要留在这里了。"

陷入沉思的朱棣并没有回答朱瞻基的话，他转过身来看了看远处的天空，战争的阴云已经散去，滚滚烟尘逐渐归于平静，那花白的日头露了出来。身边的侍卫告诉朱棣，他们现在所在的地方名叫"九龙口"。

第十五章　共图盛世

纪纲派来的十几个随军的锦衣卫，到忽兰忽失温一战之后，只剩下了七个，丁零则是剩下的锦衣卫中职位最高的。饶是如此，朱瞻基想与丁零单独见一面，还是需要绞尽脑汁，谁又能确定这营中没有纪纲的其他眼线呢？

在从九龙口班师的路上，朱瞻基就把他的想法告诉了丁零，丁零告诉朱瞻基不要心急，这些事留给他去安排就可以了。

凯旋班师时军营里的气氛与出外征战时已大有不同，尤其在进入长城之后，士兵们就开始庆祝自己又一次从战场上活着回来了。朱瞻基根本没有心思出去参与士兵们的庆祝，他在营帐里焦急地等待着丁零，他等了一夜，直到四更天已过，丁零才摸了进来。

"殿下的伤势如何了？"一看到朱瞻基，丁零第一句话就问。

朱瞻基看到丁零之后显得尤其高兴，"不碍事，不碍事，这点儿伤算不得什么！"急忙伸手过来拉住丁零，"快来说说，你这几年都做了什么，怎么变成了这般模样！"丁零走到旁边坐下，不经意间露出了头发下那菊花刺青，更是让朱瞻基一愣，"师弟，你这脸上的花是怎么回事？"

"臣正是怕故人认出，才托人刺了这花，不承想还是被殿下认了出来。"

朱瞻基摆了摆手，"今日你我是私下交谈，兄弟相称便是，省了那些繁文缛节。"然后拿起酒壶来就给丁零斟满了，"其实若非我不经意间注视到了你这双眼睛，真是会认不出你。"

"我现在不叫蒙参，"丁零看着朱瞻基，"我现在是锦衣卫千户丁零。"

"我知道，而且还是个哑巴，"朱瞻基点了点头，"但是你回去之后就不同了，大概会成为锦衣卫佥事。"

"这并不重要，重要的是你眼下的安危。"丁零顿了顿，聆听了一会儿四周的声音，"师兄，你知道你现在最大的敌人是谁吗？"

朱瞻基冷笑了两声，"皇叔窥伺皇位久矣，恐怕他对我早已怀恨在心……"

"不！"丁零立刻打断了朱瞻基的话，"目前你最大的敌人并不是汉王，而是纪纲。"

"纪纲？"朱瞻基皱了皱眉。

"李谦虽然声称是汉王所派，但是我想他十有八九是纪纲的人，他和张鹏分明是早有联络，而且张鹏对于我需要做的事情似乎也了然于胸。"

"你需要做的事情？"

丁零慢慢从怀中掏出了那张字条递给朱瞻基。

"'皇孙苟存，李谦则死'？"朱瞻基看着丁零，"纪纲竟然如此大胆，我去告诉皇爷爷，将他满门抄斩！"

"不可！"丁零说，"汉王虽然位高，但手上并无多少实权，而纪纲不同，他的背后有手眼通天的锦衣卫，再者，只凭这一张纸断然是治不了他的罪的，还有可能打草惊蛇，反而让汉王得了便宜。"

"那依师弟之见，该当如何？"

丁零笑了笑，"我所能做的只能是继续做我的丁零，至于运筹帷幄的事情，太子身边自有智者。"

"父亲仁厚，故屡屡被汉王占得先机，现在解先生身陷牢狱，东宫可以谋策的人，只剩下了杨士奇一人。"

"太子仁厚，得道多助，只是天颜难断，所以很多臣子并不敢过于表露心迹。"

"汉王黩武，纪纲凶劣，"朱瞻基将面前的一杯酒一口气喝了下去，"天下若落在这样的人手里，黎民百姓怎么会有安稳的日子过？我大明的百年基业恐怕都会毁于一旦。"

"师兄的性命都如风中的飘絮，现在居然还牵挂着天下的黎民……"

"师父曾对我说过，'民心即是天道'，"朱瞻基叹了口气，"我自幼读古今史著，凡开盛世的明君，莫不是顺应天道。"

"那如师兄所言，民心所向是什么？"

朱瞻基笑了笑，拍了拍丁零的肩膀，"那还不简单，民心所向，也就是你我所想，这世间太平，这干戈止息，妻儿相偎，鸡犬相闻。"

眼前的朱瞻基手拿着酒杯，透着一股让丁零说不出的感觉，就如同是一团烈火，把火种投入了丁零炽热的心底。这个坐在他面前微笑的男人，并没有任何玩笑的意思，虽然他们很多年都未曾见面，但依然如年幼时那样直抒胸怀，绷带上透着殷红的血迹，身上的伤还没有结疤，但是他的目光早已经不在眼前了。

"师父告诉我，若想解开我心中的疑窦，就要去锦衣卫的'诏狱'里见解缙。"丁零说，"所以，我才进入了锦衣卫，当起了哑巴。"

"师弟，那你见到解先生了吗？"朱瞻基问，"他可解开了你心中的疑窦？"

"我与他朝夕相处了几日，倒是有些感触，他是一个随时都有可能面对死亡的人，可他却时刻都在等待着走出牢狱，与太子殿下一起开创大明盛世。"

"一个人，往往会因为心胸狭窄而变得怯懦；一个人，也可能会因为胸怀宽广而变得无畏。"朱瞻基说，"身在'诏狱'，却能够将生死置之度外，解先生必当是一个胸怀四海的人。父亲曾说过，解先生志在造福苍生，如果师父让你去见解先生，恐怕也就是这个意思，师父想让你明白，师弟，何为苍生？"

"如果是这样，我真的明白了很多，尤其是经过这次塞北之行，亲历了战场的生死考验，"丁零叹了口气，"战争，实在太可怕了！"

朱瞻基微笑着握住了丁零的手臂，"师弟，在寻求'天道'

的这条路上，若是能有你与我同行，我就将无所畏惧。自古以来，多少人死在了寻求'天道'的路上，但是我相信，你我兄弟相伴，必能成功。"

"为了天下的黎民吗？"丁零笑了笑，"我只愿人间少打一些仗就好了，大家都能够安居乐业，都能够高高兴兴的，就像师兄所说的'妻儿相偎，鸡犬相闻'，就可以了。"

"为天下黎民，其实也是为了我们自己。"朱瞻基对丁零说，"师弟，你这几年可婚娶了吗？"

丁零笑着摇了摇头，"身不由己，哪里敢谈什么婚娶。"

"我已经成亲了，而且还快有孩子了！"朱瞻基笑着说，"等此仗结束，我就带着你去看看我的妻儿，再给你找房媳妇，话说回来，你可有心上人了？"

丁零的脸倏然变红了。

朱瞻基笑得更厉害了，"必然是已经有了，那到时候我就去找皇爷爷，给你们两个人赐婚！"

"皇家赐婚，乃是修来的福气，"丁零喃喃地说，"但我只求能活着回去见她就可以了。"

永乐十二年九月，南京城。

"蒙佑将军在门外求见王爷。"负责守门的侍卫穿过行廊，走到正在月下饮酒的朱高煦面前禀报。朱高煦让侍卫马上去把蒙佑请进来，抬头看看天色，已不早了，蒙佑这么急匆匆地趁着夜色来到这里是发生了什么事吗？

今天朱高煦本已睡下，躺在床上翻来覆去，却怎么也无法睡着。自从听闻朱瞻基在忽兰忽失温一战中的事情，这半年多来他就一直寝食难安。从前朱棣到北京去巡边，向来都是带着他的，可这一次朱棣忽然带上了朱瞻基，而且还是与瓦剌这样事关重大的战斗，"莫非，父皇已经决定仿效太祖皇帝，把皇位留给朱瞻基这小娃娃了吗？"事情若是按照朱允炆那样发展就好了，可是朱瞻基在忽兰忽失温的表现让朱高煦大失所望：虽然涉险冒进，但正说明了这个初生牛犊有着惊人的勇气；虽然身陷重围，却能斩杀对方大将并且等来援军，正说明了他的勇武和冷静。这样的表现，难保一些靖难的旧人不会在立储一事上出现动摇。

"也许，是蒙佑想到了什么计策，急着与我商讨，以帮我挽回眼前的局势。"朱高煦想着，就看到蒙佑从月下的阴影里走了出来。

"蒙将军，今晚的月色甚好，不如一起坐下小酌几杯如何？"朱高煦笑着说。

"殿下盛情，蒙佑怎能推辞！"蒙佑坐到朱高煦身边的石凳上之后，就冲朱高煦眨了眨眼睛，示意他让身边的其他人都退下去。

"我与蒙将军举杯赏月，你们就退下去吧！"朱高煦摆了摆手，身边的人从侧门鱼贯退出。

"将军深夜来访，不知何事？"朱高煦抢先问道。

"臣听闻圣上已结束巡边，不日就将率领大军班师回京？"

"正有此事。"朱高煦点了点头，"三五日怕是就要回来了。"

"圣上此前不是说要等到看过塞北的第一场雪之后，才让大军归来吗？"

"父皇那是怕瓦剌残兵们不知悔改，趁着秋收的时候再来滋扰，所以就让大军多留几日。大概近几日得了确切消息，瓦剌的残兵们都被打到极北之地去了，也就决定班师了。"朱高煦呷了口酒，"想来也是，马哈木已经是丧家之犬，正是失魂落魄的时候，哪里还敢再来以卵击石。"

蒙佑笑着说："看来殿下也是只知其一了。"

"哦？"朱高煦问蒙佑，"难道父皇还有其他意图？"

"蓦然返京，恐怕是意在太子。"蒙佑笑了笑，"太子监国以来处理政务有条不紊，皇太孙又在漠北立下奇功，此时太子正在意气风发之际，圣上突然返京，目的不过是要给太子浇一点儿凉水。"

"父皇带着瞻基去漠北，已是对皇兄宠爱有加，为什么还要找皇兄的不是呢？"

"自古帝王都生性多疑，似当今圣上，也概莫能外。"蒙佑说，"臣想，若是在这个时候再来他个推波助澜，这碗药可就够太子喝的了。"

"将军有何妙计，本王愿闻其详。"

"眼下这局棋王爷可谓是稳操胜券，即便是挪动一个子，也可以让对方人仰马翻。"蒙佑笑了笑，"我们只要让圣上感觉到，现在的太子虽然还未继承大统，但已经恃功自傲，对圣上不那么尽心竭力了。"

"将军莫非是要抓住父皇这次返京的机会？"

"不错，王爷，你说若是太子在迎驾时出现延误的情况，圣上会有何反应？"

"父皇必定雷霆大怒，因为这恰可以证明太子'大不敬'。"

"去掉一个解缙，不过是让太子断了一个臂膊，"蒙佑笑着说，"要真正给太子致命一击，就是将他陷于四面楚歌的困境里。"

三日之后，北巡的大军归来，文武百官更换朝服前往城外迎接，身体肥硕的太子朱高炽被扶上了车辇，急急忙忙赶往城外。可刚刚出了皇宫不远，车辕忽然断裂了。火急火燎的朱高炽顿时被甩了出去，跌到了地上。

此时陪同在太子身边的人是杨溥。杨溥，字弘济，湖广石首人。他是建文二年的进士，之后被授予编修的职务。杨溥是东宫的官僚，此时正担任洗马的职务。车辕忽然断裂，此时斥责管理车马的官员已经无济于事，朱高炽连忙命人去找备用的车马，结果备用的车辇也出了问题，一只车轮被人毁坏了，而太子体形过于肥胖，一般的车马根本无法承载他。

"圣上的军队已经到了城外，怕是来不及了。"杨溥吩咐着身边的人，"速速再去为太子备一套车辇来。"

朱高炽在近侍们的搀扶下慢慢站了起来，衣服和脸上都因为刚刚那一跤被摔破了，杨溥急忙过去帮他拍打掉身上的土。

"恐怕父皇此时已经过了金川门了。"朱高炽气喘吁吁地说。

好不容易等来了车辇，一群人向城门飞奔而去，结果刚跑了几步，就撞上了返京的军队——朱棣已经带着他的随军将领们进城了。

朱高炽急急忙忙从车辇上爬了下来，跪到地上，他太着急了，那肥胖的身体就像是从车辇上滚下来的一样，加上还没有完全整理好的衣冠，更显得狼狈。

骑在高头大马上的朱棣慢慢走到了朱高炽身边，"抬起头来。"

朱高炽战战兢兢地抬起了头来，"孩儿迎驾来迟，请父皇赎罪！"

"身为监国太子，"朱棣叹了口气，"一个国家的命运都担在你的肩上，可是今天你看看，不过是迎驾这样的小事，居然把自己搞得如此狼狈！"

"父皇，孩儿实有苦衷……"

"够了！"朱棣冷冷地看着朱高炽，"你让朕太失望了！"

"启禀圣上，今日之错都是臣等筹备不周，实在和太子无关哪！"杨溥赶快为朱高炽求情。

"杨弘济！"朱棣大声吼道，"你们都是读过圣贤书的人，朕把太子交给你们，就是要让你们教太子从圣贤之道、做圣贤之事！可你们在做什么？成事不足，败事有余！"朱棣用马鞭一指围在太子身边的臣子们，"来人，给朕将这些人统统抓起来，交由刑部处理！"

朱瞻基心知不妙，急忙准备催马上前去求情，却被身后的丁零一把抓住，示意他不要轻举妄动。

臣子们被抓了起来，怒气未消的朱棣俯身到朱高炽身边说："朕在外浴血奋战，留你守卫京城，可居然连迎驾这样的事情也办不好，高炽，你让朕日后怎么放心把大明的江山传给你！"

趴在地上的朱高炽两股战战，浑身冷汗直冒。

说罢，朱棣就继续向前走去，朱瞻基急忙翻身下马过去扶起父亲。

走了一段路，朱棣忽然停住，他似乎想起了什么，对身边的内阁重臣杨荣说："杨学士，传朕的旨意，缉捕所有与东宫过从甚密的官员，但兵部尚书金忠就不必追究了。"

第十六章　金忠闯宫

　　暖风熏得人醉的南京城依旧是潮湿的气候，朱棣身披着沾满塞外风沙的铠甲，竟一时不想褪下。他不得不承认，自己是个留恋马背多于这金碧辉煌殿宇的人，他怀念塞外的风沙和残月，怀念悲壮的战歌和马嘶。他将头盔取下，面对着寂静沉默的宫闱，不由自主地叹了口气。

　　看到君王正在深思，匆忙跑进来的太监马云也就踌躇不敢近前。朱棣回过头去看了看，就问他："有什么事吗？"

　　"启禀圣上，兵部尚书金忠大人求见！"

　　"想必是来为太子求情的人，刚刚才赦免了他，居然这么不知好歹。"想到这里，朱棣的胸中免不了生出怒气，就将头盔再次戴上，对马云说，"那就让他进来吧！"

　　马云出去不久，金忠便走了进来。

　　"金爱卿，你来得好快啊！"朱棣背对着金忠，看也不看他，"居然连换去征衣的时间也不给朕。"

　　金忠急忙跪到地上，"圣上皇恩浩荡，对微臣法外开恩，臣听闻后急急忙忙过来谢恩，请圣上恕罪。"

　　"你跟随朕靖难起兵，算是朕的老臣，对你法外开恩，也在情理之中。"

"臣还是不胜惶恐。"金忠口气战战兢兢地说。

"你这么急着过来，就是为了谢恩吗？"朱棣语气低沉地问。

"实不相瞒，臣还有一件私事找圣上。"

"什么私事？"

"臣幼年时曾拜道衍禅师为师，虽然经历了这些年，但时至今日，臣依然视禅师为师父，不敢有所怠慢。"

"这个朕知道。"朱棣有些不耐烦地说。

"之后，圣上曾钦点皇太孙拜道衍禅师为师，因此皇太孙于私应该算是臣的师弟。臣这么说，不知道圣上是否怪罪臣是在与皇家攀亲。"

"你所说属实，一日为师，终生为师，瞻基既然是道衍的弟子，当然就与你同门。"朱棣说，"纵然君臣有别，但长幼之序也不能乱了。"

"既然如此，臣就为师弟求个情，不知道圣上可否应允？"

朱棣转过身来，"你为瞻基求的什么情？"

"臣曾听闻在忽兰忽失温一战中，师弟他误信奸人谗言，带兵突进，结果在九龙口身陷重围，死伤惨重。当日一战我军大胜，但彼时马哈木并未战死，若师弟在九龙口大败，影响我军士气，使得马哈木借机反扑，后果可能不堪设想，臣每想及此，都觉得师弟险些铸成大错。师弟毕竟年纪尚轻，对此中轻重并不了解，臣乃是过来人了，师弟不知道，臣不能不知道，故而急匆匆赶来为师弟求个情。"金忠把头俯到了地上。

"你起来吧！"朱棣解下腰中的佩剑，放到了一旁的案几上，"九龙口一战瞻基是造成了一些损伤，但并无大碍，且当时马哈木早已远遁，王师士气高涨。瞻基毕竟是第一次随军上沙场，有些小过也无妨，况且他还斩杀了敌方大将，功过相抵。"

"瞻基天资所限，自是不及圣上当年的风姿，圣上当年也是少年出征，曾跟随颍国公等开国名将同征漠北，威风凛凛，武功与当世名将相比不遑多让。"

"朕少年时便已就藩北平，是风刀霜剑里磨砺出来的，瞻基生于太平之世，初次征战沙场能有这样的表现已经是不错了。"朱棣笑着说，"也没有枉费朕与道衍禅师的一番督导。"

"圣上这么说，臣就放心多了。"金忠抬起头来笑着说。

"好了，朕已叫你起来，你就不要再跪着了！"说着，朱棣取下了头盔，"朕一去塞外便是许多时日，近来大师的身体可好？"

"师父身体还算康健，只是担心圣上与皇孙，所以每日都潜心礼佛，为圣上和皇孙祈福。"金忠站起身来。

"那替朕谢谢大师，过几日朕再去大相国寺看他。"

"那臣就先行告退了。"

朱棣看了看金忠，"金爱卿，你可真是用心良苦啊！"

"圣上何出此言？"

"为了保太子，你可真是费尽心机啊！"朱棣说，"不错，瞻基在所有皇孙中确实出类拔萃，若是他日太平天子，舍他还能其谁呢！"

"臣自作聪明，请圣上恕罪。"金忠作势又要跪倒。

"好了，站着说话就是。"朱棣摆了摆手，"朕只是不想追随太子的文臣们像解缙那样妄自尊大，朕对太子监国处理政务还算放心。况且，金忠，你是追随朕出生入死的老臣，朕不怕告诉你，在朕的心里，瞻基早已是他日太平天子的不二人选。汉王的世子瞻坦和赵王的世子瞻塙都是庸碌之辈，不足以担当一国之君的重任。"

"吾皇英明，黎民幸甚。"金忠躬身说道。

"但方才朕与你所说的话，是朕心里的话，朕希望你不要对任何人说起，"朱棣拿起案几上的奏章，"哪怕是，太子。"

"臣能得到圣上的信任，是微臣莫大的福分。"

朱棣挥了挥手，"下去吧，朕还要更衣。"

丁零跟着卜乌啼再次来到了纪纲的府邸里，这一次不同的是，纪纲府里并没有多少人，到场的只有纪纲、卜乌啼、丁零和高参四个人。这不免让丁零有些担心，他知道自己与朱瞻基见面时避开了所有的人，但仍然害怕在更暗处藏着什么人，若是纪纲知道了他与朱瞻基交谈的内容，他纵使有天大的本事，恐怕今夜也没有办法再走出纪纲的府邸了。

等卜乌啼和丁零一走进这间隐蔽的屋子，纪纲就先过来打消了丁零的疑惑，"丁零，这次塞北之行你做得很好，现在与太子亲近的臣子们或许已经记恨着汉王了，他们两方必将开始惨烈的明争暗斗。"

"若是如此，大人的计划就可以早日成功。"卜乌啼说。

"不错，太子与汉王这场龙虎斗，正好可以给我们足够的时间。"纪纲对丁零说，"丁零，我知道你从塞北回来，正是羁途劳累的时候，但是现在时势已经不容我们再等待下去，我正需要你跟高参即刻动身前往浙江。"

"小人斗胆，"高参过来，"眼下京城里正是剑拔弩张的时候，不知道大人让我等前往浙江所为何事？"

"两件事，"纪纲坐回到椅子上，"我让赛哈智到浙江以后，他交上来的银子非常少，连天上的麻雀都知道浙江多么富足，他难道以为我纪纲是瞎子吗？我要你们给我好好盯住赛哈智。再者，我现在正是用钱之际，更急需你们在浙江大展一番拳脚。"

"既然这样，在下倒是有个主意，"高参说，"赛哈智人称'铁面'，不动声色，一般人根本无法知道他的底细，丁零兄弟心思缜密，在下觉得这件事非丁零兄弟出手不可。至于在浙江面上走动这样辛苦的事情，在下愿效犬马之劳。"

"这样的安排倒无不可，"卜乌啼笑了笑，"只是不知道大人如何定夺。"

"我也正是这么想的，所以思来想去，这件事非丁零去不可。"

丁零急忙跪下。

纪纲把他扶了起来，"我听说圣旨不日就会下来，你这千户也做不长了，恐是要变成佥事了，从籍籍无名的检校一跃成为四品的金事，丁零，乌啼没有看错人，你很能干。但是，你若是为我做好浙江的事情，他日等待你的将不仅仅是个四品的金事，你的名讳将会刻在史册上，供万世的人仰慕。"

丁零再次叩谢。

"好了，你回去准备准备，等圣上的圣旨下了，丁金事就起身去浙江吧！"纪纲笑着说。

等丁零和高参走了出去，纪纲脸上的笑容却渐渐消失了。

"大人可是还信不过丁零？"卞乌啼察言观色，早已看出纪纲的表情不同寻常。

"不，"纪纲挥了挥手，"正是因为我信得过他，才让他去的浙江。"

"那为何还要高参随同……"

"不，"纪纲说，"若是这件事，单单一个高参就足够应付了。"

"那么……"

"我是恐怕高参会坏了我的事情，所以才派丁零去，"纪纲摇了摇头，"此时正值京中缺少人手，丁零又鞍马劳顿，我若非实在想不出别的人选，也不会让他跟着高参去。高参这个人，做些小事情还行，若是做大事就只会拖后腿。可若是丁零呢，无奈他是个哑巴，所以只好他们二人同去。而且，我纪纲手下不能只有高参这种无耻之徒，否则他日我纵然登上大宝，又何谈人心？我需要丁零这样的人，这样的人虽然爱慕虚荣，但是他耿直、谦逊，两相比较，高参这样的人只能当我手中的马鞭，而丁零才是真正的神兵利器。"

"但是属下听闻，浙江按察使周新并不是个容易开罪的角色，高参这样的人到了浙江，我恐怕会吃大亏。"

纪纲叹了口气，"到那时，这件事情也只能让丁零去解决了。"

"丁零……"卜乌啼若有所思地说，"只可惜他是个哑巴……"

纪纲坐到了椅子上，沉吟片刻，低声说道："幸亏他是个哑巴，他若会说话，以他这般手段，又岂肯甘心为我卖命？"

"哈哈！皇兄这一招可真是厉害，我看太子的身边现在除了杨士奇和金忠，已经没有人愿意为他卖命了。"说话的人个子不高，皮肤倒是白净，一手举着满是美酒的金樽，一手揽着一个容颜妖冶的舞姬。这个人就是朱棣的三儿子，赵王朱高燧。

"三弟，这下你算是见识二哥我的手段了吧？"朱高煦得意地笑着说，"你说，论才智论武艺，朱高炽那个胖子怎么可能是我的对手？"

朱高煦的府邸里此时歌舞喧嚣，笙瑟不绝，与人影萧索的东宫确实形成了鲜明的对比。朱高煦斜偎在一个妙龄舞姬的怀里，脸色微红，声音里已隐隐泛出醉意。

"王爷文治武功都独步当世，放眼天下确实无人可堪匹敌。"坐在一侧的将军张辅拱手说。

"连战功赫赫的张将军都这么说，皇兄你更是当之无愧了。"

朱高燧笑着说，"皇兄，我听说你不仅能上阵杀敌，而且舞剑也舞得非常好，今日趁着酒兴，何不来一段破阵舞？"

"臣也早有耳闻，王爷今日何不让我等尽兴？"张辅也随声附和。

朱高煦大笑了起来，随手将酒杯扔到了地上，"好，我就与诸位舞一段《唐王破阵舞》！"说着，就摇摇晃晃站了起来，抬脚踢翻面前放着美酒佳肴的桌几，跨了过去，舞姬们见汉王起身，急急忙忙退下。

朱高煦踩着滚落在地上的杯盘走到中央，然后举起宝剑舞了起来，只是此时饮得已经多了，身姿很是混乱，全是歪歪斜斜的，也没有什么韵律，剑法乱成一片。舞了一会儿，也觉得脚下拌蒜，就走到自己那张倒着的桌几旁斜倚下去，笑着说："今日过量了，想是过量了，让诸位见笑了。"接着随手从地上捡起一个盛水果的铜盘，用手中的剑敲打着唱了起来：

大风四起兮锁关河

岂曰无衣兮共枕戈

埋骨燕山兮扫朔漠

与刚才那一段歪歪斜斜的舞剑比起来，这首战歌虽然文法平平，和着酒醉后的悲亢之声唱出来，倒是烈意满怀，壮心浩荡。歌声刚毕，坐在一旁的张辅就忍不住击节叫好。

一抬头，醉眼惺忪的朱高煦看到了一直都默不作声的蒙佑，就摇晃着身子走了过去，一下子倒在蒙佑的身边，笑着问他："蒙将军，我与唐太宗李世民是不是有相似之处啊？"

"王爷，大事未成，你口出此言恐怕不妥吧！"蒙佑并没有看朱高煦，只是盯着手里的酒杯。

"多虑啦！"朱高煦笑着说，"蒙将军你多虑啦！天下武将俱已在此，太子身边的心腹重臣也都已经在牢笼里了，天下还有谁能够是我的敌手？"

"是啊！"在座的武将里早有人借着醉意高喊起来，"汉王威严，举世无双，现在汉王替代太子已是迟早的事情了！"

朱高煦笑着站起来，走去与其他人继续饮酒作乐了。

"他或许已忘记自己现在只是个汉王，还不是太子。"蒙佑暗自想着，一口喝掉了杯中的酒。

第十七章　君主华夷

忽兰忽失温一战让马哈木远遁极北，漠北的夷族长老们纷纷送来信笺，赞扬皇帝陛下用这一场胜利换来了大漠的祥和。但是朱棣并没有时间去端详这些溢美之词，"大漠的祥和……这样的祥和又能维持多久呢？"他总是喃喃地说。

自从随同朱棣出战忽兰忽失温之后，朱瞻基就更加频繁地出入皇宫，不仅是闲话家常，朱棣也会向朱瞻基讲起一些国事。杨士奇对此非常高兴，朱瞻基在朱棣面前得到宠信，也就意味着太子的地位愈加稳固。

"瞻基，你有仔细地看过大明的疆界吗？"朱棣指着明朝疆域的图纸，问朱瞻基。

朱瞻基摇了摇头，"孙儿只看到过这广袤地域中的一隅。"

"这是你的开始，瞻基，"朱棣笑了笑，"你看看朕造就的疆域，纵使汉、唐，也无法与朕今日相比。"

"皇爷爷武功盖世，南征北讨，战无不胜，故而为大明开创了亘古未有的基业。"

"这些话也是道衍教你的吗？瞻基，你需要知道，疆域之广也有疆域之广的难处。"朱棣的神情忽然变得严肃起来，"你可知道朕近年来为何屡屡到北方巡边？"

"是因为蒙古皇族的后裔时常在大漠之北挑起战事，使得北疆局势动荡。"

"不错，北方的外族自古以来就骁勇善战，蒙古铁骑更是雷霆万钧，此次忽兰忽失温一战，想必你也心里有数了吧？"

想起九龙口一战，朱瞻基确实依然心有余悸。"蒙古人自幼生活在马背上，所以他们的骑术都非常娴熟，加上他们还有着优秀的马匹，熟悉草原上的地形，可以说每一个蒙古骑兵都能以一敌百。而且，他们的纪律严明，此次忽兰忽失温一战，若非皇爷爷的指挥得当，加之有'神机营'这支奇兵，否则，要战胜瓦剌人，孙儿认为并非易事。"

"你说得都对，"朱棣说，"但是还有一点，瞻基，你不能忘记，蒙古人是在雄鹰的翅膀下长大的族群，他们自幼就知道如何在狼群的追逐下得到继续生存的机会。所以他们的战士生性剽悍，豪放不羁，在战意与血性上，就要高出一般的士兵。而且，虽有数以百年的岁月更迭，黄沙也不曾冷却战士的热血，来自漠北的战士将是每一个大明守卫者的一生之敌。"

"孙儿将谨记皇爷爷的话。"

"不仅是记着，瞻基，这是一块心病，身为王朝的守卫者，你必须要去除这块心病。"朱棣把手放在地图的北部，"秦始皇为此屯兵驻守，并且修筑了万里长城；汉武帝派卫青、霍去病出塞，追亡逐北；唐太宗李世民也曾让他手下的名将李靖带兵迎击。古来的明君都是这么做的，所以，朕怎能坐视不管？"

朱瞻基低着头对朱棣说："孙儿愿意聆听皇爷爷的教诲。"

"瞻基，"朱棣看了一眼朱瞻基，"朕倒是想听听你心里是否有什么办法。"

"啊！"朱瞻基吃了一惊，"瞻基年岁尚浅，于国事并不甚了知，皇爷爷胸怀四海，孙儿哪里敢胡言乱语！"

朱棣并不作答，只是看着朱瞻基淡淡地说："瞻基，你不要害怕，但说无妨，今日，只是你我爷孙二人随便聊聊而已。"

"既然这样，"朱瞻基还是有些犹豫，"孙儿就斗胆说了，希望皇爷爷不要笑孙儿的话太过天真。"

朱棣转过身去看着明朝的疆域图，"说吧！"

"以孙儿之见，其实事情并不难解决，"朱瞻基说，"孙儿觉得，若要减轻漠北的威胁，不如就迁都。"

"迁都？"朱棣没有回头，"迁去哪里？"

朱瞻基向着朱棣俯了下身子，"孙儿认为，北京当是上上之选。"

"哦……"

"北京地处燕山脚下，北可远望塞漠，挡蒙古铁骑，南可下临江浙，威服海外。且邻近中原，孙儿以为，此地川泽兴盛，正可外控蛮夷，内安中华，况且还是皇爷爷起兵之地，若迁都北京，则可占尽'天时地利人和'。"朱瞻基停了停，继续说，"孙儿自幼读史，更是发现，古来但凡统一天下的皇朝，莫不选择在北方立都建国，所谓'天子守国门'，如秦、汉、唐之于长安，宋之于汴梁，元之于北京……"

"但是，瞻基，"朱棣说，"迁都可并非小事，朕记得太祖皇帝当年也曾动过北迁之心，还派懿文太子去河洛和关中巡视，可最终还是没有成行。"

"孙儿也正是有此顾虑，只怕朝中的很多老臣也未必会同意。"朱瞻基叹了口气，"他们只怕轻易迁都会毁掉我朝的'龙脉'。"

"是啊！就像他们阻挠朕让郑和出洋一样……"朱棣慢慢转过头来，注视着朱瞻基，"但正因如此，朕才非要迁都不可。"

"原来……"朱瞻基一下子愣在那里，"皇爷爷早已下定了迁都的决心。"

"不错！"朱棣笑着走到朱瞻基的面前，轻轻拍了拍他的肩膀，"瞻基，身为天下的王者，不仅要有'舍我其谁'的霸气，也要有'虽千万人吾往矣'的决断！偏居在这江南一隅，总会有对蒙古铁骑鞭长莫及的时候，到时，大明也会如宋朝一样任人宰割。要成就不世的功勋，成为胸怀天下的帝王，就不能只看到眼前，眼光要长远，纵然不能看到百年之后，也应该看过数十年去。瞻基，刚刚你有一句话说得很好，'外控蛮夷，内安中华'，不错，这样才能开创真正的太平盛世。"

"孙儿只是班门弄斧，让皇爷爷笑话了。"

"不，瞻基，你说得非常好，你的见识确实已非你的父亲和叔叔们可以相比。"朱棣笑着说，"你的父亲害怕战争、躲避战争；你的叔叔热爱战争、投入战争。瞻基，只有你从战争里看到了不一样的东西，看到了真正的'天道'。"

"那么，皇爷爷，您修建北京宫殿，是否就已经做好了北迁

146

的准备？"

"不错，"朱棣将他的手掌放在了地图上北京所在的方位上，"要控四夷，掌中华，让大明江山稳固，就必须迁都北京，君主华夷。"

"那届时老臣们若是反对……"

"他们都不过是些书生，说的也是些书生的话，怎么能了解真正的英雄之略？"朱棣"哼"了一声，"瞻基，你需要知道，在高处不胜寒的人所看到的景象，与身处庙堂之高的人所看到的景象是大不相同的。"

"孙儿明白，孙儿会谨记皇爷爷的教导。"

朱棣走到朱瞻基的面前看了看，"其实，就算朕不北迁，他日你若为皇，也一定会不顾老臣们的反对毅然迁都。瞻基，你身上的很多地方，和朕太像了。"

朱瞻基赶忙给朱棣见礼，"皇爷爷您实在是高看孙儿了。"

"不，瞻基，朕了解你，就像了解从前的朕，"朱棣让朱瞻基站了起来，"所以，哪怕是天下人都出来阻止，朕也要将大明的都城迁到北京去，朕不能让后世的人说朕输给了后辈。"

"皇爷爷是大英雄，孙儿此生是比不得了。"

"一代新人胜旧人，再大的英雄，也总会老去的。"朱棣对朱瞻基说，"瞻基，你可知道，那天在九龙口救助你的锦衣卫，若论功行赏，他本可晋升为佥事，而朕为何只赏了他一些钱帛吗？"

"孙儿愚钝。"

"瞻基，朕看得出来，那个丁零虽然是哑巴，却是一只猛虎。所以，朕要他饿着，嗷嗷待哺。"朱棣说，"而喂给他的食物，就在你的手上，瞻基，若你能将他收归己用，就可以将锦衣卫这把神兵利器用得得心应手。"

"孙儿只怕会辜负皇爷爷的……"

朱棣伸手止住了朱瞻基的话，"瞻基，你日后的成就必定不下于朕，也就无需有什么顾虑。"说罢，叹了口气，"只是在如何掌控锦衣卫上，你一定要有所准备。昔日的建文帝便是前车之鉴，成也锦衣卫，败也锦衣卫啊！"

朱瞻基似乎有话要说，但还是把已经到嘴边的话咽了下去，"孙儿会谨记的。"

朱棣看了看外面的天色，朗声叫内侍，"马云，现在是什么时辰了？"

马云急忙跑了上来，"启禀圣上，已到巳时了。"

"瞻基，今天就先聊到这里吧！"朱棣对朱瞻基说，"你该去大相国寺跟道衍大师读书了。"

"孙儿知道了。"朱瞻基向朱棣请了安，才转身退了出去。

看到朱瞻基的身影消失在门外，朱棣的脸上又浮起了欣慰的笑容。

"圣上，吏部和工部的几位大人在殿外等候多时了。"马云轻声提醒朱棣。

朱棣似乎并未听到马云的话，他对着马云自言自语地说："瞻基这孩子，或许比朕更适合治理这个庞大的国家……"

朱棣与朱瞻基在交谈的时候，大相国寺道衍的禅房里也来了一位客人。这是一个穿着华贵的公子哥儿，手拿折扇，就那么大摇大摆地走进了大相国寺。还让添灯油的小沙弥看到他走进来，正在想今天这位香客来得真够早的，想必是来还愿的，一转眼，看到他在佛前磕了几个头，上了几个香火钱，就不知所踪了。

公子哥跨进道衍的禅房之后，就取下了头上的假发和脸上的人皮面具。对于眼前这个怪异的人，低垂着双眼打坐的道衍就好像根本没有看到似的。待公子哥把所有的"伪装"卸掉，端端正正跪到道衍面前，他正是锦衣卫丁零。

看到道衍正在闭目打坐，丁零就静静地在对面坐了下来。

道衍缓缓睁开了眼睛。

丁零急忙跪拜下去，"弟子拜见师父。"

"一别经年，你的风采果然已非当初。"道衍笑了笑，"为师却已经垂垂老矣。"

"师父言重了，"丁零抬起头来，眼睛里已噙满了泪水，"师父仙风道骨，依然如同昨日。"

"你历经宦海，九死一生，如今依然能不忘根本，来到此地喊贫僧一声'师父'，足见你这一场俗世之游并未虚度。"

"若非师父布置下的这场历练，弟子也不能了解到世间种种，师父的良苦用心，弟子铭记。"

"但是，"道衍说，"蒙参，你需知道，世间的事情就是这样，一旦堕入红尘，就身不由己。你现在的路，已不是你我可以左右。"

"弟子知道，况且弟子已经解开了心中的锁，对于前路，已然心知肚明。"

"蒙参，那就说一说，你的路。"

"弟子要追随皇太孙，去开创亘古未有的皇者之路。"

"皇者之路，是一条不归路。"

"弟子经历过坊间艄公的生活，体会过战场上的生死别离，也于尔虞我诈中侥幸生还，凡此种种，都让弟子心惊不已。弟子与皇太孙自幼为伴，朝夕与共，又在九龙口并肩作战，同生共死，弟子知道，皇太孙会开创一个平安祥和的天下，这是皇太孙的梦，现在，也是弟子的梦。"

"你能有此感触，也是因为'铁浮屠'吗？"

丁零并未回答，只是沉默地低下了头。

"蒙参，你若能辅助瞻基开创太平盛世，就会造福千秋，天下人都已安享太平，你又何必在乎个人的得失呢？"

"师父所言极是，弟子鲁钝了。"

"蒙参……"

"是。"丁零抬起头看着道衍。

此时，道衍的眼中却是感怀万端，"为苍生造福，布泽天下，才是真正的经世之道啊！"道衍叹了口气，"人生在世，皇图霸业不过是一场虚幻，到头来还不是一堆枯骨，客死他乡？"

第十八章 剑拔弩张

"锦衣卫是魔鬼。"

从前的丁零对这句话认识得还不算深，而在和高参一起去浙江的路上，他终于深刻体会了这句话的寓意。丁零和高参每到一个地方，那里的地方官和显贵们便纷纷来见他们，送给高参的都是金银财宝，而放到丁零面前的则都是名人字画。当地的老百姓一听锦衣卫来了，更是闭门不出，孩子们一看到飞鱼服就马上钻回了家，所到之处，真是鸡飞狗跳。

"看到了吗，丁大人？"高参骑在马上得意地说，"这就是锦衣卫的威慑力。"

丁零不由得皱了皱眉。宋朝的话本里说那些贪官污吏回乡，还会被百姓嗤之以鼻，可是锦衣卫所到之处，人们都躲之唯恐不及，可见锦衣卫比那些遭人唾弃的贪官污吏更加可怕和让人厌恶。

但是到了浙江境内，所有的官吏虽然也在极力讨好丁零和高参，但都不如在其他地方那么踊跃。他们害怕锦衣卫，但是更害怕那个威严的浙江按察使，那个被世人称为"冷面寒铁"的男人。

"高大人，非是下官等不想和大人亲近亲近，实在是周大人

151

铁面无私，我等的那些家底都已经充公。如若不然，被周大人发现了，我们恐怕人头难保。"当地的官宦可怜巴巴地说。

"那个周新真那么可怕吗？"高参看了看身边的丁零，"可以让锦衣卫指挥使的左膀右臂之一的'铁面'也无能为力？"

这里的老百姓果然与别处的不同，他们看到锦衣卫到来，并没有远远地躲开，而是继续在田里劳作。飞鱼服对他们似乎并没有起到该有的震慑力。

锦衣卫消息灵通，而且丁零和高参又并非隐藏身份来到浙江，而是光明正大的。赛哈智听闻是纪纲的亲信，急忙派了手下人去官道上等着。一路行来，锦衣卫所住的官驿莫不是穷奢极侈的地方，到了富足的浙江，又是在锦衣卫中身份地位仅次于纪纲和卜乌啼的赛哈智的管辖范围内，可是锦衣卫的官驿却是最普通的，饭菜也是老百姓家常吃的菜肴。

"他妈的，为什么菜里连点儿荤腥都没有，全是青菜豆腐，把本官当和尚接待吗？"高参在菜里扒拉了半天，气得把筷子扔到了桌子上。

"大人息怒，"旁边的检校急忙过来解释，"浙江的按察使周大人给咱们预备的官驿里只有这些。实不相瞒，赛大人听闻是两位大人到这里，还专门嘱咐后厨预备得上好的饭菜，咱们平常能见到一次豆腐就算是上等的菜肴了。"

"他妈的，那个姓周的不是故意为难人嘛！"高参一巴掌拍在桌子上，他看了看一声不吭地坐在那里吃得津津有味的丁零，咬着牙发出了一声叹息。

就在这时，忽然听得门外传来一阵马嘶，正往外走的检校一只脚刚踏到台阶上，也不等走下台阶，急忙跪了下去，"拜见大人！"

听到这一声，里里外外几十个检校纷纷跪倒，只见一个人大踏步走了进来，每一步都笃定而又有力，地面被踩得发出一阵战栗。刚才还气焰高涨的高参急忙堆了笑脸起身迎了过去，丁零则不急不缓地放下手中的碗筷，转过身去。

"拜见赛大人，自京城一别多日，大人雄风依然啊！"高参笑嘻嘻地说。

进来的这个魁梧的汉子原来就是锦衣卫中赫赫有名的"铁面"赛哈智，只见他身形壮硕，面容坚毅，皮肤黝黑，站在人面前如同是一块磐石。"王扁的事我听说了，甚是可惜，只是不知卞同知近来可好？"

"回大人，我家同知大人康健如昔。"

"那就好，"说着，赛哈智走到了丁零面前，"你就是哑巴丁零？"

丁零躬身跪下。

赛哈智看了看桌子上的饭菜，"两位京城来的大人，觉得浙江的饭食可好？"

丁零点了点头，算是回答。

"赛大人，"高参站了起来，"自进入浙江以来，我看到沿路民生富足，田亩繁茂，为何堂堂锦衣卫过得还没有老百姓的日子好呢？"

"你是在埋怨我没有好生接待你吗？"赛哈智冷冷地说。

"属下不敢，只是指挥使大人对浙江寄予厚望，我想，纪大人也万不曾想到赛大人您这里是这般光景。"

"官驿和这里的一切都是浙江按察使周新周大人安排的，你有什么不满就去找他说吧！"赛哈智冷冷地说，"来人，两位大人旅途劳顿，待两位大人用过餐饭，带他们去客房。"

"不用等了，"高参的声音也高了起来，"这样的饭菜我根本吃不下去。"说着，高参就让一个检校带着他去安排给自己的客房。

此时的丁零慢慢站了起来，他坐回到座位上，继续慢慢吃饭。

赛哈智看了看坐在那里吃饭的丁零，微微笑了笑，转身走了出去，对旁边的一个检校说："出去打二两黄酒给丁大人就菜。"

更声已经打过了二更，正在批阅奏章的朱棣也忍不住打了个呵欠，站在一旁的内阁大臣杨士奇和蹇义，虽然也渐渐感到了些许困意，但是也只能强打精神。他们两个人是在傍晚被朱棣忽然传召入宫的，可是在进宫之后，朱棣就一直在批阅奏章，似乎并没有准备和他们做什么交谈。他们两个人心里七上八下，不知所措，但是也只能站着，一边抵抗着困意，一边猜度着圣意。

朱棣长出了一口气，把奏章放在了面前的案几上，"两位大人，站这么久，真是辛苦了。"挥手示意马云搬了两把椅子给他们。

两个人谢过恩，才慢慢坐下。

"其实今天找你们来，只是想随便话话家常，你们都是朕最为信赖的臣子，所以很多事还是得找你们聊聊。"

"陛下如此信任臣下，臣下惶恐。"杨士奇急忙说道。

"士奇你见多识广，无需过于自谦。"朱棣伸出手在桌子上轻轻叩了几下，似乎陷入了深思。过了一会儿，他才抬起头，"迁都的事情，朕意已决，北京的宫殿朕已经派人着手修建，三五年内当可齐备。朕知道，现在朝中的臣子对此事还多有异议。"

"陛下明鉴，朝中反对迁都的臣子，多为老臣，曾奉先帝于南京，故而对王都有不舍之情，臣以为在情理之中。"杨士奇说，"但朝中其他臣子，还是支持迁都的。"

"这些老家伙，朕做什么事他们都是横加阻拦！"朱棣笑了笑，"他们以后若还不想走，等到迁都的时候，朕就让他们留在南京了此余生好了。"

"陛下明断，臣以为迁都之事功在千秋。"蹇义说。

"这件事就这么定了，随他们去说吧！"朱棣停了停，接着说，"还有一件事，朕最近听到很多传闻，是关于汉王的，听说前几日他在自己的府邸里大宴武将……"

杨士奇听到这番话之后，就低下了头去，双眉紧锁。

"宜之，"朱棣面向蹇义，"你可听到朝臣们有什么议论吗？"

"臣……"蹇义急忙站了起来，弓着腰，他已经感到背后的

155

汗浸湿了朝服，他偷偷瞄了一眼杨士奇，"臣近来忙于政务，对这些……这些事并不知情。"

"宜之你不必担心，朕只是随便问问。"

"臣万不敢欺瞒圣上啊！"

"那士奇呢？"朱棣笑着问，"朕听说你可是'百事通'啊！"

"陛下过奖了，"杨士奇站了起来，他低着头，但是一双眼睛里已经闪烁出刀锋般的光，"关于汉王的事，臣也并不知情。"

"有些事都已经传到了朕的耳朵里，你们作为臣子的难道会不知道？"朱棣的语气里已经隐隐有些怒气。

蹇义的额头上渗出了大颗大颗的汗珠。

"陛下有所不知，"杨士奇说，"臣和宜之在东宫服侍太子，并且辅佐太子监国，所以朝臣们也将我们视为太子的人，有些事情、有些话也就不会让我们知道。"

朱棣冷冷地笑了一声，"那如此这般，你们就能一问三不知吗？"

"臣倒是有一言，只是不知当讲不当讲……"

"但说无妨！"

"臣记得，汉王殿下曾两次受封，但是都不曾到封地去就藩。如今陛下准备迁都，汉王殿下却要求留在南京，此中机巧，我想陛下早已洞察。"

朱棣低着头沉吟片刻，又看了看下面坐着的杨士奇和蹇义。

永乐十三年的正月，南京下起了罕见的鹅毛大雪。

"世间一片苍茫，多少英雄惹秋霜！"纪纲面对着飘飘扬扬的大雪，喃喃地感慨着。

卞乌啼从大雪深处走出来，他披着一件华丽的貂裘，手里提着一瓶上好的花雕，"大人，酒买来了。"

"可是秦淮河畔苏老夫子家七十年的陈酿？"

"是的，"卞乌啼说，"是大人要的酒，给他个胆子他也不敢作假。"

"乌啼，你看，好大的雪啊！这景色可真美！"纪纲说，"美景配美酒，今天可真是个好日子。"

"大人要这坛酒做什么？"

"是好日子，却是杀人的好日子。"纪纲从卞乌啼手里接过那坛酒，"乌啼，我们走！"

"去哪里？"

"大牢。"

纪纲的这坛酒，是用来招待解缙的。这让卞乌啼深感意外，因为自从将丁零从解缙身边调走之后，纪纲几乎就再没有来探望过解缙，他似乎已经放弃了这个书呆子。

"解先生，好久不见了。"纪纲笑着走进解缙的牢房。

解缙牢房里的案几和纸张早已被纪纲撤掉了，他对于解缙的耐心似乎已经用尽，不准备再让他在"诏狱"里过着舒服惬意的日子。他让解缙跟其他的犯人一样，也允许那些锦衣卫肆意对待解缙。所以，此时的解缙脸色蜡黄，身体瘦弱，身上也多了很多伤痕，似乎一下子变老了。

"指挥使大人别来无恙啊！"解缙也笑着回答，"解某何德何能，让指挥使大人屈尊啊！"说罢，解缙就吐了一口痰在纪纲的脚边。

"前几日我一直都很忙，所以没有来看望先生，深感惭愧。今日特备了一坛好酒，趁着正月，一起喝两杯。"纪纲对卞乌啼说，"去，准备一些上好的菜来！"

卞乌啼刚刚出去，解缙已经不客气地拿起了纪纲带来的酒，刚刚打开泥封，一股清香已经飘了出来，牢房外的检校们只是刚刚闻到些气味，就已经在不断咽口水了。

"果然是上好的花雕，怕是要有五十年以上了吧？"解缙闻了闻，问道。

"不愧是解先生，"纪纲说，"这是七十年的陈酿。"

"那就恭敬不如从命了！"不等下酒的菜端上，解缙已经就着酒坛子喝了起来。

等卞乌啼把菜肴端上来，解缙已经喝去了半坛子酒，夹了一筷子菜，就跑到一旁解开裤子蹲在牢房里的恭桶上大便去了。

"你怎么如此无理！"卞乌啼扭过头去怒斥解缙。

"抱歉啊！指挥使大人，解某在牢房里这些年已经习惯了。"解缙讪笑着说。

"不妨事，"纪纲仍然微笑着，"解先生一代名儒，不拘小节，当世奇人。"

解缙拉完大便，又回到座位上，干脆也就不用筷子了，而直接用手去抓菜吃，一边还说着："如此美味，莫要辜负，指挥使大人也请啊！"

"解先生尽管享用就是，"纪纲看了看解缙，"解先生，不知你近来是否发现，这牢狱里的犯人似乎突然之间少了很多？"

解缙"哼"了一声，"'诏狱'里死的人多了，自然就会有很多人消失掉。"

"这你就错了，解先生，"纪纲摇了摇头，"这些人不是死了，而是被放了，他们都是活生生走出去的，"纪纲指了指牢房的窗户，"回到了外面。"

"哦，"解缙扬起了眉毛，"难道纪大人也有大发慈悲的时候吗？"

"惭愧，大发慈悲的不是区区在下。"纪纲说，"上元佳节，圣上与群臣在午门观灯，哪知道突然着了一场大火，把一个叫马旺的都督给烧死了，圣上就决定大赦天下。于是，我就将牢里的罪犯名册交给了圣上，解先生，那本名册里也有你的名字。"

解缙正在抓菜的手忽然停住。

"解先生，圣上一打开名册就看到了你的名字，"纪纲把脸凑到解缙的耳边说，"你猜，当时圣上说了什么？"

"说了什么？"解缙低声问。

纪纲得意地笑了笑，然后一字一顿地说："缙犹在耶。"

听了这句话，解缙抓了一大把盘子里的菜，塞进了自己的嘴里，两只眼睛紧闭着大口地咀嚼着，然后抱起酒坛一口气喝光了里面的酒。

纪纲自始至终都微笑地看着他。

第十九章　零落成泥

解缙醉倒在了桌子上，如同一摊烂泥。纪纲推了推他的身体，然后用手指在他的眼角探去，"果然还是哭了，解缙啊，你此生怕是不能再追随太子去开创盛世伟业了。"纪纲站起来，挥手示意身后的检校们将解缙抬出去。

外面的大雪仍然在飘飘扬扬地下着，解缙被放在一片空地上，所有的检校一起动手，把雪扫过来，堆到解缙的身上。纪纲背负双手，站在一旁静静地看着，一直看着解缙身上的雪越来越多，一直到将他的身体完全覆盖。最后，一座高高的雪堆耸立起来，而解缙的身体则完全被雪覆盖在下面。

"卞乌啼，等雪都融化之后，记得一定要厚葬解缙。"纪纲对卞乌啼说。

"属下知道。"

"茫茫中来，茫茫中去。"纪纲看着那座高耸的雪堆，"谁又能想到，天下第一才子，会落得这般下场？"

"江南，很少会下这么大的雪啊！"高参饮尽杯中的酒，倚在窗边，望着窗外的一江烟水，不觉想到。

忽然，楼下一阵喧哗，一个一身华服的青年跨着骏马飞驰到了楼下。青年分明是身份尊贵，酒店的掌柜亲自出去点头哈腰地迎接，青年人却不理会，手里提着一把宝剑闯进了酒楼，径直奔上二楼，向高参这边走来。

青年握紧了手中的剑，问高参："你就是从京城里来的锦衣卫吗？"

"是又怎样？"高参看也不看青年，"不是又怎样？"

"我苏家虽是江浙的大户人家，但是从来奉公守法，该交的税钱从不怠慢，锦衣卫为何还要我们交出万两黄金，这钱是要我们交给国库，还是锦衣卫？"青年说，"你今日如果不说明白，锦衣卫的'诏令'也救不了你的命！"

"难道，"高参挑了挑眉，"你还要杀我不成？"

青年冷笑了两声，"我要将你绑了送去按察使周大人那里！"

"你就是苏家的二公子苏锦吧？"高参倒满了一杯酒，"自小就跟一些江湖人物厮混在一起，惹是生非，你可知道，你这样莽撞，必定会害了你一门老小？"

"若是任凭你这样的豺狼在我们头顶上屙屎，才是真正害了我苏家。"苏锦说着，已经将剑从鞘里抖了出来，一片寒光照射着整个屋子。

一旁的人看到这架势，立刻知道了大概的情势，蜂拥着跑向楼下，掌柜的知道大事不好，就催促店小二上去。店小二虽然提心吊胆，但是也只能在掌柜的呵斥下两股战战地爬上楼去，眼睛从楼梯的栏杆处瞄过去，看见那苏家二公子已经将手里的宝剑指着坐着的瘦高个子。

"我看你真是江湖习气沾染得多了，明明一剑就能刺过来，却像个女人一样停在那里做什么？"高参看着苏锦，露出鄙夷的目光，"难道你还怕伤及无辜？"

"这是你我之间的恩怨，当然不该祸及旁人！"

"果然是大英雄、大侠客啊！"高参不屑地笑着，接着瞟了一眼站在楼梯处上也不是、下也不是的店小二，"苏大侠，可偏生还是有人不领你的好意啊！"

苏锦顺着高参的目光向楼梯处瞟去，果然看到了楼梯处的店小二，岂料就是这一刹那的工夫，高参忽然飞身而起，一只脚踢开他手里的剑，另一条腿的膝盖撞上他的小腹，手已抓在他的锁骨上，钻心的疼痛下，苏锦整个人被高参摔倒在地，强弱之势，立刻扭转。

被高参踩在脚下，冰凉的剑锋搭在脖颈上，苏锦愤怒地咆哮："无耻的小人，居然使用这种下三滥的手段！"

高参得意地放声大笑，"我不用这样的手段用什么，赤手空拳跟你大战三百回合吗？你太天真了，我是锦衣卫的镇抚，不是你们这些只知道打打杀杀的江湖草莽，哪里有那么多时间跟你们玩这些打打杀杀的把戏？"

苏锦受制于人，无可奈何，索性咬紧了牙关，狠狠地问："既然如此，要杀要剐，悉听尊便。"

"苏家公子，你实在应该庆幸，此时若是身在京城，我必将你带到锦衣卫的'诏狱'里去，让你为刚才所作所为付出百倍的代价。"

"要杀就杀，哪里来这么多废话！"苏锦高声喊着。

楼梯间的店小二本来想硬着头皮过去，但一听到"锦衣卫"三个字哪里还敢动弹，只觉得一双脚立刻变成了面团，一步也迈不得了，也不管掌柜的怎么催促，干咽了几口唾沫，迈不动腿，就干脆从楼梯上滚了下去，顾不得身上受了什么伤创，连土都来不及拍打，爬起来小鸡啄米似的跑了出去。

看到平素圆滑的店小二这样丁里咣啷地逃了出去，掌柜的心知上面必是发生了极端恐怖的事情，当时呆在原地，也不知道如何是好。

高参的脸上此时正拂过一种残酷狰狞的神色，"我不会让你这么痛快的，锦衣卫不会这样行事，我要挑断你的手筋和脚筋，让你求生不得、求死不能。"

苏锦万料不到这人的心思会这么冷酷而又残忍，只觉得后背渗出一股一股的冷汗，紧闭着双眼，等待着残酷命运的降临。

高参举起手里的剑，狞笑着一剑刺下。

"住手！"斜刺里忽然又冲出一把剑来，恰好将高参手里的剑挡住。

眼前一花，屋子里已经多了一个人，高参知道来人十有八九对苏锦有利，看到来人脚还没有落地，也不多说话，闷着声冲过去连刺几剑。但对方的实力远非他可比，手中的剑花一抖，他那几剑顿时都被拆化了去。

"跳梁小丑，"来人"哼"了一声，"不自量力！"身影在地上一稳，一剑荡去，只听得"铮"一声响，高参的剑脱手而去，他连着后退十几步，虎口已经被震得麻了。

"你是什么人？"高参气愤地大喝。

"浙江按察使周大人贴身侍卫，白夜行。"来人四十岁上下，由于肤色较黑，加之脸上的长髯，面容如同寒铁一般，一身官服，不怒自威。他说着话，也不去看面前的高参，先是伸手搀扶起躺在地上的苏锦。

"白大哥……"苏锦眼含热泪，说着就要跪拜白夜行。

白夜行一把将苏锦扶了起来，"你的事情周大人都已经知晓，今次我就是奉了周大人的命令特意赶来的。"

说话间，早有十几个手握棍棒或是朴刀的衙役从楼梯冲了上来，将高参团团围在中间。

高参看了看身边的形势，心知不妙，但是脸庞上仍然佯装镇定，"怎么，白大人，你家的周大人难道是要你来逮捕我吗？"

"高参，自从你进入浙江省境以来，为非作歹，到处敲诈勒索，使得民不聊生，已经多次触犯了《大明律》，今日白某正是奉了周大人之命，来带你归案。"白夜行说话时依然没有看高参，微微仰着头，似乎这些话并非是说给高参，而是在喃喃自语。

"哼，小小的周新能奈我何，你可知道我是谁？"高参挺了挺身子，"我乃是锦衣卫镇抚高参。"

饶是跟随着白夜行多年的衙役们，听到"锦衣卫"三个字也是一愣，只有白夜行神色一如方才，"王法无情，就是锦衣卫指挥使纪纲亲到此地，白某也要带你归案。"

"就算是'六扇门'的总教头见了我也要礼让三分，我看你这个小捕快是活得不耐烦了。"高参说着，慢慢向后退去。

"来人，将嫌犯拿下，回去复命。"说完，白夜行就转过身去，他身边的几个衙役怒喝一声，向着高参冲了过来。

高参猛地抓起身边的桌椅向这几个衙役掷过去，然后掉头向窗外跳去，身体刚刚跃过窗子，忽然觉得一只铁爪追了上来，一把抓在他的肩胛骨上，将他整个身体提了起来。

白夜行就像提一只小鸡一样将高参提了起来，目光如剑锋似的注视着惊慌失措的高参。

"白大人，白大人您高抬贵手，"高参忍着剧痛，向白夜行告饶，"小的有眼不识泰山，念在小的初犯，白大人您就饶我一命吧！"

"我饶得你，只怕大明的律法饶不得你。"白夜行淡淡地说。

"那白大人您先把小的放下来，咱们有话好说。"高参死乞白赖地哀求着。

"我想放你下来，可又怕你再动逃走的念头。"

"白大人放心，小的再也不敢了。"

"只怕你嘴上这么说，却不会这么做。"说着，白夜行忽然把高参向窗外的地面扔了过去，高参就像一个麻袋似的摔在了地上，只觉得全身的骨头都要裂开了，五脏六腑都被砸扁了，在地上疼得痛不欲生。

"带他回去！"白夜行倚在窗边，对一直候在楼下的衙役们说。

赛哈智正在屋子里临摹吴道子的《天王送子图》，忽然听到远处传来一阵匆忙凌乱的脚步声，蹙了蹙眉，放下手里的笔，面容上显出不快的神色。"什么事，慌慌张张的？"虽然面上不悦，但是赛哈智的话语依然如往常一样，没有任何的起伏。

"大人，"门外的检校气喘吁吁地说，"刚刚按察使府内的人来报，说是京城来的高参高大人被按察使大人抓去了。"

赛哈智推门出来，"为什么抓他？"

检校知趣地附到赛哈智耳边说："高大人这几日天天去本地的大户人家府上索要财物，必然是有人告到了按察使大人那里……"

"这个高参，必定是在京城嚣张惯了，以为这里也能让他为所欲为。"赛哈智冷笑了一声，然后就大步向丁零的房间走去。

赛哈智敲了两下房门，听到里面传出"唔"的一声，才推门走了进去。

丁零忙过来给赛哈智施礼，赛哈智扬了扬手，走到窗边的案几上，拿起笔，蘸了些墨，在纸上写到：高参肆意妄为，已被周新捕去，你欲何以应对？

赛哈智缓缓将笔放下，丁零走过来一看他写在纸上的字，也是一愣，转而静静地站着，陷入沉思。高参的行动太快了，几乎没有跟他有任何商量，使得他正在思考的计划无法展开。丁零转过身去，背对着赛哈智，他生怕这个纪纲的左膀右臂看出自己的心思。他不想为难周新，他早就听说过周新有"青天"

之名，是个刚正廉洁的官吏，他日若是朱瞻基登上皇位，正需要这样的朝臣辅佐。但是他又不能失去纪纲对自己的信任，权衡利弊，他需要从中间找出一条路，眼下他的计划刚刚有一点儿眉目，高参的贸然行动却让他不得不马上做出变动。

"真是'人算不如天算'啊！"这句话浮现在丁零的脑海里。赛哈智丝毫没有察觉到，就在丁零转身的一瞬，他的嘴角露出一抹无奈的笑意。丁零走到案几前，提起笔将他的意思写了下来。

赛哈智到底是想看看，这个深得纪纲和卜乌啼宠信的哑巴能有什么惊人之举，等丁零手里的笔停住，他上前来一看，果然惊得半天没有合拢嘴，"你……你真要这么做吗？"

丁零看着赛哈智，点了点头。

"你可知道，这样做很可能会让你身陷险境，而且你这样做只能让周新更加愤怒。"赛哈智紧张地说。

丁零笑了笑，在纸上写下：这些你无需担心，我自有安排。

赛哈智看了看丁零，虽然满心疑问，但还是退了出去。赛哈智现在满脑子都是丁零那似乎胸有成竹的神态，他现在很想知道丁零这么做的用意，他想看看这个连话也不会说的人怎么解开目前的僵局。他叫来了手下人，告诉他们："按照丁零的吩咐，在今天日落之前准备好一套牢狱里的囚服，还有，吩咐牢里的人，京城来的丁大人要在明天午饭的时候，去探监。"手下人得了指令急忙跑下去安排一切事宜了。晚间吃饭的时候，赛哈智不时就看一眼丁零，他深信自己比丁零要了解纪纲，高参与丁零来到浙江身负重任，一旦有什么差池，必然会受到重罚，他在浙江一事无成，心里所担心的就是这个，好在自己对于纪纲来说，还有着别的利用价值。高参日后回到京城，难免会受到纪纲的严惩，那么丁零呢？他难道真的能够从老虎嘴里拔牙，就这么铤而走险地从周新手里救出高参？想到这里，赛哈智的额头上又渗出了一片冷汗。

第二十章 铤而走险

牢头分明记得自己去吃饭的时候，里面还坐着瘦高个的高参，可是吃完饭回来，坐在里面的就成了一个哑巴。他盘问了当天跟他一起当值的人，并且查看了牢房的锁，发现一切都和他吃饭前最后一次检查时一样，连锁的位置似乎都不曾变化过。"大白天的，也不可能闹鬼啊！"他进去看，丁零确实是个活生生的人。

没有办法了，牢头只好去找白夜行，把这件离奇的事情告诉了他。

"哦，真有这样奇怪的事情？"周新放下手里的公文，看着一旁的白夜行。

"世人都说锦衣卫无处不在，几乎可以手眼通天。"白夜行说，"恐怕是其中有人用了'瞒天过海'的手段。"

"就这么换掉一个大活人？"

"不错，"白夜行叹了口气，"居然能在白某眼下玩这么一手，我也想看看到底是何方神圣了。"

"既然这样，"周新站起来，"那我们就一起去会会这位'艺高人胆大'的能人。"

这个"艺高人胆大"的能人正坐在潮湿阴暗的牢房里，一众看管牢狱的狱卒围在外面，怔怔地看着他，他则玩味地看着面前这些呆住的人们，嘴角挂着略有些自得的笑容。可以看到这间牢房的囚犯们也都呆若木鸡地看着这里，像是在看变戏法。吃饭前还是那个瘦高个子，低个头吃个饭，就变成了一个哑巴，而且这个人似乎不像是在牢房里，看那架势，就好像是在一个舒服的客栈里。

周新和白夜行走了进来，丁零毫无顾忌地注视着周新，他不像传说中那么凶神恶煞。他是个读书人的样子，身体看起来有些消瘦，面容很白皙，并没有什么威仪，看起来还没有他身旁的白夜行冷酷。但是丁零看着周新的眼睛，就断定，这个人就是周新，被称为"冷面寒铁"的男人。

"你是什么人？"早有人搬来一把椅子放到丁零的面前，周新慢慢坐下。

丁零笑着从怀里摸出象征锦衣卫身份的"诏令"，晃了晃。

周围的狱卒看到那块令牌，顿时脸色大变，不由自主地后退了几步。

周新却面色如故，"人都说锦衣卫手眼通天，今天下官算是见识了，居然在下官的眼前来了个'瞒天过海'。"

丁零笑着从怀中摸出了四个信封，那上面分别写着"子、丑、寅、卯"，他将那个写着"子"的信封拿起，伸手抛给周新。

不待周新抬手，一旁的白夜行唯恐丁零是要对周新不利，跨前一步，先行接下了丁零抛来的信封，拿在手里上下看了看，确定没有什么不妥，才交到周新手里。周新打开信封，看到里面有一张纸，上面写着一行字：以在下换五品镇抚，大人不亏。几乎是一刹那，周新的眼中划过一丝惊讶，但他的面色上并未显出任何波澜，他笑着将字条放回信封里，交给身后的白夜行。

白夜行看了看手里的信，又看了看坐在那里的丁零，"锦衣卫里的哑巴不多，据白某所知，近来崛起的锦衣卫千户丁零，是个哑巴，'秦淮河血案'据说就是有赖此人才得以真相大白。"

"在忽兰忽失温一战中救了皇太孙一命的也是此人吧？"周新问白夜行。

"正是。"

周新看了看坐在那里的丁零，"就是阁下吗？"

丁零点了点头。

"若是如此，以丁大人换一个区区五品镇抚，确实不亏。"周新笑了笑，"但是依照《大明律》，丁大人此举应该算是'劫狱'吧？"

丁零再次点了点头。

"那么，丁大人，若是依据《大明律》，劫狱的罪犯该当如何处置？"

丁零取出写着"丑"字的信封，抛给了周新。

这一次又是白夜行将信接住，查看过一番之后，再交给周新，这次的字条上写着：按律当斩。周新将信收起，注视着丁零手里余下的两个信封，"丁大人莫非想效仿诸葛孔明，来个'锦囊妙计'吗？说实话，下官现在对丁大人手里那两封信里写着什么很感兴趣。"

丁零笑着将剩下的两个信封都抛给了周新，周新先打开了写有"寅"字的信封，只见写着"押解上京，呈交圣断，卯字独阅"。周新没有打开最后一封信，而是揣进了怀里。周新看了看丁零，他还是笑着坐在那里，但是目光却不再注视周新，他仰着头，似乎若有所思。

"既然丁大人都已经料到了，那么就依照丁大人所想的吧，下官会亲自押解丁大人上京面圣。"周新站了起来，"但是，下官一定还会抓到高参，不论他在什么地方。"

周新没有回头去看丁零的表情，他径自离开了那间牢房，回到了自己的屋里。他告诉白夜行，像对待普通犯人一样对待那个锦衣卫，三天之后，他会亲自押送此人上京，交由皇上来处理。白夜行领命后退下，周新继续处理公务，像每天一样，他到晚上才终于有了休息的时间，他揉了揉眼眶，看到四下无人，外面万籁俱寂，才悄悄掏出了白天丁零交给他的那封写有"卯"字的信，里面的字条上写着"火云满山凝不开，飞鸟千里不当来"。

这该是唐朝边塞诗人岑参的诗《火山云歌送别》中的名句。不过，后一句应该是"飞鸟千里不敢来"，丁零把"敢"改成了"当"。与前几封信不同，这封信里写的话用意十分奇怪，若"火云"指的是锦衣卫，那丁零为什么要说"不当来"呢？周新素来以擅长断案著称，他在内心里敏锐地感觉到，丁零信中这个"当"字大有原因，他皱了皱眉头，将这封信放在烛火里烧成了灰烬。

"丁零……"周新靠在椅子上，"'飞鸟千里不当来'，说的是周某不该'来'吗？如果是这样，为什么不明着说呢？"

宽大的大厅里鸦雀无声，面容肃杀的纪纲坐在椅子上，双眉紧锁，冰冷的目光如刀锋一样落在高参的身上。站在纪纲身边的卞乌啼此时也不知道如何是好，想了很久，也不知道从何说起。跪在地上的高参早已经汗流浃背，一下一下用舌头舔舐着干涩的嘴唇，他的全身都在发抖，不知道纪纲会用什么法子来对付自己。

"高参，你可真没有辜负我的委托啊！"纪纲冷冷地说。

"小的知罪了，请大人明鉴！"高参把头在地上磕得"咚咚"响。

"赛哈智在浙江都拿周新没有办法，你以为凭你就能奈何得了他？"

"大人恕罪，小的是想身边跟着丁零，有什么问题他都能够解决，既然大人对丁零信任，小的也就对丁零信任……"

"放屁！"纪纲暴喝一声，一只茶杯已经飞了出去，正打在高参的额头上，"现在赛哈智的心意丁零还没有来得及调查，却为了救你身陷牢狱，你可知我的所有计划，都有可能因为这一个差错付诸东流？"

"小的知错了，求大人开恩，给小的将功补过的机会！"听到纪纲这么说，高参顿时吓得魂不附体。

"大人，"卞乌啼急忙凑了过来，"当时大人让丁零与高参结伴去浙江，就是怕高参对付不了周新，才派了丁零，这件事……"

纪纲抬手制止卞乌啼说下去，"高参，我只问你，你是否知道周新的可怕？"

"小的知道，'冷面寒铁'名扬天下，小的早有耳闻。"

"你既然知道，也确定丁零可以对付周新，那为什么不等着丁零解决了赛哈智和周新的问题之后再出手？"

"小的是想……"高参的眼珠子转了半天，也没有想出接下来该怎样解释。

"自以为是的混账，"纪纲从牙缝里挤出了这句话，"你虽然深惧周新，但偏偏不信自己会拿周新没有办法，所以才会如此胆大妄为。岂不知这周新丝毫不畏惧锦衣卫，而且手下还有白夜行这般的能人异士。即便身陷牢狱，你也以为只有周新不惧怕锦衣卫，狱卒照样不能奈你何，却不料那些狱卒对周新、白夜行唯命是从，对你的锦衣卫身份毫无恐惧！所以你无计可施，当丁零来到牢狱的时候，你想也不想就接受了丁零的计划。走出牢狱之后，你就成了惊弓之鸟，也不管丁零的死活径直跑回到京城来，是不是？"

纪纲每句话都说在自己的心上，高参顿时无言以对。

"自视甚高，其实外强中干，紧急关头只知道夹着尾巴逃命！"纪纲咆哮地站了起来，"亏你还是我纪纲的得力干将，若指望你这班贪生怕死之徒，我如何能成就大事？"

"大人饶命，小的绝不……"

高参的话还没有说完，纪纲已经冲过来一脚将他踢飞出去。

"大人，方今正是用人之际，请大人手下留情！"卞乌啼急忙抢到纪纲身前。

"乌啼，"纪纲的面色忽然变得异常凝重，"你需要知道，我们做的是一件怎样的事情，这件事上若是有一个地方出了差错，你我就只会万劫不复。所以参与此事的任何人都不能出哪怕寸分的差错，高参不行，丁零不行，你不行，我也不行。'一失足成千古恨'，成者为王，败者则是千古骂名，甚至要被世人挫骨扬灰。所以我们不能有妇人之仁，也绝对不能容忍失败，任何寸分的失败都不行！"

"那高参……"卞乌啼看了看晕倒在地上的高参。

"只要以后不再让我见到他就可以了。"纪纲叹了口气，"时下该想的是如何把丁零救出来，周新现下到了何处？"

"不出五日，周新应该就可以到京城。"

"时间不多了，乌啼，你可有什么好办法？"

"我刚刚想过，实在不行可以去劫狱，但是这样事情只怕会到不可收拾的地步。"

纪纲坐到了椅子上，陷入了沉思，"乌啼，也许，我们太执念于如何把丁零救出来了，"他笑了笑，"丁零这一进去，或许倒是帮了我一个忙。"

"大人莫非已经有了对策？"

"我要反过来将周新一军，让他死无葬身之地。"纪纲狞笑着说，"乌啼，你这就起身去浙江，我自有安排。"

这一夜的云层很厚，月亮被遮掩在云层里，夜风习习，丁零躺在囚车里昏昏欲睡。正在打瞌睡，忽然觉得有人拍了一下自己的肩膀，丁零睁开眼一看，周新的贴身侍卫白夜行正站在囚车外，说是周新要见他，特派白夜行来接。"深更半夜的，见我有什么事呢？"丁零一边在心里思忖着，一边跟着白夜行往前走，发现身边的狱卒们都沉睡着，他和白夜行走过他们身边时，他们甚至没有丝毫反应，"他们是被人下了蒙汗药。"丁零一眼就看出来了，"是白夜行做的吗？还是周新？"

白夜行带着丁零走了一段弯路，借着黑夜从后院进了周新所在的驿馆，周新正在房间里等着他们。见到白夜行和丁零进来，周新就向白夜行挥了挥手，白夜行除下丁零身上的枷锁，转身走出房去。

"蒙参先生见谅，休要责怪周新。"周新过来向丁零施礼。

丁零倒退了几步，目光笃定地看着周新。

"蒙大人不要害怕。"此时，从屋子的暗处走出来一个人，一身黑衣，背负一个蓝色包裹，跪拜丁零，说着，将身后的包裹打开，里面赫然是朱棣赐给朱瞻基的名刀"破军"。丁零将"破军"拿在手里，果然是朱棣的战刀，分毫不假。来人说："小的乃是皇太孙的侍卫褚荪，此刀是皇太孙交给小的的信物。"

"既然如此，"丁零叹了口气，"我也没有理由不相信你。"

"请蒙大人见谅，周新实是不知情。"周新说。

"周大人不必多礼，有道是'不知者不怪'，周大人秉公办事，刚正不阿，实是让人钦佩。"丁零笑着说，"天下若多些周大人这般的'青天'，世间也许会少了许多冤案，这是苍生和圣上的福气。"

"皇太孙得悉蒙大人身陷牢狱，寝食难安。"褚荪说，"周新大人与太子关系笃深，皇太孙要小的告诉蒙大人，不必担心周大人会泄露您的身份。"

"蒙参身处险境，多有不便，也请周大人见谅。"丁零对周新说。

"我当时看到'飞鸟千里不当来'一句，就觉得其中必有蹊跷，但实在想不到'丁零'的背后还藏着这么重大的秘密。"周新笑着摇了摇头。

"周大人确实不该蹚这趟浑水，高参此人应当给予惩治，但不应该将他逮捕。而今周大人已经是骑虎难下，就是蒙某，也实在想不到纪纲会如何对付周大人，周大人现在的处境可谓是凶险非常啊！"丁零紧张地说。

"小的已经与周大人合计过，就说是有人救走了大人，这样……"褚荪说。

"这样不行，"丁零挥手止住，"一来这样周大人无法交代；二来纪纲此人疑心极重，若是别人救走我，会让他起疑；三来我这样便无法留在锦衣卫，对太子和皇太孙都是百害而无一利，势必影响他日的大计。"

"'火云满山凝不开'，蒙大人说得果然不差，"周新说，"不过蒙大人务必放心，周某行得正、站得直，行事磊落，问心无愧，就是在朝堂上对着圣上那纪纲也不能奈得我何，我只要咬住那高参不放，担保蒙大人不会涉入此案。"

丁零"唉"了一声，"只怕周大人把朝中之事想得太过简单！"

第二十一章　覆手为雨

寒冷的夜晚，朔风劲袭，就在丁零和周新见面的同时，浙江苏家的大宅里，像往常一样安谧而沉静，不时有阵阵更声从远处传来，和着偶尔传来的狗吠，打破夜晚的宁静。

忽然，有几条黑影从高墙上跳了进来，在门口护院的家丁还没有反应过来，已经被打晕在地，接着打更的声音也戛然而止。十几条黑影飞速地扑向几间正房，他们俯身在窗边用竹管吹迷烟，等待片刻后就冲入屋里。另一边的几个黑衣人将护院家丁绑住之后，就打开了院门，在两三个黑衣人的簇拥下，一袭黑衫的卞乌啼背着双手走了进来。

"苏家上下一个也不能放过。"卞乌啼对身边的一个黑衣人吩咐。

"属下明白，"得令的黑衣人回应，"属下已吩咐下去，绝不会有差池。"

"苏家的二公子苏锦，现在抓住了吗？"

黑衣人说："已经抓住。"

"带我去见他！"

黑衣人连忙走在前面带路。

倏时，苏家大宅灯火通明，每一间屋子都亮了起来，院子里站满了握刀的黑衣人。卞乌啼迈步走向苏锦的房间，房门大开着，站在屋外的黑衣人们看到卞乌啼走过来，急忙俯身参拜，卞乌啼挥了一下手，步入屋内。

哪知道就在卞乌啼迈步入屋内的刹那，屋子里的灯光忽然消失了，一片寒光欺近卞乌啼，卞乌啼急忙后退，旁边的几个黑衣人闻声已扑了上来，就此成了刀下亡魂。

"你们是什么人？"只见一个虬须大汉挥舞着一把关刀从苏锦房中跃出，站在夜幕里，浑如天神，"深更半夜，竟然潜入民宅，没有王法了吗？苏家护院'大刀'迟长生在此，谁敢造次？"

"这么粗壮的蛮人，居然能藏身于房中不被发现，可见不是泛泛之辈。"卞乌啼脑中闪念及此，已是退后了数十步才停住。

未等作答，一众黑衣人提着手中兵刃向迟长生围攻过去。迟长生无所畏惧，挥动手里的关刀，将一众黑衣人挡住，深吸一口气，继而发出一声长啸，长啸声中那关刀就向四处砸去，那些黑衣人虽是身体灵活，但终是经不住这莽撞人手里的关刀力贯千钧，顿时被打得七零八落。迟长生看似粗莽，却粗中有细，他看出卞乌啼是这些人的首脑，便仗着无人近身，甩开大步向卞乌啼冲了过来。

黑衣人们看出迟长生的意图，纷纷赶来保护卞乌啼，但却慑于迟长生那口关刀的威力，毫无作用。

一直站在黑衣人身后的卞乌啼大喝一声"闪开"，一对峨嵋刺已经在指缝间亮了出来。迟长生还没有看得清楚，卞乌啼已经从黑衣人中间飘到了自己面前。

迟长生甩开一个正与自己缠斗的黑衣人，长啸一声，手握关刀向着卞乌啼砍了下去。卞乌啼的手里不知何时只剩下了一根峨嵋刺，他身形腾挪，正好避开刀锋，峨嵋刺在刀柄上一格，用出的巧劲恰好挡住关刀。迟长生心中一惊，想不到这个对手的手段如此诡谲，急欲收刀再砍，卞乌啼的这只手用峨嵋刺挡住关刀，那只手抬起，鬼使神差般再次出现的另一根峨嵋刺正好穿过迟长生握刀的手掌，疼得他发出一声惨号。可卞乌啼并未停住自己的动作，他一只手撑地，整个人飞身绕向迟长生的身后，几乎用出全身的力气撞向迟长生的膝盖，迟长生应声倒在地上，四周的黑衣人趁着这千载难逢的机会一拥而上。

拍了拍身上的土，卞乌啼站了起来，"想不到苏家大宅里也有这样的能人，这个护院，苏老爷没有白花钱。"说着话，苏锦屋子里的灯又亮了起来。

迎头一桶凉水泼下来，被迷烟迷昏的苏锦这才转醒，睁开眼一看到钢刀架在脖子上，浑身上下五花大绑，立刻大惊失色，"你们是什么人？"

卞乌啼俯身下来从怀中掏出象征着锦衣卫的令牌，冷笑着在苏锦面前晃了晃，"苏公子，你不会不认得这个吧？"

"你……你们是锦衣卫？"苏锦旋即大喊起来，"你们也算是朝廷命官，深更半夜，私闯民宅，还做出这些勾当，你们……你们算得什么官？"

"啪"一声，卞乌啼甩手就给了苏锦一个耳光，苏锦的嘴角顿时泛出一丝殷红，"你现在是束手待毙之人，哪里还有这么些废话？"卞乌啼冷笑地说，"今日，我若让你三更死，便没有人能留你到四更。"

"你们这些杀人不眨眼的魔鬼，好好的大明王朝，被你们闹得乌烟瘴气……"苏锦越说越气愤，"今日苏某决不会向你们求饶！"

"血气方刚，很好，"卞乌啼笑着说，"不过苏公子你放心，咱们不会为难你的。"他一挥手，几个黑衣人已经将苏家的老老少少捆绑着押到了苏锦的屋门前。几个提着水桶的黑衣人挨个地把昏倒在地的人浇醒，醒来一个，黑衣人就伸手用破布头之类的将他的嘴巴堵住，所有人都呆在地上，惊恐万分地张望着四下的境况。

"苏公子，苏家老少俱已在此，现在，他们的生死就系在你的手上。"卞乌啼说。

"无耻之徒，你们到底要怎样？"

"很简单，明天一早，我们会护送你上京，接下来的每一件事，你都必须按照我们说的去做。"

"哼，痴心妄想，我苏锦堂堂男儿，岂可向你们这些无耻之徒卑躬屈膝……"

苏锦的话音还未落，卞乌啼冷哼一声，手中的峨嵋刺从夜空中划过，苏家的一个小女童还没有来得及知道是怎么回事，已经倒在了血泊之中。

卞乌啼猝然发难，而且丝毫不留情，苏锦顿时呆住了。"苏公子，凡事要三思而后行，你需要知道，现在苏家上下三十七口人的性命，"卜乌啼背负双手走向门外，目光从每个人的头顶上掠过，"可全都在你的手里啊！"

这一下，苏锦完全呆住了，他的脑子里一片空白，"你们……你们到底要怎么样？"

"只需要你几句话，"卜乌啼把峨嵋刺收回袖子里，"救你全家人的性命。"

巍峨的宫殿里剑拔弩张，臣子们都低着头立在两边，你看看我，我看看你，谁也不敢说话。周新和纪纲对质在朝堂上，丁零跪在中间，低着头。

"纪爱卿，你倒是跟朕说说，"朱棣的话语里听不出丝毫的波动，"丁零刚刚从北京回来，你就急着让他去浙江做什么？"

纪纲急忙向着朱棣跪下去，把头低得抵在了地上，声音颤抖地说："启禀陛下，上次盐款遗失一案，陛下派了赛哈智去浙江辅助周大人。但是如今过了数月，臣见毫无进展，甚是担忧，于是只好派了丁零前去。"

"嗯，当年秦淮河的案子，就是多赖丁零才查清楚的吧？纪爱卿如此安排并无不可，盐款一案确实让朕甚是忧心。"朱棣转向周新，"周爱卿，你素来以善于断案著称，可为什么区区一个盐款案数月都毫无进展？"

周新回答："陛下明鉴，盐款一案看似平常，实则重大。臣在浙江调查此案时，发现诸多疑点，恐怕牵涉入此案之人甚多，只因臣每做一步调查都会碰到许多阻碍……"

朱棣打断了周新的话，"你乃是朕钦命的钦差大臣，还有人胆敢阻碍你吗？"

"陛下有所不知，那些人既然敢做下如此大案，必是会想尽办法阻挠臣去办案。"

"周大人此言差矣，"纪纲说，"坊间盛传周大人乃是出了名的'冷面寒铁'，天下人谁不畏惧？再加上有圣上的圣谕，周大人可是手握重权，如此大权在握，莫说个小小的浙江，恐怕现今普天之下，也无人敢触犯周大人的虎威吧？"

"纪纲，你什么意思？"周新厉声叱喝，"我周新奉诏查案，为民请命，行得正，光明正大，苍天可鉴。"

周新在朝堂上声音愤慨，句句生威，与周围面对朱棣恭敬谦卑的臣子们浑然不同。遇到周新与纪纲的纠纷已让朱棣心烦，而周新的慷慨陈词又让朱棣愈加意乱，目光盯着周新，面容上已经露出隐隐的不满。

"纪纲，我现在要责问的是你，"周新高声说道，"你口口声声说是派丁零和高参去浙江辅助我查案。可是那高参到了浙江之后，敲诈勒索，无恶不作，搞得浙江境内民不聊生。我倒是要问一问，我周新需要你纪大指挥使指派似高参这般的无耻之徒来辅助吗？"

"纪爱卿，你不是说派的丁零去的吗？"朱棣问，"怎么又多出来一个高参？"

不等纪纲解释，周新跨前一步，"启禀圣上，高参是随同丁零去浙江的，臣原本就是要抓捕那个高参，却不想在驿馆里撞上了丁千户，丁千户不知道高参犯下的罪行，臣疑心丁千户掩护高参逃匿，有包庇之嫌，臣遂将他拿下……"

"周爱卿，"朱棣叱喝一声，"朕刚刚问的是纪纲，不是你。"

周新叹了口气，似有不甘，从牙缝里挤出一句"是"退后了一步。

此时跪在地上的丁零额头上早已布满了汗珠，心想："周新在查案上虽是心思缜密，但是于官场上却根本毫无主张，甚至意气用事。"丁零看了看身旁的周新，看起来他还毫无察觉，"他眼下正在做一件多么愚蠢的事。"

"启禀陛下，"纪纲依然跪在地上，"臣派高参随着丁零一起去浙江，实在是考虑到丁零他毕竟是个哑巴，有些事情可能办起来并不是很方便。只是未曾想到，高参到了浙江之后，竟然查出了……查出了一些惊人的事情……"

"什么事情？"朱棣问。

纪纲看了看一旁的周新，"启禀陛下，高参到了浙江之后，竟然发现，坊间所传说的'青天'周大人，他……"

"纪纲，"周新生气地大吼，"你这无耻小人，你休要给我编造'莫须有'的罪名！"

"周爱卿！"朱棣气愤地斥责周新，"让纪纲把话说完！"

"臣请陛下明断，"纪纲趴在地上语气惶恐地说，"高参到浙江后发现，坊间所传说的'青天'周大人，实在是欺上瞒下，在地方上巧取豪夺，私下与当地官绅串通一气，而且高参还无意间发现周大人私募乡勇，意图不轨。"

"哼，"周新冷笑一声，"纪大人不愧是锦衣卫指挥使，栽赃陷害的功夫炉火纯青啊！我周新告你指使下属到地方上为非作歹，你却把'意图不轨'的罪名扣到我的头上，好，纪大人，那何不请高参出来，咱们就在朝堂上对质！"

"陛下，"纪纲抬起头来，"周大人明明知道高参在逃跑的路上已被他的贴身侍卫白夜行杀害，此时还要求高参来朝堂上对质，实在是包藏祸心！"

"什么！"听说高参已死，周新和丁零都是一愣。

"真是心狠手辣啊！"丁零暗自叫苦，"想不到纪纲有此一招。"

"高参已死，那岂不是死无对证？"朱棣皱了皱眉。

"好在高参临死之前，已将消息送出，臣派人及时赶往浙江，才从白夜行的剑下救出了本案另一个重要的证人，"纪纲说，"浙江富绅苏茂的二子苏锦。"

听到这里，周新和丁零又是一愣，尤其是周新，几乎不敢相信自己的耳朵。

"那苏锦现在何处？"朱棣问。

"为防苏锦再有不测，臣已派人暗中护送苏锦来京，"纪纲说，"苏锦现在就在殿外候旨。"

"既然这样，"朱棣对身边的太监说，"速速传苏锦上殿。"

传旨下去不久，两个侍卫已带着苏锦走上殿来，只见苏锦衣衫褴褛，血迹斑驳，显然是经历了一番争斗才得以脱身。他走上殿来，看也不看周新，面向朱棣跪下，声音低沉地说："草民苏锦，叩见吾皇。"

第二十二章　忠臣碧血

"苏锦，"朱棣说道，"纪纲方才说，你被周新的贴身侍卫追杀，险些丧命，可是实情？"

"确是实情，"苏锦说，"草民险些死于白夜行剑下，多亏纪纲纪大人派人搭救，草民才捡了一条命。"

"苏锦，到底发生了什么事？"周新走到苏锦面前，"白夜行怎么可能去追杀你，是他将你从高参剑下救了的啊！"

"周新，"朱棣冷冷地说，"今天你的话太多了。"

"陛下，请陛下让苏锦将前前后后说个清楚，"纪纲说，"这样才能让周大人心服口服。"

"周新，是非曲直自有公断，你且退在一边，"朱棣对苏锦说，"苏锦，一切的来龙去脉，你详细给朕说来。"

"苏锦不孝，自幼不喜读书，经常与一些江湖人厮混，实不相瞒圣上，周大人的贴身侍卫白夜行曾是草民的八拜之交。"苏锦黯然说着，"自周大人来到浙江，白夜行就来找我，要我和他一起为周大人效命，草民当时整日除了闲游无所事事，便想着为朝廷做事，也是条出路。于是就叫上了一些江湖上的朋友，跟随白夜行遵照周大人的吩咐做事。周大人私下向很多浙江的富绅索要钱物，谁若是不给，就让我们假装匪盗去这家滋事，

186

什么时候对方给了银两，什么时候罢休。由于我们都是亡命之徒，那些富户也不敢声张，只说是多亏周大人才惩办了那些盗匪，实则是慑于周大人……"

"苏锦！"周新气得跳了起来，"你怎么能说出这样的话来……"

"周新！"朱棣大吼一声，"朝堂之上，岂容你肆意咆哮！"

周新强忍着胸中怒气退在一旁，终于知道，今天自己已经踏入了纪纲所设的"局"里，欲制人者反被人制，一切都被丁零不幸言中了。

"事情本来进展得非常顺利，不想有一天周大人竟然动起了我苏家的心思。我随即与白夜行闹翻，在酒楼上动起手来，白夜行剑法精妙，我打不过他，生死攸关之际，是高参高大人突然出现，救下了草民。"苏锦顿了顿，继续往下说，"之后草民和高大人回到他所在驿馆，高大人说丁大人心思缜密，他必有计策帮助草民，不料白夜行追得急促，高大人来不及与丁大人商量，就带着草民逃走，因此才使得丁大人身陷牢狱。草民与高大人马不停蹄赶往京城，不想在路上还是被白夜行赶上，高大人为了保护草民，死在了白夜行的剑下。"

"周爱卿，"朱棣忽然又变得不动声色，"苏锦所说，可属实？"

"圣上，苏锦确与白夜行认识，但是事情绝非苏锦所说的这样！"周新俯身跪在了地上。

"那你可有什么证据？"

"当日苏锦与高参在酒楼上发生了争执，"周新说，"酒楼上的店小二应当可以做人证。另外，臣的贴身侍卫白夜行近来一直跟在臣的身边，不曾离开半步，臣身边的人皆可作证。"

"周大人要见那酒楼上的店小二吗？"纪纲向朱棣说道，"启禀陛下，臣已派人去寻过那店小二，日前查无所踪。"

"也就是说，"朱棣冷冷地看了一眼周新，"根本是死无对证？"

听到这里，周新顿时愣在当场。

苏锦连着磕了几个头，直磕得脑门破裂，血染朝堂，"求吾皇为草民做主啊！"

"周新，"朱棣说，"你还有什么话说？"

周新缓缓把头低了下去，"臣无话可说，臣冤枉，请吾皇明察秋毫。"

"朕知道，你素来以当世'包青天'自居。可朕要你知道，朕不是宋仁宗，"朱棣扬声说道，"大理寺卿何在？"

大理寺卿急忙站了出来，"臣在。"

"周新这件案子朕就交给你了，十日之内，朕要你给朕一个答复，"朱棣说，"但不论结果如何，你必须会同刑部尚书、刑部侍郎和御史中丞'三司会审'之后，再把结果交给朕，周爱卿可不是一般臣子，不能草率结案。"

丁零紧闭着双眼，他还不能暴露自己。如果他一开口，事态就无法挽回，可是，他就这样眼睁睁看着周新身陷牢狱了吗？

"至于周新，就先在刑部大牢里委屈几日吧！"

朱棣话音刚落，早有侍卫上来除去了周新的一身官服。

周新眼含热泪，依然铁骨铮铮，想到一入刑部大牢，恐怕再无重见天日的机会，索性也不管那么多，朗声向朱棣问道："陛下，臣还有一事不明！"

"说！"朱棣已经显得有些不耐烦。

"陛下，您当初下诏让臣以浙江按察使身份往浙江办案，曾应下臣此行与都察院一视同仁，臣遵照您的吩咐捉拿作奸犯科的犯人，为何陛下却要定臣之罪？"周新声音铿然，临危不惧，"臣与纪纲各执一词，为何只将臣关入大牢，纪纲却能安然无事？"

周新话音刚落，朱棣就把一个奏章扔到了周新的脸上，"周新，朝堂之上，你三番四次公然与朕叫嚣，朕对你已是一忍再忍。你口口声声是捉拿犯人，可是却无凭无据，朕如何还能忍你？来人，廷杖四十，关入大牢！"

"是！"旁边执行廷杖的侍卫得令，快步走了上来，先上来的侍卫一棍打在周新的肚子上，周新刚疼得弯下腰，又一棍已打在他的嘴上，他只觉得嘴里血气翻滚，牙齿不知掉了多少颗。接着，那侍卫又是两三棍打到他的嘴上，他的嘴里血肉模糊，再不能说出一句话。

看着周新倒在血泊里，那侍卫嘴角悄然露出一抹得意的笑，仔细看去，他赫然是卞乌啼。

丁零随即就被释放了。

高参和王扁都已经死去了，赛哈智得不到纪纲的信任，卞乌啼和丁零成了纪纲最为信赖的臂膀。但是丁零心系周新的安危，苦于无法离开纪纲半步，只好设法通知了朱瞻基的贴身侍卫褚荪，让他去找太子与朱瞻基想想办法。

朱瞻基去找自己的父亲，苦思不得计策，只好坐上车去大相国寺找道衍。

"周新此人，刚正不阿，铁面无私，确实是个正直的臣子，"道衍叹了口气，"可是他却并不知道，为官之道，并不是只有自清自廉就可以的。他这把剑太直了，直到不允许自己有丝毫的弯曲。"

"师父所言极是，但当务之急，当是如何救出周大人，"朱瞻基说，"周大人乃是朝中有名的直臣，杀一个臣子事小，但是杀一个周新，只怕天下的言路，自此就要阻塞，只怕天下的民心，也会凉。"

"瞻基，你追随了圣上这么久，难道你还不清楚圣上的性格吗？"道衍说，"天威难测，非人力可以扭转，贸然前去，只能让事态更无法挽回。"

"那么，"朱瞻基着急地问，"就只能眼睁睁看着周大人被纪纲送上刑场吗？"

"纪纲此人，心思何等狠毒，"道衍说，"你以为此时去，周大人的命还在吗？"

朱瞻基的脸色顿时煞白。

"凡是被圣上将生命交给纪纲的人，"道衍说，"也就是代表着，圣上对这个人的生死，会不闻不问。"

"如此忠心耿耿的臣子，就这样死于非命？"

"周新数犯圣上之大忌，纵然这次侥幸生还，恐怕也只会步上解缙的旧路。"道衍无奈地说，"周新一着棋差，如今是身陷死局。"

"周大人乃是当世'青天'，皇爷爷如此草率处置周新，只怕会寒了天下黎民的心啊！"说着，朱瞻基已是眼含热泪，"若是师父都没有办法，周大人的性命怕是真的保不住了，我大明失去这样一个臣子，实在是我大明的憾事啊！"

"瞻基，你今日虽这样想，但是等他日你登上皇位，遇上周新这样的臣子，"道衍说，"或许你也会做出与圣上同样的选择。"

"一日为皇，便会有这么大的变化吗？"

"瞻基，即便是唐太宗，也曾有对魏徵不满的时候。如此大胸怀的帝王尚且如此，何况是后世的皇者？"

朱瞻基低着头，沉默不语，直到片刻之后，他蓦地抬起头来，"师父用心良苦，瞻基铭记在心。"

道衍点了点头，"但愿你能够铭记在心，而不是一时开悟。"

"周大人此事，瞻基恐是此生都难以释怀。"

"这条路上，还不知会留下多少人的生命，"道衍问，"瞻基，替为师看一下今日外面的星象如何。"

朱瞻基站起身走出去，抬头仰望星空，只见风轻云淡，月朗星稀，"师父，是难得的好天气！"

"不，瞻基，你看到的不过是表面，"道衍说，"此时，四方云动，暗潮起伏，将有大事！"

阴暗的刑部大牢，虽然比不上锦衣卫的"诏狱"那么阴森可怖，但同样是人间炼狱。

满身伤痕的周新被吊起在刑部大牢里，他的脖子上戴着一个硕大的重枷。刚刚遭受过酷刑的周新，本来就已经有气无力，这重枷套在脖子上，更加让他痛苦不堪。他的两条胳膊和头被这重枷扯着，几乎要与自己的身体撕开了。周新只觉得痛彻骨肉，身体似乎就要一分为二，呼吸越来越艰难。

负责审讯的大理寺卿低着头，垂着双手，沉默地站在一旁。纪纲则坐在椅子上，冷笑地看着血肉模糊的周新，卞乌啼和丁零背负双手，站在他的左右。

"周大人，这就是'锦衣卫十八刑'中的'重枷'之刑，"纪纲说，"你感觉如何？"

"哼，"周新费了好大力气，才终于张开口，"不过如是。"

看到周新变成这般模样，丁零实在不忍心看，但又不得不陪着纪纲在这里，心里痛苦不已。

"没有关系，"纪纲笑了笑，"在'锦衣卫十八刑'中，这'重枷'之刑实在是最微不足道的，反正咱们还有的是时间，什么'刷洗''油煎''灌毒''剥皮''钩肠'那些手段，周大人如果有兴趣，可以都过一遍，或者干脆换个环境，到我锦衣卫的大牢里去，那里想来该是别有一番风景。"

"纪纲，抬头三尺有神明，你心思歹毒，日后……"周新的气力已经明显不济，"必遭报应。"

"算了吧，无数的人都跟我说过这句话，可是结果怎样？"纪纲说，"他们个个都成了亡魂，而我还在这里，还掌握着你们的生死。"

"周某生为直臣，死亦直鬼！"周新惨烈地笑着，"死得其所。"

"好个'死得其所'，"纪纲说，"那我就成全你吧，周新！"

说着，一个检校带着一卷纸走了进来，跪到纪纲面前，将手中的纸捧起，"启禀大人，周新的供状已经在此。"

"好，"纪纲从那检校手里接过那卷纸，打开慢慢看，"好，很好，周新在浙江与当地江湖人物暗中勾结，敲诈当地富绅，大肆聚拢钱款，还私募乡勇，进行操练。"纪纲顿了顿，"而且，周新手中居然还有建文帝的遗物，准备等到时机合适，揭竿而起，迎建文帝重登帝位，浙江的盐款遗失一案，就是周新一手促成。"

"荒谬！"周新愤怒地说，"这些真是荒谬！"

"经周大人这么提点，再看一看，是有些荒谬，"纪纲笑了笑，"但是，等一会儿周大人在上面画了押，它就不再荒谬了！"

"周某怎会在如此荒谬的供状上画押？"周新"哼"了一声。

纪纲将手里的供状交给卞乌啼，微笑着站起身走了出去，一旁的大理寺卿见状，急忙战战兢兢地跟上。卞乌啼走到周新身边，一把抓起周新的手，稍一发力，周新的手指已崩开一条血迹，卞乌啼的另一只手拿着供状在上面一拍，就算了事。卞乌啼和丁零走出牢狱之后，狱卒们就将周新放了下来，替他除去了身上的重枷，倒在地上的周新一旦松缓下来，已是只剩得一口气在，昏死了过去。

卞乌啼将摁上了周新指印的供状交给纪纲，"属下怕此人再说什么对大人不利的话，觉得不如让他永远闭嘴。"

"先割掉他的舌头，他毕竟是朝中的重臣，刑场问斩这个过场还是要走的。"纪纲抬起头来，长吁了一口气，"乌啼，宫中传来消息，圣上已经下旨，要汉王即刻前往乐安洲就藩，这一次与往时不同，圣上的口吻非常坚决，责令汉王一日也不得拖延。汉王虽也机警，但终不是杨士奇的对手，现在万事俱备，我们的时候到了。"

"啊？"卞乌啼听到这句话顿时一惊，"大人，怎么忽然这么快？"

"太子与汉王这两虎相斗，已是两败俱伤，此时若不有所行动，就只会错过大好良机。"纪纲笑了笑，"远汉王，失天下武夫之心；杀解缙，失天下士子之心；戮周新，失天下忠良之心。乌啼，你告诉我，还有比这更好的机会吗？"

站在纪纲和卞乌啼身后的丁零，暗自咬住了牙，一战，即发。

第二十三章　朝堂发难（上）

皇帝准备把都城从南京迁到北京去的消息开始在城中散播了。京城里一时人心动荡，有的人支持，有的人反对，而在朝中，以一帮老臣态度最为激烈。他们认为南京是太祖皇帝所立的都城，太祖皇帝正是以南京为都，才建立了帝国，南京应当是朱明王朝的龙脉所在，随意迁都会破坏龙脉，势必会影响大明江山的气数，所以他们大都反对。

而以内阁为主的很多臣子，则站在朱棣一边，力主迁都。老派朝臣中的元老道衍禅师在此时忽然沉默，而之前力主迁都的纪纲却开始暗中联络反对迁都的老臣，站到了反对迁都的一方。

老臣们于是依靠纪纲和他的锦衣卫传递消息，决定在翌日的早朝上一起上奏，力阻迁都。纪纲听到了老臣们的想法之后，终于露出了得意的笑容。他找来了丁零和卞乌啼，在这一天，丁零第一次见到了纪纲的心腹侍卫巨阙和雷切。巨阙虎背熊腰，虬须铁面，使一把镔铁长戈；雷切则是"独眼龙"，身材虽然高瘦，但是精气内敛，非常干练，使一对护手钩。他们都是跟随纪纲多年的死士，对纪纲忠心不贰。

这一次，纪纲接见卞乌啼和丁零的地方不是空旷的屋子里，而是在他的起居室里，他让巨阙和雷切把他起居室的书架推开，露出一个巨大的洞穴，几乎占去了整面墙，足够十几个人并排走过去，看得丁零惊骇不已。

在巨阙和雷切的指引下，他们顺着长长的石阶一直走下去。大概走了一炷香的时间，拐过一个弯，前面忽然亮起一片火光，洞穴变得豁大无比，即便有火光照耀，一时也没有办法看到尽头。

"丁零，这就是我的地下'行宫'，你觉得如何？浙江的盐款，就是被我用在了这里，这鬼斧神工的地下宫殿，和宫殿里所有的一切。"纪纲得意地说，"你可知道它的另一头是哪里？"

丁零摇了摇头。

"就是皇城。"纪纲笑着说，"一直走过去，就可以到达皇帝的眼皮子下面。"

丁零又望了望远方，终是望不到尽头。

"巨阙，雷切，走，"纪纲说，"咱们带丁零再去看看更让他吃惊的东西。"

丁零跟着他们继续往前走，发现这地下的洞穴中确实有很多不同的"屋子"，有放置兵器的，有用来起居的，甚至还有专门供女人梳妆之用的。走着走着，丁零才发现，身边的卞乌啼不知何时不见了。穿过这个洞穴，又向下走了一段阶梯，接着就是另外一个更为宽大的洞穴，而在这个洞穴里的，全都是一身黑衣黑甲的壮士。他们看到纪纲到来，一起站起来列队，没有人说话，每一个人都面无表情，他们的手里握着明晃晃的刀，目光锐利，丁零望过去，大概有几千人的样子。

在这间洞穴的中央，是一个高台，上面放置着一把金黄色的椅子。椅子上镶嵌着很多珍宝，在火光的映照下闪闪发亮，纪纲坐了上去，丁零、巨阙和雷切分别站在他的左右。

"看到了吗？"纪纲对丁零说，"丁零，这些人，都是愿意为了我出生入死的死士，他们是我纪纲的军队，我称他们为'虎狼之师'。"

丁零俯身在纪纲脚下。

"你可愿意，如他们一样，"纪纲高声喝问，"跟着我出生入死，浴血经风？"

丁零点了点头。

"好，高参和王扁已死，丁零，你的能力，我知道，"纪纲说，"你远胜高参和王扁不止百倍，所以，我一定会重用你。"

丁零俯在地上，低着头。就在这时，一阵沁人心脾的幽香忽然传来，他抬起头，看到远处一个衣衫鲜丽的女子，她美得如同天上的仙姝一般，娉婷地走来。

仔细一看，丁零立刻认出来，这个美若天仙的女子，赫然就是卞乌啼。

纪纲大笑着张开手臂，让卞乌啼躺在了自己的怀里，"你忽然换去男装，恢复女儿身，会把丁零吓到的，"纪纲对丁零说，"丁零，这就是他日我朝的皇后，卞皇后。"

纪纲话音甫落，巨阙、雷切以及四周的死士一起俯身跪倒，齐声高呼："吾皇万岁！皇后千岁！"

纪纲高兴得笑了起来，他高抬手臂，"诸卿平身！"卞乌啼离开了纪纲的怀抱，纪纲站了起来，"你们在这不见天日的地方等了三年，像鬼一样，我知道，你们等得太久了，太久了！但是今日，我要告诉你们，养兵千日，明日就是你们这群虎狼出笼的日子了！"纪纲手指洞穴的彼端，"明日早朝时，你们就随着巨阙和雷切，从那里杀出去，杀出属于你们的路，良将迟暮，忠臣已殁，朱明的王气现在终于到了尽头！"

四周的死士一起振臂高呼："不胜无归！不胜无归！"

"我已经备下了足够的美酒，明日一战之后，你们归来，我与你们把酒言欢，一洗征尘！"纪纲说，"你们要记住，今夜之后，你们就是我朝的开国功勋，你们的名字，必将被后世的史书记载。"

四周的死士又是一番振臂高呼。

纪纲转身对巨阙和雷切说："明日一战，事关重大，你们需要再把我给你们的皇宫地图看一次，不可有任何差池！"

巨阙和雷切俯身跪地，"陛下放心，臣等必会尽心竭力。"

"以巨阙和雷切的本事，"卞乌啼温柔地对纪纲说，"他们一定不会让陛下失望的。"

纪纲点了点头，转身把一直跪着的丁零扶了起来，"丁零，虽然宫中的侍卫我已经安排妥当，但是明天我们毕竟是要面对久经沙场的朱棣，所以不能有丝毫大意。'擒贼先擒王'，明日我冲向朱棣时，你必须配合乌啼挡住朝堂中其余的臣子们。"

卞乌啼说："陛下，丁零能从忽兰忽失温生还，就必有办法应付任何的场面。"

纪纲拍了拍丁零的肩膀，负手面向皇宫的方向站住，深吸了一口气。丁零感觉到，此时的纪纲就如同一张弓，它的弦已被拉满。

早朝的时间到了。

丁零和卞乌啼都扮作侍卫，提前来到了朝堂上，他们站在一众侍卫的身后，低着头。这一夜，丁零没有睡好，他看到卞乌啼的黑眼圈，知道她也和自己一样，可是他们都没有任何困意。丁零实在不敢相信，这个站在他身边的青年，居然是个女人。这是到目前为止，最让他震惊的真相。

朝臣们上朝了，汉王朱高煦被朱棣强行遣去了乐安洲就藩。由于小股的蒙古武装不时骚扰边境，朝中的武将很多还在巡北未归，列班的武将多已是七老八十，但在武将心里，他们觉得迁都更好些，这样武将出征也不用远涉山泽。但是，文臣们并不这么想，尤其是那些老臣们，他们不能容忍皇帝抛弃开国选中的都城，断损龙脉。

反对迁都的老臣们并不想费什么周章，他们率先就将反对迁都的联名奏章递了上去。

"又是反对迁都吗？"朱棣看也不看，就甩在了一边，"朕不是说过吗？朕决心已定，此事不必再议了。"

哪知道那些老臣竟然一言不发，齐齐跪在了朝堂上，将头抵在地上。

"你们，"朱棣锁紧了眉，"是要以死进谏吗？"

一个白发苍苍的老臣颤抖着抬起头来，"陛下明鉴，老臣自辅佐太祖皇帝登基，已数十年，而今须发斑白，将不久于人世，老臣眼看着大明开国，亦不能眼睁睁看着它走向覆灭。昔日北魏孝文帝迁都，群臣阻拦，他却执意而行，结果断送龙脉，迁都六年后孝文帝崩，四十年后北魏垮。自古以来的王朝，但凡迁都者，皆短命而终；迁都之朝，终不免覆灭啊！"

朱棣怒目圆睁，"那依你的意思，朕要迁都，是自寻死路不成？"

"陛下，南京帝都乃是龙脉所在，随意迁都，必会影响我朝的气数啊！"

"朕看你们真是年纪大了，是该告老还乡的时候了，"朱棣挥了挥手，"纪纲，将这些人赶出朝堂，朕不想再看到他们。"

纪纲大步走出来，向朱棣拱手，"陛下，诸位老臣都是开国功勋，陛下就这样将他们驱逐出朝堂，恐怕对天下子民不好交代。"

"纪纲，"朱棣胸中的怒火此时烧得更盛，"你此话是什么意思？"

"陛下，"纪纲说道，"臣亦以为，迁都之事，陛下当三思而行！"

"大胆纪纲，"一旁的朱瞻基抬脚走了出来，"你既是向陛下禀奏，为何不行君臣之礼？"

"陛下若执意迁都，会凉了天下子民的心，"纪纲看也不看朱瞻基，"纪纲是想让陛下三思而后行。"

"纪纲，"朱棣沉声说道，"朕信赖你，迁都之事，你也可以有自己的主意。但是，朕还没有放任到你在这朝堂之上，对朕不敬。"朱棣的语气虽然状似平淡不惊，但是内里隐隐的雷霆之力还是充斥着整个朝堂，所有的朝臣都不寒而栗，连丁零也禁不住心上一凛。

可是纪纲似乎根本不为所动，他站在那里，嘴角勾起一抹冷笑，"陛下，迁都事大，关系国运，不可草率。"

到此时，朝堂里的气氛完全变了，即便是那些跪在地上的老臣们，也已经敏锐地嗅到了与往日不同的气味。他们跪在地上，张大了嘴巴，一时不知道如何是好。而两边的朝臣，也已经震惊住了。

此时，一直沉默不语的道衍从群臣中走了出来，他依然踏着故有的步子，跪在了朱棣的面前，"圣上，臣觉得老臣们所说的龙脉一事，确实关乎国运，非常重要。于是老臣测算了南京与北京对我朝气数的影响，发现南京虽有王气，却无帝气，在此可以称王图霸，却难以建光耀亘古的伟业，臣觉得，迁都之事可行。"

太子挪动着肥胖的身体走向跪在地上的老臣们，"既然道衍禅师已经确定此事，诸位也应当没有什么异议了吧？"

跪在那里的老臣们知道今日与众不同，也不敢再坚持，急忙站起身退回去。

"纪大人，"太子转向纪纲，"诸位老臣已经同意迁都，纪大人难道还要坚持吗？"

"当然，"纪纲看也不看面前的太子，"纪纲身为大明的官吏，理应为大明的江山社稷鞠躬尽瘁，哪怕是冒天下之大不韪。"

朱瞻基的目光忽然变得冷厉如剑，他一步一步走向纪纲，"好一个'冒天下之大不韪'，我倒想知道，纪大人今日到底准备怎样？"

就在朱瞻基距离纪纲还剩下三五步的距离时，站在侍卫身后的卞乌啼忽然拍了一下手掌，朝堂上的侍卫忽然拔出刀，从后面架在每一个朝臣的脖颈上。接着，另一批侍卫手拿绳索手脚麻利地扑了上去。

猝然发难，朱棣仿佛也有些反应不及，"纪纲，你竟然敢犯上作乱？"

"不，"纪纲斩钉截铁地说道，"臣乃是效仿古人，为了我大明社稷，不得已'兵谏'陛下。"

朝堂上所有的侍卫一起动手，转瞬之间，只剩下了座椅上的朱棣，他身边的太监和朝堂上的朱高炽父子与纪纲对峙着。

卞乌啼一扬手，一直藏在背后的"鬼头刀"已经掷了出去，纪纲探手接住，"陛下，臣今日有得罪之处，请陛下恕罪了。"说罢，提刀就向前冲去，太子横身来挡，他哪里是纪纲的对手，早被一脚踢翻。除去制服着朝臣的侍卫，其余的人也拿上刀枪，跟着纪纲一起向前冲。

"且慢！"忽然从角落里传出亮如洪钟般的声音，"纪纲，你莫非要舍弃你的红颜知己吗？"

　　纪纲急忙停住脚步，循声望去，只见人群散开，躲在角落里的卞乌啼和丁零此时虽依然站在那里，但是两个人的脖颈上同时都横着一把剑。两个如鬼魅般的人从阴影里露了出来，其中用剑挟持着丁零的人，是朱瞻基的贴身侍卫褚荪，而挟持着卞乌啼的则是白夜行。两个人是事先混入了纪纲安排的侍卫里，刚刚趁乱躲到了卞乌啼和丁零的身后，卞乌啼给纪纲掷刀之时，整个心思都在纪纲身上，根本未防身后有人趁此机会一下子将她挟持。

第二十四章　朝堂发难（下）

"哼，皇太孙，你以为派人制服住一个女人，就能够左右纪纲了吗？"纪纲看了看卞乌啼和丁零，冷笑了一声，"我就不信，你愿意拿满朝文武的性命换一个女人的头颅。"

"我知道纪大人今日已是破釜沉舟，以一个人的性命换这么多人的性命，当然是不可能的事情，"朱瞻基无奈地笑了笑，"瞻基只是想以卞乌啼的性命，来交换一个机会。"

"什么机会？"

"纪大人，就只你我二人，以性命相搏，若瞻基不敌败死此地，那我的人绝不会为难卞乌啼和丁零，"朱瞻基说，"也就是说，请纪大人靠自己的力量，走上通往王者的道路。其实瞻基也知道，这是我能做的，最后的事情了。"

"以你之力？"纪纲大笑起来，"若是陛下亲自与我对战，我还要忌惮三分，以你之力，恐怕还未有能与我一战的资格。"

褚苏一边持剑挟持着丁零，一边取下丁零腰际的佩刀，扔给了朱瞻基。

"瞻基知道，以自己的力量，恐怕不会是纪大人的敌手，"朱瞻基接住了刀，"但是正如瞻基所言，这已是瞻基所能做的最后的事情了。"

"好，"纪纲横刀而立，"既然是你'最后的事情'，那我就帮你遂了这个心愿。听说你在忽兰忽失温一战名扬朔漠，今日正好验证一下这传说的成色。"

"纪大人此言，正合我意！"朱瞻基手握佩刀，已经率先冲了过去，他心知自己不是纪纲对手，只想着"先下手为强"，或可占到上风。

纪纲嘴角含笑，也不避让，手中的"鬼头刀"以雷霆万钧之力砍去。朱瞻基的刀锋虽然力量雄厚，但是显然不及纪纲，只这一刀已被打得涣散。纪纲出手，也要比朱瞻基老辣得多，他一刀砍去，顺势一脚侧踢，这一脚却正是奔着朱瞻基的"关元穴"而去，朱瞻基只觉得这一脚踢得他身子都麻了，身上顿时没了气力，整个人就势飞了出去。

朱棣看到朱瞻基根本不是纪纲的对手，便站起身来。"朕自幼征战沙场，经大小战无数，才登上帝位。而自登基以来，朕就以锦衣卫提防着那些不安分的臣子，甚至连自己的儿子都不能轻信。可实在想不到，最后要造朕的反的，居然是朕用以提防造反者的工具。纪纲，朕把信任给了他，把权力给了他，也把这一天给了他。"思忖及此，朱棣叹了口气，深知此时是比他在靖难、在忽兰忽失温更为危急的时刻。他举目四顾，作为一军统帅、一国之尊，他见惯了生死存亡的场面，此时还不足以让他方寸大乱，"自朕出世以来，经历过各种风浪，但恐怕，只有这一次，胜败之数朕却实在有些说不清楚。"

那边的朱瞻基与纪纲不过刚对上四个回合，他的身上就已经是伤痕累累，而纪纲却没有受到丝毫伤害，他提着刀笑吟吟地看着已是强弩之末的朱瞻基。

"我自从建文二年在宿安店投军，跟随'靖难军'东征西战，已是半生戎马，"纪纲笑着说，"你这乳臭未干的娃娃，不过只是经历过忽兰忽失温一战，如何来与我为敌？现在，连你的爷爷都孤立无援，对我束手无策，你凭什么与我一战？真是笑话！"

"说得好，"朱棣朗声说着，就已经脱掉了自己身上的朝服，"纪纲，朕对你不薄，念你是靖难的功勋之臣，对你百般信赖，想不到你今日反要这样对待朕，那何不来跟朕做个了断？"

"陛下，我只答应跟皇太孙一战，并未答应你，"纪纲狞笑着说，"你若出手，实话讲，我可没有这么大把握，也不想跟你玩这种小孩子的把戏。"

"皇爷爷，你不必担心，孙儿定会擒下这贼人，"朱瞻基大口喘着粗气，将手中的佩刀紧了紧，"纪纲，做最后的了断吧！"

"不愧是当今圣上选中的皇太孙，"纪纲说，"颇有些王者之气呢，后世有如此子孙，大明若在此终了，九泉之下你也不会愧对先人！"

此时，远远地忽然传来了几声炮响，一直紧张的卜乌啼露出了一抹笑意。纪纲也转过身来看了看她，继而转向朱棣，"朱棣，我的'虎狼之师'此时已经从暗道出来，攻破了皇城的门，眨眼之间就会来到这里，你的败局已定，此时若是自行让位，我也不会对你朱氏赶尽杀绝。"

"纪纲，"朱棣仍然镇定自若，"皇城的门，并非你想的那么脆弱。"

"朱棣，现在一切都已经无法更改，你已经不再是这大殿的主人了，"纪纲大笑着说，"而这所有的所有，你知道的，也已经为时已晚。"

"纪纲，不要狂妄，如我所说，你必须打败我，才能踏上你的王者之路。"朱瞻基高声地说。

"好，"纪纲说，"那我就成全你！"

纪纲挥刀扑向了朱瞻基，这一次，他势在必得。朱瞻基也长啸一声，迎向纪纲。他自知不是纪纲的对手，所以用上了全身所有的力气。他高声吼叫着，但是仍然难免处于下风，纪纲只用了两刀，就将他逼入了绝境。

"终于等到这一天了，"这是个如魔鬼一般的声音，让一旁的卞乌啼刚刚泛起的笑意一下子僵硬在了脸上。但是这声音太低沉了，远处的纪纲全身心都在最后置朱瞻基于死地的刀上，并未听到。否则，他肯定也会非常惊骇，因为说话的人是那个被称为"哑巴"的丁零，他对身后的褚荪说，"褚大人，我的弓箭可带来了吗？"

褚荪放下了原本架在丁零脖颈上的剑，从身后取出了弓箭递给丁零。丁零从箭囊里取出了七支箭搭在了弓上，然后慢慢对准了纪纲。

"丁零，"卞乌啼高声尖叫起来，"你要做什么？"

丁零瞟了一眼卞乌啼，"抱歉，卞大人，我其实不叫'丁零'，我是蒙参。"

"啊！"卞乌啼花容失色，她已经顾不得横在脖颈上的冰冷剑锋了，她对着纪纲声嘶力竭地喊着，"大人小心冷箭！"

这声音响彻了整个朝堂，所有的人都向着卞乌啼这边侧目，包括纪纲。可就在他转过神来的一瞬，七支箭已经电光火石一般向他射来。饶是纪纲的刀法快如奔雷，也只是防住了最致命的三支箭，他的小腿和小腹还是被射中了，顷刻间血流如注。这是转瞬即逝的良机，朱瞻基最后的力量全部爆发了，他扑了过去，将纪纲整个人撞得飞了起来，等他倒在地上时，褚荪的剑锋已经搭在了他的身上。

"首犯已被擒下，"朱瞻基朗声说道，"你们这些小喽啰还不快快投降！"

"纪纲纪大人，"朱棣冷冷地说，"这个结果跟你所想的恐怕是有些不一样！"

纪纲蓦地发出一阵惨烈的笑，笑得人毛骨悚然，"我的大军就要到了，大不了鱼死网破。"说罢，他忽然大吼一声，"贞元，胜负尚未定论，你还不动手吗？"

站在朱棣身边的一个小太监早吓得魂不附体，"噗通"一下对着朱棣就跪了下来，"圣上恕罪，小的知罪了。"说着话，一把匕首从他的衣袖里掉了出来，小太监伏在地上，早就是一把鼻涕一把眼泪的了。

纪纲看到小太监贞元失魂落魄的样子，终于长叹一声："休矣！"

接着就是如潮水般的脚步声涌入了朝堂，但是让纪纲始料未及的是，从暗道里来到朝堂上的并非巨阙、雷切和他的"虎狼之师"，而是在锦衣卫中他最不信任的"铁面"赛哈智。

赛哈智快步进入朝堂，跑到朱棣面前俯身参拜，"启禀陛下，臣已遵照太子的吩咐，一举攻破反贼的暗道，并带领锦衣卫、羽林卫、神武卫、飞熊卫将暗道中所有反贼悉数铲除，反贼巨阙、雷切已被擒获，在殿外等候陛下发落。"

在场的侍卫得知纪纲已是功败垂成，纷纷放下了兵器。禁军进入朝堂，将这些侍卫带了下去，然后开始帮朝堂上的臣子们松绑。

"赛哈智，丁零，"纪纲凄厉地笑了起来，"纪某对你们未有不仁，你们何以对纪某不义？"

"纪纲，你在他们面前，没有资格说'仁义'，"朱瞻基说，"周新这样的直臣，与你素无冤仇，而你为了一己私利，构陷罪名，扰乱圣听，是为不仁；高参随你多年，不过一时的过错，你却置他于死地，是为不义；你身为臣子，得陛下宠信，却意图不轨，是为不忠；天下黎民，奉你以官禄，如你再生父母，你不思回报，欺压良善，为恶乡里，是为不孝。仁义忠孝，你已经尽失，还有什么颜面来训斥他人？"

老太监马云急忙上来亲手为朱棣穿上朝服，朱棣走到了纪纲面前，"说实话，纪纲，自靖难以来，朕已经很久没有过这种提心吊胆的感觉了。若非蒙参昨天一直无法离开你左右，到今天早晨才把消息告诉给瞻基，朕恐怕今日真要葬身在这大殿之上了。"

丁零急忙从一旁走了过来，向朱棣叩头，"蒙参万死，请圣上治罪！"

"蒙参，"朱棣将他搀扶了起来，"当年你不肯来朝中做朕的官，要为你的父亲守孝三年。可今天，你却救了大明，立下了万世之功啊！"

"正是，"朱瞻基在旁说道，"今次能够大破纪纲一案，全仗着蒙参忍辱负重，装作哑巴，到纪纲身边，才使得大明社稷转危为安。"

蒙参潜伏入锦衣卫，本来是为了设法搭救解缙，可是朱瞻基这么说，蒙参也无法澄清。

"嗯，有勇有谋，有胆有识，"朱棣拍了拍蒙参的肩膀，附到他耳边低声说，"你的'七星望月'，与你的兄长相比，不遑多让。"

赛哈智走过来，"陛下，卑职险些护驾来迟，请陛下治罪。"

"事情突然，禁中可用之兵不多，朕只有铤而走险，你来得正是时候，何罪之有？"朱棣说，"今日大破反贼，安抚社稷，你们都是有功之臣，纵然有罪，也已经功过相抵。"朱棣说着走向朱瞻基，"瞻基，你身上的伤势如何？"

朱瞻基笑了笑，"比起忽兰忽失温时，这点儿伤算不得什么。"

"太子呢？"朱棣问，"太子伤势如何？"

太子急忙回答："谢父皇关心，孩儿安好。"

朱棣再次走到了纪纲的身边，"纪纲，看到了吗？江山代有才人出，你已经败了。"

纪纲笑了起来，"朱棣，你不要得意，你杀戮忠臣，连年征战，我反你不成，也总有人会扳倒你。"

朱棣看着躺在地上的纪纲，竟然一时也无言以对。

"蒙参，不管你是蒙参还是丁零，"卞乌啼歇斯底里地冲着蒙参喊道，"纪大人待你不薄，你何以恩将仇报？"

蒙参缓步走到卞乌啼身边，示意白夜行撤去横在卞乌啼脖颈上的剑，"乌啼，从元末群雄并起，到靖难之役，这世间经历了多少战争，多少杀戮，如今百姓终于过上了几天太平日子，为何还要再造杀孽呢？"蒙参叹了口气，"纪纲，多少无辜的臣子和百姓死在他的刀下，若论'得民心者得天下'，你觉得，被世人称为'魔鬼'的纪纲能比当今圣上还得人心吗？"

卞乌啼一时语塞，过了半晌，才露出一抹凄怆的笑，"'成王败寇'，此时还有什么好说的？我原以为这将是纪纲与朱棣的一场博弈，料想不到从一开始我们就已经身处败局。"

"再好的一盘棋，也可能因为一个小卒子招致失败。"蒙参叹了口气，"乌啼，功名利禄，对你可是那么重要？"

"不，"卞乌啼摇了摇头，"我只是愿意为我爱的人付出所有，做一切他需要我做的事情。"

卞乌啼从蒙参的身边经过，面向朱棣的方向跪下，"陛下，乌啼自知罪不容赦，只想在临死之际，再与纪纲走近些，说几句话。"

"你放心，朕不会立刻处死他，"朱棣说，"在牢房里，你们可以慢慢说。"

"臣求陛下，"卞乌啼说，"现在，臣只想和纪纲说一句话。"

第二十五章　雁字回时

朱棣看到卞乌啼跪在地上的模样，叹了口气，"卞乌啼，你女扮男装，混入锦衣卫，而且一直做到同知，当真是巾帼不让须眉，"朱棣坐回到王座上，"好吧，有什么话你就过来跟纪纲说吧！"

"卞乌啼叩谢皇恩。"卞乌啼慢慢站起来，一步一步走向纪纲。

纪纲此时早已经被五花大绑，押在殿上，看到卞乌啼走过来，连声长叹。"乌啼，今日事败，都是因为我大意轻敌，"纪纲虚弱地说，"只是，连累了你。"

"不要这么说，'谋事在人，成事在天'，天助大明气数不尽，不是你我人力所能左右，"卞乌啼看着纪纲笑了笑，"若是再回到从前，你还会选择这条路吗？"

"你了解我的，"纪纲苦涩地笑着，"若是再回到从前，我依然会选择这条路的，乌啼。"

"那你可悔？"

"生亦何欢，死亦何苦？"纪纲说，"大丈夫纵横一世，轰轰烈烈，夫复何求？"

"好，我卞乌啼终于没有看走眼，你是条汉子，"说到这里，卞乌啼把手搭在了纪纲的胸前，一根峨嵋刺从她的袖子里忽然飞了出来，正中纪纲的心脏，"你一世英雄，我怎能看着他们将你送到牢狱里，被那些无名小辈羞辱？"

卞乌啼这一举动，让在场的所有人都惊呆了。

纪纲发出了一阵凄烈的笑，"说得好，做得好，乌啼，你不愧是我纪纲的红颜知己，"他胸口早已经是血流如注，整个人都倒在了卞乌啼身上，"乌啼，若有来生，我只愿再遇上你，今生未竟的富贵荣华，我依旧要为你去取。"与自己心爱的女子说完最后一句话，纪纲就再也不动了，他吐尽了人生最后的一口气。

站在一旁的蒙参，黯然低下了头。

"荣华富贵，不过烟云，若有来生，我只愿能与你泛舟五湖。"卞乌啼垂下的手臂处，慢慢滑出了衣袖中藏着的另一根峨嵋刺，"只是，今生，让我再为你做最后一件事吧！"卞乌啼忽然一个转身，将手中的峨嵋刺射向朱棣。

卞乌啼猝然发难，周围的人居然都未来得及反应，倒是高高在上的朱棣，叹出一口气，伸手将射来的峨嵋刺轻描淡写地接下，"卞乌啼，这毫无意义。"朱棣将峨嵋刺扔了出去。

"无论如何，我已经做完我能做的每一件事了，"卞乌啼看了看远处的蒙参，"你保重吧！"说着，扶起纪纲的身体，将那根峨嵋刺对着自己的胸膛，凄然一笑，迎了上去，顿时一股鲜血溅在冰凉的地上。

朝堂上倏然变得无比沉默，似乎连风也静止了。

过了良久，朱棣长长地叹了口气，说："退朝吧！"然后缓缓站起来，在太监的搀扶下走了出去。

赛哈智一挥手，飞熊卫的士兵走了进来，将卞乌啼和纪纲的尸体抬了出去。朝臣们目送着卞乌啼和纪纲的尸体被抬走，才一个一个惊魂未定地向外面走去。朱瞻基撕下一片衣摆，跪在那里擦拭地上的鲜血，赛哈智见状，连忙叫士兵去端水，蒙参也像朱瞻基一样，撕了衣摆，和他一起跪在地上擦拭。

"赛哈智，"朱瞻基似乎想到了什么，抬起头来，"周新周大人死后，白夜行是否还在通缉中？"

"是的。"赛哈智回话。

朱瞻基对白夜行说："事情已经结束了，我会奏请圣上还你清白，周新一案也会择日重审。没有了纪纲，那个苏锦一定会把真相告诉天下人的。你今日亦立下大功，日后留在我身边，你可愿意？"

"愿为皇太孙效劳，鞍前马后，任凭驱使。"白夜行急忙叩谢。

"纪纲和卞乌啼的尸首，还要你们跑一趟，去亲自处理。"朱瞻基说，"这里，就交给我了。"

赛哈智和白夜行走出去，朱瞻基又俯下身来，他看了看蒙参，"师弟，纪纲已死，我想奏请圣上，封你做锦衣卫指挥使。"

"不，"蒙参低声说道，"蒙参为殿下计，觉得奏请圣上封赛哈智大人为锦衣卫指挥使更为妥当。"

"为什么？"

"这样，"蒙参一字一顿地说，"锦衣卫才能真正为殿下

214

所用。"

"好吧，依你，"朱瞻基笑了笑，"那纪纲赐给你的大宅，你准备如何处置？"

"谁想要给谁吧！"蒙参仰起头来，嘴角终于泛起了一抹温暖的笑，"我得回家去了，我离开我的家太久了！"

午间的阳光照在南京的街道上，蒙参终于抛掉了"丁零"的身份，再次走在这条街道上，仿佛过去的那些年都在梦中。他抬起头来感受了一下迎面吹来的风，嘴角勾起笑意，不知不觉地拐过了几个路口，前面就是久违的蒙家大宅了。

在灰尘微微扬起的路边，在蒙家大宅的门口，倚着一个白发苍苍的老人，他拄着拐杖，坐在那里痴痴地望着天上划过的飞鸟。

蒙参站在不远处，注视了老人半天，倚在门前的老人正是蒙家的老管家蒙三四。多年不见，蒙三四已经垂垂老矣，此时的他须发斑白，脸上皱纹交错，蒙参看在眼里，感伤难耐。他迈步走了过去，矮身到老人的面前。

"蒙叔……"他低声地说。

蒙三四颤巍巍地抬起了头，看着面前的青年，用自己的眼睛上下打量了许久，"你……"他的声音早已苍老得不成样子，"你……你是……"

"蒙叔，"蒙参早已泪眼婆娑，"我是叔齐啊！"

"三公子……"蒙三四的手颤抖地在蒙参的脸上抚摸。他不敢相信，眼前这个一身风尘仆仆的青年人，就是那个沉默而又稳重的孩子，"你真的是三公子吗？"蒙三四说着说着，眼泪也流了出来，"是的，是的，是三公子！"

蒙三四挽着蒙参的手，摇摇晃晃地走进院子，他用出了自己所有的力气对着院子深处喊着："三公子回来啦！三公子回来啦！"他用力地喊着，眼眶里的泪水不断涌出，他已经等了太多年了，只为了喊出这久积在心底的语句。正面房间的门推开了，冬雪跑了出来，她不敢置信地望着蒙三四身边的那个人。她的身后是鬓角已经斑白的徐氏，她站在那里，嘴角嫣然一笑，似乎这件事情早在她意料之中。

蒙参走过去，跪在了徐氏的脚下，"孩儿不孝，一去经年，让您挂心了。"

徐氏缓缓俯下身来，将蒙参挽起，双手捧着他的脸庞，"让我看看，这可是我的叔齐，"徐氏的眼泪也已经是忍不住了，"走的时候，还是个孩子，现在已经长得这么高了，俨然已经是个大人，是个大丈夫了，就像你的父兄一样。"

"现在，"蒙参笑着说，"在您面前，叔齐依然是个孩子。"

徐氏手摸到蒙参脸上的菊花刺青，蓦地一愣，"叔齐，这是怎么回事？"

"这没有什么，只是为了活下来，逼不得已所做的'伪装'，"蒙参无奈地笑了笑，"说起来，倒是也骗到了不少人。"

徐氏仔细地端详，"但是骗不到我，虽然声音变了，个子也高了，身体也结实了，但是，我的叔齐，你的本性还没有变。"

徐氏抬手拭去了眼角的泪痕，"太久没有回家了，今天我就亲自下厨给你做菜。"

说着，徐氏就走向后院。冬雪要跟上去，被徐氏一把按住，微笑着使了个眼色。蒙三四也知趣地向外面走去，说是还要去晒晒太阳。

日光洒落的院子里，只剩下了蒙参和冬雪。

冬雪从怀里掏出了那个镌刻着字的小木牌，"这个……你还要吗？"

蒙参笑着取了过来，"想不到，这么多年了，你居然还留着。"

"你送我的东西，"冬雪笑了，"哪一样我不是好好收着？"

"有一句话，这些年每当生死攸关之际，我都会想起。我想，我若有命回来，一定对你说，"蒙参说，"现在我有命回来了，这句话我要说给你听。"

"什……"冬雪手里紧紧攥着那个小木牌，双手紧张地放在胸前，"什么话啊？"

"嗯……"蒙参笑了笑，还没有说出来，却先羞红了脸，"你可愿意做我的妻子？"

冬雪的脸倏然间变得一片绯红，"三公子，你……说什么呢，冬雪只是个伺候人的丫鬟。"

"我只问你是否愿意，"蒙参挠了挠头，"可未曾问你的身份。"

"三公子，"冬雪紧张地说，"我纵然想过，也只想过日后给

217

你做妾。"

"可是，"蒙参说，"我从来没有想过要纳妾啊！"

"三公子……"冬雪转身向后院跑去，跑了几步，又停下来，"那你说的可算数啊？"在阳光之下，那绯红的脸庞如同霞色，她声音很是细小，但此时院子里静得出奇，每一个字都如风一般吹进了蒙参的耳朵里。

"当真，"蒙参朗声说道，"明日我将随圣上和皇太孙北巡，当我归来之日，就是你我完婚之时。"

"啊！"冬雪的脸色倏然一转，"那你这一去又是多久？"

"少则数月，多则半载。"蒙参说，"但是，此心不改。"

冬雪不再说什么，转过头去，径直跑向后院。

蒙参抬起头来，目光顺着围着院子的四壁，伸向天空。

经过了纪纲这件事，朝中的老臣们再没有人敢反对"迁都"了。朱棣再次提出要"北巡"，留太子监国，这一次的意图不言而喻：一来表示自己的迁都之心更为坚决；二来乃是在这样敏感的时候将"监国"的权力再次交给太子朱高炽，以说明他对太子的信任。

余夫人听说蒙参回来了，非常高兴，就回了一趟蒙家老宅。结果徐氏告诉她，蒙参已经随着皇帝去"北巡"了，余夫人只能白白跑了这么一趟。徐氏倒是受了蒙参委托，把他预备迎娶冬雪为妻的事情向余夫人说了。

"叔齐是怎么了？"余夫人听完以后非常气恼，"他永远这么倔强，从前我就感觉他跟冬雪的关系不寻常。冬雪比他年龄大，又是个下人，以叔齐现在在皇家如此得宠，日后天底下不知道有多少名门淑媛抢着要来提亲呢！"

"现下已经有很多名门淑媛托人提亲了，"徐氏笑着说，"但是都被叔齐拒绝了，他说他已经决定了，非冬雪不娶。"

"让他回来以后来见我，"佘夫人生气地说，"我怎么能允许自己的儿子娶一个下人。"

"夫人，恕我无礼，"徐氏依然微笑着，"叔齐的性格你又不是不了解，没有人能够改变他的决定，除非是他自己。"

"那样的话，"佘夫人拂袖而去，"我就不认这个儿子。"

回到蒙佑的府邸之后，佘夫人依然气愤难平，晚饭时不断地说起此事。蒙佑的妻子李氏只好不停地在旁边规劝，倚在一旁独自喝着酒的蒙佑对此并不关心。从小到大，这个弟弟都是跟大哥要好，跟他很少有什么话讲，只是在大哥去世之后，他们兄弟二人因为共同的悲伤，关系才有所亲近。

"自他走到道衍身边的一刻起，我们兄弟二人就已经成为敌人，"蒙佑喝酒的时候一直在想，"眼下看来，倒是我这个哥哥输给了这个弟弟啊！"

蒙佑曾想过拉拢或者控制锦衣卫，也曾派人打入锦衣卫，但是都没有能够得偿所愿。而现在，他最怕的事情——发生，虽然太子身边的重臣都已经入狱，但是锦衣卫一旦走进太子的阵营，朝中反对太子的势力必将动摇。如今，太子又得到了皇帝的信任，再加上他那本来就深得皇帝宠爱的儿子接连立下功劳，随着汉王就藩乐安州，太子如今的地位已经算是固若金汤。

"算来算去，"蒙佑苦笑着说，"想不到却算漏了我的好三弟。"

"高煦落得今日之势，实在是因为当初不听将军的劝告，咎由自取。但是万请将军不要背弃当初的誓约，毕竟结局如何，此时定论还为时尚早。"朱高煦在到达乐安州不久，就写了封信托儿子朱瞻圻交给蒙佑。

"汉王是太多虑了，"蒙佑笑着将信放在烛火里烧掉了，"但是，圣上有生之年，汉王若想从太子手中夺过帝位，恐怕已是不可能的事情了。"

第二十六章　禅师坐化

初春的北京，寒气还没有完全退去，凌晨的时候天际布满了乌云，月亮和星辰的光芒都被遮盖，蒙参骑着快马来到了庆寿寺。

他的脚步沉重，面容凝重，庆寿寺的禅房外面，已经坐满了僧侣，他们都在默默地念着经文。

轻轻推开禅房的门，道衍端坐在蒲团上，烛光摇曳，他的面色苍白，气息显得非常微弱，听到房门打开发出的声响，他才睁开了眼睛，"叔齐，是你来了吗？"

"师父，"蒙参跪在道衍的面前，"是弟子。"

"孩子，你离我再近一些，"道衍说，"我现在已经没有太多气力了，你要再近一些，才能听到我要跟你说的话。"

"师父，"蒙参又向前挪了挪，"您……"

"为师的大限已近，你无需悲伤，此乃是佛祖的指引，我犯下的罪过太多了，能活到今日已是佛祖的恩德，"道衍说，"我已和大相国寺的住持说过，我圆寂之后，留在大相国寺的遗物就交由你去处理了。"

"师父……"蒙参向着道衍叩头。

"生老病死，人人皆有此一劫，能去极乐世界，抛开尘世种种，未尝不是一种解脱，"道衍说，"叔齐，只是我圆寂之前，尚有一件要事托付给你。"

"师父请讲。"

"叔齐，你这一趟历练，耗费了诸多时日，也没有娶妻成家。东宫中太子最为宠爱的谭氏有一个妹妹，名叫淑秀，虽然长你几岁，但是天生丽质，为师离京之时，已向太子提了这门婚事，谭氏亦已应下。"

"但是，"蒙参听到这里，急忙说道，"徒儿在家中已有……"

"为师知道，这有些为难你，为师亦不怕告诉你，我昨日夜观天象，不仅知道自己圆寂之期将至，圣上的大限之期也将在五六年间，届时太子登基，"道衍叹了口气，"太子虽然仁厚，但毕竟是仁君。能够接任大宝，多赖瞻基得宠，圣上才未有废储之念，但是作为一个帝王，靠自己的儿子登上帝位，心中怎能平静？况且，世人都知道，太子最宠爱的并非瞻基，而是瞻墡。"

"师父，"蒙参的心里此时混乱不堪，"难道就没有别的办法了吗？"

"为师已是将去之人，叔齐，该如何应对、如何选择终还是在于你。"道衍叹了口气，"为师知道，这些年你已肩负了过多，但正如为师当日所说，这是你的路，你一旦走上，就没有别的选择。"

"这条王者之路，"蒙参说，"已经牺牲了很多，难道这还不够？"

"要换取天下苍生的太平，"道衍说，"要付出的远还不够。"

这时，屋外已传来了一片"吾皇万岁"的声音，接着是骏马的嘶鸣，无数的脚步声匆匆进入院中。

"叔齐，为师要说的已经说完，"道衍双掌合十，"以后的路，就要你自己去走了，你现在已经不再是哑巴丁零，而是蒙家的三公子蒙参，是从三品的锦衣卫同知，拿起什么，放下什么，你的心中应该明了。"

禅房的门被推开，朱棣走了进来，风立刻充满了整个屋子，朱棣的大氅在烛光里如海浪般飘荡。蒙参拜过朱棣，走出了禅房。禅房中，就只剩下了朱棣和道衍。

"老朋友，"道衍笑了笑，"我得先走了。"

朱棣走到了道衍的身旁，看着他苍老的身体，花白的长髯，想到当年靖难起兵时的雄姿英发，才霍然发现竟然已经过去了那么久远的时光。那个曾经胸怀韬略、心如浩海的军师道衍，真的成了一把老骨头，气息奄奄地盘坐在蒲团上，和世间任何一个行将不久于人世的老人没有什么分别。

"我们都已经老了，"朱棣摸了摸自己的胡须，"禅师，临此分别之际，你可还有什么需要交代？"

道衍抬头看了看朱棣，低下头去沉吟了良久，终于，他吐出了一句话："贫僧恳请陛下，放了溥洽。"

朱棣听到之后就是一愣，"为何？"

"陛下，大明的江山已经稳固，永乐帝业也已经建立，天下已经是你的，这么多年，建文帝也没有出现，说明他早已放弃了与你再争天下。人世已经如此，又何必执着于那些浮云般的恩恩怨怨，百年之期已经不远，还有什么不能放下呢？"道衍诵了一声佛号，"这天下所有的一切都已经是你的，不论太祖皇帝是否真的留下了财宝，不论它是埋在地下还是已经重见天日，它在不在你的手里，它都是你的。"

"这，"朱棣看着道衍问，"就是你最后的遗言吗？"

"是的，吾皇。"道衍说。

"好的，"朱棣说，"我答应你。"

道衍终于露出了一抹微笑，他闭上了双眼，忽然，屋子里的风停住了，跳动的烛火都熄灭了。朱棣愕然地望着眼前与自己共同走上争王之路的故人，他就这么安然地去了，许多年以来，朱棣第一次发现，这个和尚这么和善而慈祥。

朱棣走出禅房，告诉外面的僧侣，道衍已经圆寂。他看到不远处的蒙参，像所有的僧侣一样，坐在地上，双手合十，为他的恩师超度。朱棣抬起头来，看到夜空中的阴云尽已散去，繁星璀璨。

道衍去世之后，被葬在了北京西郊的卢沟河畔，蒙参呈请回到南京收拾道衍的遗物，朱棣同意了。临行的时候，朱瞻基一直把蒙参送到了北京城外。可此时的蒙参，脑海里尽是道衍临终时所说的话，百感交集，心思万缕，乱作一团，他默默走上了南归的路。

回到南京时，正是傍晚，他径直去了道衍禅师从前修行的禅房，坐在那蒲团上，回忆起了往昔的少年时光。太阳落山，屋子里一片漆黑，蒙参盘坐在蒲团上，听着外面风吹动枝叶的声音，想到自己第一次走进这里时的情形，恍如隔世。当年的朱瞻基和蒙参都已经长大，而他们的师父却已经逝去，回想那一段时光，应该是他自小到大最快乐和温馨的。没有父亲那状如泰山的口令响在头顶，有的是青灯古佛、晨钟暮鼓。只是很多事情已经覆水难收，唯愿能够回到从前，作为一个顽劣小徒坐在这里。

蒙参想着想着，不觉已到了清晨，忽然，一个老僧推开了房门，走了进来，看到蒙参，微微一呆。

"蒙大人，"老僧双手合十，"老僧失礼了。"

蒙参抬起头来，站起身，急忙回礼，几十年如一日，引他来大相国寺的青年僧人，而今脸上也已经满是皱纹，"大师，我是来给道衍禅师收拾遗物的。"

"遗物？"老僧听罢一愣，"大师他……"

"道衍禅师已于三月二十八在北京庆寿寺中圆寂。"

"阿弥陀佛，"老僧双掌合十，"大师西去极乐，从此脱离红尘苦海，终于修成正果。"

"所以，"蒙参看了看这间屋子，"以后这间屋子应该也不用再打扫了吧？"

"阿弥陀佛，"老僧说，"总会有有缘人再来这里修行的。"

"说的也是，"蒙参笑了笑，"是了，圣上已经答应释放建文帝的帝师溥洽，日后大相国寺中应当也不会再驻兵了。"

"这真是造福苍生的幸事，"老僧高兴地说，"大相国寺中不再充斥兵戈，溥洽大师能够被释放，真是大善之事。"

蒙参说："对了，蒙参多年来幸蒙师傅多方照顾，还从未请教过师父您的法号。"

听到蒙参这么说，老僧笑了起来，"事已至此，贫僧也就无需再遮掩什么，贫僧法号应文。"

"啊！"蒙参一下子呆住了，"你……你的法号……是、是应文？"

"正是。"

"你居然在大相国寺待了十多年。"

"贫僧一直跟随道衍禅师修行，日间做些砍柴挑水的事情。"

蒙参急忙跪倒，"臣蒙参不知陛下在此，请陛下恕罪。"

"快起来吧！"应文急忙扶起蒙参，"前尘往事，贫僧早已忘怀，贫僧如今就是个老和尚，你是堂堂朝廷命官，哪有参拜一个老和尚的道理。"

"坊间传闻当年皇宫大火，陛下借鬼门遁出，其实未死，想不到竟然一语成真。"

"不，史书上的建文帝已经死了，站在这里的，是大相国寺的和尚应文，"应文笑着说，"家国天下，是建文帝关心的事情；而应文挂念的，只有青灯古佛、四大皆空。要当个皇帝，需要拿起来的太多；而要当个和尚，则需要放下太多。"

"只是我怎么也想不到，"蒙参不敢置信地说，"当今圣上遍寻不到的建文帝，居然就在大相国寺里，就在道衍禅师的身边。”

“当年我与道衍禅师相见时，他也非常惊讶，”应文说，“他把我收留下来，这更让我惊讶。”

“但是这许多年，就没有人认出陛下吗？”

“没有，这里有的都是出家人。而且，你看，我已经一天比一天老了，人们都只记得那个英武的建文帝，谁还会在意老和尚应文？”应文说，“再者说，朱允炆已经死了，死在建文四年的那场大火里了，这个，皇帝早已经昭示天下。”

“道衍禅师慈悲为怀，或者，如他所说，也是在赎他半生的孽。”

“现在好了，禅师既已圆寂，家师既然也已经被当今圣上赦免，此间种种贫僧也就没有什么留恋了。”应文看了看四周，“施主，今日一别，不知何年再见了。贫僧待溥洽重得自由，便准备跟随溥洽大师云游四海去了。”

“陛下果然已看破红尘了吗？”

“纵有再多，也已放下。”应文张开双手，“贫僧已是无所牵挂，手上无尘，心中也就无尘了。”

蒙参跟应文告辞，走到门口，又回头望了一眼，那拿着抹布在屋子里擦拭的老僧，佝偻着腰，不时发出几声咳嗽，回过头来，对他一笑，“施主只管去吧！贫僧日夕与瞻基相处，知道他必是圣主，天下的苍生有福了。”

蒙参双手合十，向应文告辞，方走了几步，忽然被应文叫住了。

"施主，方才贫僧所说，请施主切记，"应文说，"施主经历宦海，辅佐明君，要冲破艰险，开创盛世，必还有一番波折，施主既要做创世之举就要负创世之重，需要背负的恐怕还有很多很多。"

蒙参仰望四周一如当年般繁茂的枝叶，喟然一声，"谢谢大师指点！"

日落之后，冬雪就一直捧着蒙参送给她的木牌坐在窗前发呆。

"明日我将随圣上和皇太孙北巡，当我归来之日，就是你我完婚之时。"可是这一趟北巡改变了多少事，她等了他多少时光，她已经记不得了，他给她的誓言，就这么支离破碎。

蒙参看着冬雪屋里灯光摇曳，却不知道如何是好。

"她必定很难过，"徐氏对蒙参说，"叔齐，这样的结局，对她，太难接受了。"

蒙参转过头来，看了看身后的徐氏，"我知道，可是我无能为力，天下之势，就连帝王尚且不能左右，更何况是我。这是我的路，我一旦选择了，就没有了回头的机会，如同离弦的箭，只有前方，是我的归宿。"

徐氏叹了口气，"唉，人人都说'何苦生在帝王家'，可谁又知道，即便不是帝王，也有自己的难言之隐。"

"一将功成，要死伤万千生灵；对于一个帝王，更不知道要付出多少生命。"蒙参转过身去，"我对不住冬雪，这一生，下一生，永世永生，我都对不住她。"

蒙参低着头没入了夜色里。

徐氏一抬头，看到冬雪已经站在门口。

"冬雪……"

"夫人，"冬雪已经是泪流满面，但是仍然强作欢颜，"就算我成不了蒙家的媳妇，我也会陪着你，陪着他，我把那么多年都给了他，我已经没有办法再交予他人了。"

"冬雪……"徐氏慢慢将冬雪拥入自己的怀里，在这安谧宁静的夜里，两个身体单薄的女子，索性就由着她们的眼泪肆意泛滥。

翌日，蒙参带着聘礼去了谭府。

第二十七章　大婚之日

蒙参跟谭老爷在大厅里见面的时候，谭淑秀就躲在屏风的后面。自从她的前两任丈夫暴毙之后，已经很久没有人来家里提亲了。算命的人说她八字太硬，生有泪痣，天生就是"孤星入命"，克夫之相。前些时日倒是有人来家里提过，那是户部侍郎家的公子，后来淑秀托人打听才知道，那公子天生病弱，终日在床，恐怕已是时日无多。淑秀索性就不做嫁人的打算，每日在家中，准备孤老此生。

当日道衍禅师忽然来到谭家代蒙参提亲，谭家上下都颇为震动。当时纪纲刚刚被处死，朝中谁不知蒙家的三公子蒙参已经成了皇帝与太子身边的红人。虽然只得了锦衣卫同知的职位，但是连锦衣卫指挥使赛哈智都对他礼让三分。如今蒙参真的来到府上，谭家的老老少少都躲到屋外悄悄往里面看，这个蒙参也就二十几岁，生得不说俊朗，但器宇不凡，而且完全不似那些朝中的权贵，对谭老爷谭夫人非常恭敬。

"小姐，我早就听说了，这个蒙参不仅智勇双全，而且谦逊有礼，"丫鬟晴儿手舞足蹈地对淑秀说，"小姐嫁了这么个好夫婿，让那些没有造化的男人后悔去吧！"

周围的人都替淑秀高兴，只有淑秀自己愁眉不展。谭老爷一口应下了这门婚事，也不待去找淑秀同意，毕竟，去哪里找这么好的乘龙快婿啊！皇帝和太子面前的红人，还是皇太孙的同门师弟，本人又这么有本事，想到这里，谭老爷晚上睡觉都乐得闭不上嘴。

"朕听说，谭家小姐可是'孤星入命'啊！"朱棣看了一眼蒙参，"叔齐，你就不担心吗？"

"能从刀山火海中活下来，蒙参的命也很硬啊！"蒙参回答，"况且，这桩婚事是恩师为蒙参订的，蒙参自当遵从。"

"说的也是，你的父亲去世得早，道衍禅师既是你的师父也是你的父亲，'父母之命，媒妁之言'嘛！"朱棣笑了笑，"既然道衍禅师这个媒人不在了，朕就当你们的媒人吧！有朕护着你，再硬的命也无妨！"朱棣让贴身太监马云研好墨，御笔钦批了蒙参跟淑秀的婚事。放下手中的朱笔，朱棣在心里也不得不佩服道衍，"莫非你在启程之时就知道自己不会再回到南京了吗？让蒙参与淑秀结婚，连朕的后顾之忧也一并扫除了。"

蒙参状似高兴地接过了朱棣给他的圣旨，一旁的朱瞻基看在眼里，却非常难受。

捧着皇帝的御笔钦赐走出皇宫，蒙参的脑海里一阵恍惚，就在这时，朱瞻基从后面追了上来，一把拉住他。

"蒙参，当初你我在行军的营帐里提起的，在南京为你守候的你的爱人，不是谭淑秀！"朱瞻基生气地吼着，"不要以为我不知道，你我同窗多年，我怎么可能不知道，你根本就没有见过谭淑秀，到今日为止，你恐怕都还没有见过她！"

"怎么，她很丑吗？"蒙参平静地问，"师父说她的容貌并不差啊！"

"蒙参，不要再自欺欺人了，"朱瞻基说，"你根本不喜欢这个女人，你为什么要娶她？"

"殿下，"蒙参笑了笑，"也许，我娶了她之后，我就会喜欢上她。"

"那么，那个等候了你多年的女人呢？"朱瞻基说，"她为你流逝了韶华，而你终于归来，却要娶别的女子吗？"

蒙参抬起头来，终于强忍住了夺眶而出的眼泪。

"蒙参，我不想你像我一样，"朱瞻基说，"我知道师父的良苦用心，可是，这应该是我去面对、去承担的，不应该牺牲你，更不应该牺牲一个守候了多年的女子。"

"不，"蒙参阻止了朱瞻基，"殿下你忘记了吗？在大漠，多少人战死他乡，多少女人因此成了寡妇，多少孩子因此成了孤儿，天下的路，从来不是一个人可以去面对、可以去承担的，"蒙参贴近朱瞻基的耳畔，一字一顿地说，"事已至此，你已经无从选择，不要再妇人之仁了。"

朱瞻基怔在那里。

"为了天下久经战乱的百姓，"蒙参笑着说，"我的这点儿牺牲，又算得了什么？"

七日之后，蒙参与淑秀大婚，冬雪把自己藏在了后院的柴房里，待了一夜。那一天，蒙家老宅显得格外狭窄，朝中的高官大员们纷纷赶来祝贺，皇帝亲自派执掌后宫膳食的厨师来负责当日的喜宴，将自己珍藏的美酒也搬了出来。皇太孙朱瞻基带着太子和他的双重贺礼亲自到来，谭老爷高兴得嘴都合不拢。虽然没有娶丫鬟冬雪，佘夫人对这个京城出了名的"扫把星"淑秀也不是很满意，可她的儿子并没有要跟她商量的意思，而且皇上已经赐婚，她就算有千百个不满意也没有办法。坐在她身旁的蒙佑看着来祝贺的朝臣们，自顾自地喝着闷酒。

到拜天地时，圣上的龙辇忽然到了。原来，朱棣是要代替自己的老朋友道衍禅师来当证婚人，就连徐氏也是第一次见到皇上，急忙战战兢兢地过来参拜，内阁大学士杨士奇亲自担任主持。

朱瞻基一把拉住要去拜天地的蒙参，"师弟，今日是你大喜之日，且先与我饮了这坛酒再去入洞房如何？"

"好，"蒙参伸手拿起一旁的酒坛，"叔齐去后，但望师兄今日能抛去烦忧，一醉良宵。"

说罢，两人高执酒坛，一口气喝掉了坛中的美酒。

朱棣看着朱瞻基饮酒时的姿态，忽然觉得有些恍惚，仿佛回到了自己的少年时代。

"良景良宵，佳酿佳人，师弟你经此一生，还有何求？"朱瞻基高兴地扔掉酒坛，把蒙参推到了新娘的旁边。

杨士奇高声说道："一拜天地！"

一对新人每叩一次首，在场的人就欢呼一次，就连堂堂的皇帝朱棣也忍不住满腹豪情。就在这时，朱瞻基却默默地穿过人群，带着自己的随从离去了。

人群拥着蒙参和淑秀进入了新房，随即散去，徐氏进来叮嘱了几句，就转身去了后院的柴房。蒙参慢慢走过去，挑起新娘子的盖头，凤冠霞帔掩映下的淑秀显得更加妩媚动人，只是那一对蛾眉仍是愁云紧锁。

　　"你，"蒙参看到这里有些慌乱，"你身体不舒服吗？"

　　"你看到了吗？"淑秀指了指自己的眼角，"我生有泪痣，天生'孤星入命'，娶了我的男人不久之后都会暴毙而亡，你不怕吗？"

　　"我不怕，"蒙参笑着撩起自己的头发，给她看那朵刺在脸上的菊花，"我的命比他们的命都要结实。"

　　"我知道你为什么娶我，你是皇太孙的人，"淑秀叹了口气，"皇太孙必然担心，日后太子登基，却将储君之位传给五皇子瞻墡，而不是他。"

　　蒙参愕然，他实在想不到，这个深居大宅的女子，竟然对于时事如此了然，一时无语。

　　"我既然已经入了你蒙家的门，就是你蒙家的人，但若你对我无情，我也不强求，"淑秀站了起来，眼眶里已经涌出了眼泪，"你若有心爱的人，可娶她为妻，我就算做个徒有虚名的妾也可以，我本来已经不做出阁的心思，实在不曾想到上天还能让我遇到你，我知道你是个汉子，所以并不想你委屈自己。"

　　"男儿在世，言出必行，"蒙参笑着说，"我既然娶了你，那你就是我的妻子，你如果还对我心存芥蒂我也无话可说。"蒙参看了看窗外，"我睡地上就可以了，等你想清楚了，随时可以叫

234

我到床上去。”

淑秀呆呆地站在那里，看着蒙参脱下了衣服，铺在了地上。

洞房里的花烛熄灭了，蒙家大宅似乎就这样安静了下去。

“喂，地上凉吗？”

“还好。”

“你……要不你上来吧！”

“可以吗？”

“你……你真的不后悔吗？”

“嗯……不会的。”

“那你可不是骗我的？”

“不是。”

听到这里，一直躲在窗外的谭老爷和谭夫人才算是长出了一口气，两个人换个眼神，猫着腰悄悄地离开了。

两年之后，也就是永乐十八年，大明王朝开始了浩浩荡荡的北迁，明朝的都城由南京改为了北京。就在北迁的路上，淑秀生下了她跟蒙参的女儿，朱棣听说以后非常高兴，亲自御赐了乳名“灵儿”。蒙参把孩子交给冬雪，就过来询问淑秀的身体是否疲惫，然后吩咐人去煲汤。淑秀紧锁的眉头终于打开了，她的丈夫疼爱他的骨肉，也疼爱他的妻子，他没有因为她没有生育男孩而大发雷霆。他疼爱那个娇小的婴孩，他也没有忘乎所以到因为孩子而忽略了妻子，他疼爱她，在分娩之后，他不眠不休地陪在她身边。

"叔齐，以后，我一定会给你生个儿子的。"她终于被他打动了。

"不，"蒙参说，"看到你这么辛苦，我只要有一个孩子就足够了，她会像她的母亲一样美丽和聪明的。"

蒙参怎么也想不到，永乐二十一年他的妻子又怀孕了，就在他即将跟随皇帝再次"北巡"的时候。淑秀这一次变得比上次怀孕时还要嘴馋，天天都想吃酸杏子，徐氏高兴地说，这次应该是个儿子。

"我要为大人生下一个儿子了。"淑秀也显得非常高兴。

蒙参穿戴好了铠甲站在那里，"那么，等我从北边回来，得花钱安置一处大房子了，家里人一下子又要多起来了，还得多找几个仆人，不能让冬雪太辛苦啊！"

"这一去又不知道是多久啊！"冬雪帮蒙参穿好铠甲，担心地问。

"听说是鞑靼的阿鲁台在北边不安分了，"蒙参说，"他的手上没有多少兵力，圣上的大军要取胜应该不会花费太多力气。"

"听说塞外正是寒冷的时候，"徐氏说，"你到了那边万事都要小心。"

"您放心吧！"蒙参笑着说，"我又不是第一次去了。"蒙参轻轻拍了拍淑秀的手背，便大步向门外走去。

蒙三四依然坐在门边晒着太阳，一旁早有检校帮蒙参把马牵了过来，蒙参叮嘱蒙三四记得吃药，走路要注意，然后对冬雪说家里的用人如果不够，就花钱再请几个，"蒙叔的身体不好，一定要让下人好生照顾他。"

"三公子，"蒙三四说，"我就是个下人，还需要什么照顾啊！"

蒙参笑着跨上了马背，向众人挥了挥手，拍马而去。

送行的人直到他的身影消失在了长街的尽头，才回到了院子里。蒙三四拄着拐杖坐下去，乐呵呵地望着天上的云朵，终于松开了手里的拐杖，闭上了眼睛。

朱棣带着数十万大军奔赴大漠，一直追击到达达兰纳木尔河。这个时候朱棣咳嗽得越来越厉害了，在内侍马云的不断劝阻下，才决定班师，"朕驰骋大漠数十年，这是第一次，未遇一战就班师回朝，心有不甘啊！"但是马云发现，朱棣越来越容易犯困了，这是朱棣从来不曾有的情况，有一天朱棣一觉醒来，让马云去唤来杨荣。

"杨学士，这边来坐，"朱棣拍了拍身边的坐榻，"这几日军务操劳，辛苦你了。"

"为陛下鞍前马后，是做臣子的福分。"杨荣恭敬地说。

"朕半生戎马，到了今天，才知道人终有老去的一天，虽然壮心不已，但却有心无力了啊！"朱棣叹了口气，"经过这几年的磨砺，太子已经能够处理好一切政务了，朕回去之后，就准备将皇位交给他，自己做太上皇，颐养天年。"

杨荣跪在朱棣身前，"太子宅心仁厚，必然不会辜负陛下的期望。"

朱棣看着杨荣，安心地笑了笑，"杨学士，每次出征时，朕都听将士们唱一支歌，不知道你是否会唱啊？"

"臣也听到过，虽然曲子并不是很熟，词倒是知道。"

"那么，"朱棣笑着仰在了榻上，"那就给朕唱一唱吧！"

"那臣就献丑了。"杨荣笑了笑，向后退了几步，低声地唱了起来：

辞别乡间去万里征

为博君王赐车千乘

车千乘，酒千樽

沙如雪，生似梦

一出阳关肝肠断

从此萧娘是路人

在杨荣低沉而喑哑的歌声里，朱棣微笑着睡着了。

第二十八章　风云际会

车辇的颠簸让朱棣再次醒转过来，他睁开眼，问身边的马云："这是到哪里了？"

"启禀陛下，这里是榆木川。"马云急忙回答。

"哦，"朱棣点了点头，"马云，你跟着朕有多少年了？"

"自建文二年，已经二十余年了。"

"这几年你也辛苦了，"朱棣拍了拍马云的肩膀，"这次回京之后，朕赐你几亩地，回去享享清福吧！"

马云听到这话，连忙叩谢朱棣，"老奴谢谢陛下。"

"起来吧！"朱棣抬了抬手，仰到坐榻上，"马云啊，朕再睡一会儿，天亮的时候你记得叫朕。"

可是谁也不曾想到，永乐皇帝朱棣这一觉再也没有醒来。天亮时，马云去叫朱棣，发现他身体冰凉，已经没有了呼吸。这位生于战火、一生戎马的皇帝，最终死于征途。马云没有惊动侍卫，而是传来了随军的官员杨荣和蒙参，当他们随着马云进入御辇，看到安然逝去的朱棣，蒙参一阵恍惚，这位威严的皇帝，不知何时，已经是满头霜发，他已经老了，像所有老人一样的衰弱。

"啊，"杨荣一惊，"马总管，圣上他……"

"两位大人，"马云跪在地上，"圣上他已然驾崩了。"

杨荣和蒙参闻言，急忙伏下身去。

"两位大人，"马云急忙上前制止，"但现今还不是哭泣的时候。"

蒙参抬起头来，他平生第一次发现，这个往日看起来胆小如鼠的老太监，内心是何等的冷静。

"两位大人，圣上驾崩的消息，此时还不宜过于张扬，"马云说，"老奴觉得，圣上驾崩，让太子继承大统主持大局当是首要之事。"

杨荣看了看马云，看了看身边的蒙参，点了点头，"老总管说得极是，此事若传扬出去，朝中无主，天下有可能大乱，就不妙了，更何况此次出征，随军的张辅和蒙佑两位将军都是汉王的嫡系。"

马云说："实不相瞒二位，前日圣上还召见了将军张辅，张将军走时跟老奴说，他觉得这几日圣上的面色不太好，要老奴多留意，有什么动静要及时向他禀报。"

"看来事不宜迟，"蒙参对马云说，"在下愿乘快马一匹，驰回京城。"

"不可，"杨荣说，"蒙大人与蒙佑将军乃是兄弟，而且是圣上的贴身侍卫，蒙大人若离去，必会引得他人怀疑。"

"那杨大人觉得该派何人去呢？"马云问。

"我，"杨荣环顾四周，"我亲自去一趟。"

"杨大人一介书生，若是在路上遇到什么不测……"蒙参担忧地说。

"越是如此，才越让其他人无法猜度，"杨荣对蒙参说，"随军的文渊阁大学士金幼孜亦是太子故交，值得信任。我走之后，你就和金大人一起护送灵柩回京，此中机密，只有你我二人并金大人知，万不可泄露给他人。"

"大人放心，"蒙参说，"蒙参掌握着军中的锦衣卫，任何风吹草动我都能够知道。"

"好，"杨荣拱手说，"我今夜离营，以后的事情就拜托诸位了。"

这一天杨荣一直没有离开御辇，马云去找金幼孜，金幼孜得知消息之后，就跟着马云来到御辇里。当夜，杨荣就快马加鞭赶回京城，而凯旋的官兵们并不知道，御辇中的皇帝早已归天。只有敏锐的蒙佑嗅到了不一样的味道，勤勉的皇帝在归途中不再召见任何一位将军，这实在是一件有违常理的事情，"圣上的身体肯定出了什么事，要么是龙体欠安，要么就是更加严重的事情。"蒙佑找来了自己的心腹，让他立即赶回京城，让眼下正住在京城的汉王世子朱瞻圻，快速探听一下京城有什么风吹草动。"只这样是不够的，我得想想办法，试探一下。"蒙佑想到这里，就开始去着手准备了。

第二天的夜晚，刮起了猛烈的夜风，站岗的士兵都被风沙眯得睁不开眼睛。忽然，从遥远的天空尽头传来一声号角，接着人们就听到四周传来了无数的喊杀声，似乎有千军万马奔袭而来。

张辅和蒙佑披挂整齐来到了军营门口，带着士兵掩杀出去，可是追了很远，一无所获，张辅怕是调虎离山之计，急忙带兵回去。营中安然无事，张辅和蒙佑刚下了马，远处的号角声和喊杀声就又响了起来，这一次张辅让蒙佑看营，自己带着兵杀了出去，结果还是一无所获，可刚刚回来，号角声和喊杀声又响了起来。

"兵不厌诈，"蒙佑对张辅说，"咱们这一趟漠北之行，没有跟敌人有任何交手，是不是阿鲁台故意跟我们兜圈子，绕到我们身后来打伏击啊！"

"此时咱们已经快入关了，阿鲁台来交战无疑是自寻死路。"张辅说。

"我觉得此事蹊跷，"蒙佑说，"若这样闹下去，今天晚上营中无人可以安心就寝，若明日敌人趁我们困乏时大股来袭，我们必受重创，我觉得我们应该去禀告圣上。"

"说得有理，"张辅说，"我这就去面圣。"

"哎，"蒙佑故作紧张地说，"将军，圣上不是才吩咐过，近几日龙体欠安，不要去打扰他。"

"此时军情紧急，以圣上的脾气，当不会怪罪。"张辅说着就往朱棣的大帐走去。

张辅的父亲是张玉，曾是朱棣最心爱的将军，当年以武艺名震漠北，蒙古铁骑闻之丧胆，称之为"燕云第一名将"，后来在靖难之役时战死沙场。所以朱棣对张辅尤为疼爱，几乎视如己出，让张辅去试探，可以说是最好的人选。

可就在此时，忽然传来一声马嘶，只见蒙参带着几个检校纵马从黑夜里冲了出来。

"蒙大人，"张辅一拱手，"蒙大人这是要做什么去？"

"刚才的声音圣上已经得悉，"蒙参说，"故此让在下随将军去打探一番。"

"我刚刚去过，"张辅说，"正为此事准备去面见圣上。"

"我已领了圣上的旨意，"蒙参说，"可否有劳将军再跟蒙参走一趟。"

"好，"张辅说着，一兜缰绳，带着手下的士兵跟着蒙参出得营去。

蒙佑看到自己的好弟弟带着张辅去了，心中已知不妙，急忙带着几个心腹也驱马追了上去。

随着马蹄声的逼近，四周一片空寂，蒙参勒住马顿了顿，便加上一鞭奔旁边的树林而去，待到了树林外面便停住了马。一伸手，早有检校跟上来将弓箭交到了蒙参手里。

"我是锦衣卫同知蒙参，树林里的人，速速出来投降，我可以饶你们不死。"蒙参朗声说道。

等了片刻，树林中依然是一片安静，这时张辅和蒙佑已经跟了上来。蒙参从箭囊中取出七支箭来搭在弓上，蒙佑不禁捏了一把汗，他认得出，这正是他父亲一手创出的"七星望月"，当年他的大哥蒙忠就尤其擅长使用这招。蒙参又等了片刻，听到树林里还是没有任何脚步声，"既然如此，莫怪在下无情！"说着，七箭齐发，只听得树林内一阵惨叫。

"厉害！"身后的张辅拍手叫绝，"早已听说蒙家的'七星望月'神乎其技，今日一见，真是大慰平生！"

　　这时，从树林里跑出来了五个人，一边跑着一边喊着："大人饶命！大人饶命！"

　　"大胆的鞑子，都是些藏头露尾的鼠辈！"蒙佑说着话已张弓搭箭，四箭齐出，四个人登时毙命，剩下的一个赶紧掉头就跑，却哪里还来得及，蒙佑飞身从一旁士兵的手里夺过长矛，掷了过去，惨叫过后，四周再无声息。

　　蒙佑使的虽然也是"七星望月"，但是他最多一次也只能射出四支箭，其威力比之蒙参的手法高下立判。

　　张辅这一趟什么也没有做，他只好带着士兵们进入树林，搜查了半天，除了被蒙参射死的七个人，只找到了一些号角锣鼓之类的乐器。跟进去的检校走了出来，附在蒙参耳边口语了几句，蒙参便牵着马走向了蒙佑。

　　到蒙佑身边时，他低声地说："就这么迫切要杀人灭口吗？二哥，不要再做这么无聊的事情了。"

　　然后，带着随行的检校飞驰回了行营。

　　蒙佑张开手掌，发现掌心里面全是汗，他终于体会到了，这个弟弟现在是多么可怕。

　　在此后的时间里，蒙参几乎没有给蒙佑任何的机会，蒙佑每天都会对着朱棣的御辇发呆，可是，毫无办法。

　　三天之后，去京城的心腹回来了，就在他到达京城的前夜，太子朱高炽已经继承大统，定年号洪熙。

接着，金幼孜和马云公开了皇帝在榆木川驾崩的消息，全军挂孝。当蒙佑听到军中奏起哀悼的号角时，攥紧了拳头。太子登基成功，汉王就藩乐安洲，但并不代表一切都已经结束。"新的故事，才刚刚翻开篇章。"蒙佑咬紧了牙关。

数月之后，大明的都城北京，深夜，朱高炽坐在御书房里批阅着奏章。

最宠爱的妃子谭妃带着侍婢来了，侍婢端来了谭妃亲自为朱高炽熬制的参汤。谭妃一看到朱高炽，竟是一愣，"圣上，不过十几日不见，您怎么脸色变得这么差？"

"唉，从前当太子时，虽然也是监国，但始终不是君王，做得不如君王这么累，而今掌管万里山河，所担的责任已然不同，才了解到父皇当年做君王之不易啊！"朱高炽擦了擦额上的汗，"再赶上这几天，南京又发生了地震，事情一时堆得太多了。"

"那喝一点儿臣妾为陛下做的参汤吧！"说着，谭妃的侍婢把参汤端给了朱高炽。

"辛苦爱妃了。"朱高炽刚喝了一口参汤，就咳嗽了起来，咳得怎么也止不住，接着竟然把参汤摔到了地上，溅得到处都是，谭妃和侍婢看到，急忙过来给朱高炽抚胸口，轻轻拍背。

"陛下是身体不舒服吗？"谭妃关切地问。

"不知道是怎么回事，"朱高炽抬起头来痛苦地说，"近几日身体忽然成了这样，一到晚上就会咳嗽，若想缓解只有……"

这时，外面的门忽然推开了，朱高炽的内侍贾泉带着两个小太监走了进来，旁边的一个太监手里端着一小碗汤，贾泉笑眯眯地走到朱高炽和谭妃面前，躬了躬身，"奴才给陛下和谭妃娘娘请安，"贾泉对朱高炽说，"陛下，您忘了吗？您到了该喝汤的时候了。"

"喝汤的时候？"谭妃蹙了蹙眉，"陛下每日在此时都要喝汤吗？"

"是啊！"朱高炽对贾泉说，"快将汤给朕端上来吧！"

贾泉示意，身边的太监端着汤走向了朱高炽，朱高炽站起来颤巍巍地伸出双手，一边咳嗽着一边去接，谭妃却横身过来挡住了，"陛下，这是什么汤？"

"谭妃娘娘，这是陛下的汤，"贾泉的脸色霍然大变，"您难道要与天子争吗？"

"这到底是什么汤？"谭妃义正词严地说道，"叫御膳房的人过来，本宫要亲自问问。"

贾泉在此时却不做声了，他一个眼神，身后的另一个太监忽然飞身上来，一把将谭妃拽开了。谭妃一声尖叫，那个太监竟从腰间抽出刀来，将刀锋搭在了谭妃的咽喉处。"贾泉，朕已经一切都听你的了，你不要为难谭妃！"朱高炽站了起来，但是他又开始咳嗽了，因为身体过于肥硕，摇了摇，堂堂一国之君竟然摔倒在了王座旁边，而身边的其他内侍和宫女们早被吓得缩成了一团。

这时，宫殿的门被人推开了，几名侍卫冲了进来，谭妃认得，这些人都是羽林卫。掌管羽林卫的将军董凤昌一身铠甲走了进来，"陛下，末将奉劝你还是将贾大人奉上的汤乖乖喝掉吧，不要让我等这些做臣子的不好交代！"

朱高炽接过了那碗汤，凄烈地笑了起来，"贾泉，朕待你不薄，你何以如此对待朕？"

"陛下，"贾泉狞笑着说，"这只能怪您不识时务，臣也不是没有奉劝过您，为什么不将这皇位让给汉王殿下呢？"

"你们……"谭妃问，"你们都是汉王的人？"

"陛下，不是臣等不欲留谭妃娘娘一条性命，"董凤昌看了看一旁的谭妃，"实在是因为，谭妃娘娘今日来得确实不巧。"

说罢，董其昌已经扬起了手。

"不要！"朱高炽的话刚刚出口，那挟持着谭妃的太监手里的刀已经刺向了谭妃的咽喉。

说时迟，那时快。

从宫殿的外面忽然传来一声"且慢"，伴着这一声叱喝，一支箭破空而来。

第二十九章　独闯龙潭

那支箭是擦着董凤昌的鬓角飞进来的，吓得他禁不住后退了几步。谭妃在怔愕中睁开眼睛，看到自己的肩膀上都是血，但是自己身上却没有受到任何伤害，回过头去，刚才还拿着刀挟持着自己的小太监已经横尸在了脚下，一支箭就插在他的胸口。

侍卫如潮水般地涌了进来，太子朱瞻基在锦衣卫同知蒙参和贴身侍卫褚荪的陪同下走了进来。

"太子？"刚才还不可一世的贾泉此时早已吓得魂不附体，"你不是去南京了吗？"

"贾泉，你以为你的计划天衣无缝吗？"朱瞻基冷冷地说，"你每日都让御膳房的人为父皇熬制这种奇怪的汤，早已被锦衣卫注意到了。"

贾泉急急忙忙跑到了董凤昌的身后，"董将军，你要保护我啊！"

"太子殿下，纵然你赶回来也无济于事了。"董凤昌得意地说，"这汤里所放置的毒药早已遍及陛下全身经脉，现已无药可救，不出三日，殿下就为陛下收尸吧！"

"贾泉，你追随陛下近三十年，自靖难起兵时就跟从左右，陛下对你信赖有加，你潜藏了这么多年，难道就是为了今日吗？"谭妃痛苦地喊着。

"我跟了陛下近三十年，还不就只是一个贴身太监，"贾泉嘴上逞强，双腿早已颤抖不已，"郑和跟马云那两个老家伙，凭什么骑在我的头上？汉王殿下答应我，只要陛下一死，他登上帝位，就让我执掌'东厂'！"

"汉王殿下目前已集结了大军，不日就将兵发北京，"董凤昌仰天长叹，"'人算不如天算'，今日事败，是我等之过，但愿上苍保佑汉王殿下能够长驱直入，一战功成！"董凤昌看了看身后两股战战的贾泉，叹了口气，"现在我们已做了笼中之鸟，汉王待我等不薄，恐怕今天我等要葬身此地了。"

跟在董凤昌身后的几个心腹武将对董凤昌说："大人放心，大人对手下有知遇之恩，今日我等誓死以报大人。"

董凤昌将腰间的佩剑拔了出来，对着心腹武将们说："我当初在军营做士卒时，就常听人说起开平王的英雄故事，蒙家的'七星望月'所向披靡，着实令人神往。今日你我可以与蒙家后人一决生死，纵然九泉之下，足可慰平生了。"

"董凤昌，你确也是条汉子，"蒙参知道董凤昌的意思，"我纵然使用弓箭，也只会在你的面前，绝不会在背后放冷箭。"

"好！今日我为汉王殿下舍生取义，就在此地了。"董凤昌大吼一声，握剑扑向了朱瞻基，后面的武将也拔出刀来紧随其后。

不及褚荪动手，朱瞻基已经飞身上前，他脚步灵活地避过董凤昌一剑，褚苏急忙将背后的"破军"卸下，掷给朱瞻基。朱瞻基接刀之余，就势抓住董凤昌的手臂，大喝一声，把董凤昌扯到身前。董凤昌方一惊之余，冰冷的刀锋已经架在了他的脖子上。

那一边的蒙参面对董凤昌的武将们，一手"七星望月"已将率先冲过来的几个人射倒，而身后的锦衣卫提着绣春刀随即冲了出去，转眼间就将其余的人制服。

"太子殿下忽兰忽失温一战名震天下，今日方知绝非浪得虚名，殿下骁勇，董某确实不如。"董凤昌看了看倒在地上的武将们，赫然长叹，"不能为汉王殿下除此劲敌，乃是董凤昌的憾事，可恨无力回天。"说罢，猛地向刀锋撞去，血流如注。

看到董凤昌一死，跟随着董凤昌进来的侍卫们面面相觑，沉默片刻，竟然也都举起刀来，自刎于大厅之内。

这一下贾泉的腿彻底软了，跌坐在地上，动弹不得了。

"真是刚烈的汉子。"朱瞻基松开手，董凤昌的尸体直挺挺地倒在地上。

朱瞻基走到贾泉的面前，却并不看他，"贾泉，你可知道，莫说灭你的九族，就是将你千刀万剐，也毫不为过？"

贾泉号啕着抱住朱瞻基的腿，"太子殿下饶命，太子殿下饶命，并非我等加害圣上啊，实则是汉王殿下和董凤昌胁迫我的，并非我的本意啊！"

"你跟随父皇数十年，一点儿情意也不曾顾及，现在父皇性命危在旦夕，你居然还有脸来哀求我！"朱瞻基一脚把贾泉踢翻在地。

蒙参一挥手，锦衣卫就把贾泉拖了下去。

谭妃急忙召集人手将朱高炽抬往寝宫，朱高炽本来已身中剧毒，这样一闹，毒性发作得更为迅猛，躺到第二天，就人事不省，四更天时终于醒来，睁开眼看到朱瞻基坐在身边，叹了口气。

"父皇，"朱瞻基关切地问，"你感觉怎么样？"

"唉，朕当太子时，日日担心先皇和汉王对朕不利，有时逼不得已，受制于先皇和汉王，如今终于登上帝位，想不到还要被一个太监挟持，"朱高炽又是一阵剧烈的咳嗽，"只怪朕一时糊涂，以为登上帝位便是万人之上，疏忽大意，以致被奸人所害，险些应了先皇昔日所言，朕发觉此事时为时已晚，多少次想私下告诉你，无奈贾泉总在朕身边，若非我儿机敏，大明江山就将陷于危难。"

"父皇言重了，"朱瞻基说，"父皇登上帝位不久，国事繁忙，奸人趁机而入，实非父皇之过。"

"先皇曾言，瞻基必是太平天子，当时朕不以为然，今日才相信，先皇到底是比朕要高出许多啊！"朱高炽说，"瞻基，朕这些年监国过得胆战心惊，加上政事繁累，身体本来就已经大不如前，今次一劫，怕是躲不过去了。朕若不在，大明江山就靠你了。"

"父皇安心养病，不要多想，"朱瞻基饱含热泪，几欲夺眶而出，"父皇您为了登上帝位，等了太久，上天有好生之德，必

251

会替天下百姓保住您的。"

正说着话，老太监马云走了进来，"启禀太子，老臣们在御书房等您，说是有紧要事务。"

"我这就过去，"朱瞻基对马云说，"照顾好陛下。"

朱瞻基看了看躺在病榻上的朱高炽，跪下去磕了个头，忍着泪水走了出去。马云跪到了朱高炽的身边，朱高炽看着老态龙钟的马云，虚弱地笑了笑，"马总管，真是想不到，您送走了先皇，今次，怕也要送朕一程了。"

朱瞻基走到御书房，发现赛哈智、蒙参和内阁的要臣杨士奇、杨溥、杨荣、金幼孜等都已经到了。

朱瞻基踏进门来就问："诸位，出了什么事？"

赛哈智忙走过来禀告："启禀太子殿下，方才张辅将军府邸的锦衣卫来报，说是蒙佑将军昨日带着手下的心腹乔装进入了张将军的府邸，正在与张辅将军密谋配合汉王起兵的事宜。"

"殿下，张辅将军乃是大明重将，执掌京城防务，若是张辅将军发难，形势难以控制，"杨士奇看了看一旁的蒙参，说，"蒙佑将军与汉王殿下素来来往密切，两人的关系不言而喻，蒙佑将军亲自到张辅将军的府邸去，怕是志在必得。"

"我也听说，汉王最近派人四出游说各地驻防的将军，"蒙参说，"加上这次贾泉和董凤昌的事情，恐怕汉王这次是真的要有所动作了。"

朱瞻基并没有说话，他默默坐了下去，看着赛哈智，问：

"那张辅将军的态度怎样？"

"给蒙佑将军安排了上等厢房歇息，但是，"赛哈智说，"张辅将军并没有完全应承蒙佑将军的提议，似乎，仍有所顾虑。"

"臣觉得，"杨荣对朱瞻基说，"张辅将军与汉王虽有旧情，但可能并不愿意为汉王起兵造反，背负骂名。"

"汉王虽有先皇的勇猛，却未必有先皇的气魄，"蒙参说，"汉王虽自恃骁勇，却屡屡使用下三滥的手段，证明他并无魄力，张辅将军乃是名将，我想他心里一定非常清楚。"

"殿下，"杨荣站了出来，"臣愿潜入张府，凭臣的三寸不烂之舌，劝服张将军。"

"不要急，"朱瞻基扫视了一下面前的众人，问杨士奇，"杨大人，你可有什么高见？"

"臣也认为，张辅将军并不愿意为汉王起兵造反，应该派人潜入张府说服他，"杨士奇说，"但是，臣不同意杨荣大人前去，臣觉得，若要说服张辅将军，殿下所托付的人，应该是殿下最为亲近的内臣，还有，最好跟张辅将军有些交情。"

"那你觉得，"朱瞻基问，"派谁前去最为合适？"

"是我，"蒙参说，"数次北巡，我都与张辅将军有过接触，我与太子殿下又曾同拜道衍禅师为师，应该是最合适的人选。"

"不可，"一旁的杨溥急忙阻拦，"太子殿下不要忘记，蒙参大人的哥哥蒙佑将军现今就在张辅将军的府中。"

"杨溥大人是在担心，我会跟我二哥一样倒向汉王吗？"蒙参问。

"情势危急，"杨溥说，"请蒙大人不要怪杨某出言不逊，蒙大人的长兄当年战死郑州坝，据说蒙大人与你长兄的关系最为亲密，此次……"

朱瞻基站了起来，抬手拦住了杨溥的话，"确实，与我的关系最亲密，也是我最为信赖的人，唯有蒙参了。"

"师兄，"蒙参说，"龙潭虎穴，让我去闯一闯。"

"我不想你去犯险，"朱瞻基说，"不是因为你是蒙佑的弟弟，而是因为你是蒙参，与我一起长大，怀揣着相同的梦，九死一生才走到今天的好兄弟。我看着你结婚，看着你生儿育女，我不能看着你，为了我，去跋涉刀山火海。"

"不是为了你，"蒙参说，"忘了吗？我们是为了天下苍生才走到今天，为了不再打仗，为了妻儿相偎，鸡犬相闻，为了开创盛世。"

"那是我们一起的路，"朱瞻基说，"我们要一起走过去。"

"国士待之，国士还之，"蒙参说，"我说过，我愿意跟随你，现在我们的路上横亘着一座山，让我去踏平它。"

说着，蒙参转过身，向外走去。

"叔齐，"朱瞻基的眼泪早已夺眶而出，"活着回来！"

蒙参回过头来，对着朱瞻基只是微微一笑。

蒙参让赛哈智连夜召集了京城中的锦衣卫，他写了一封书信送到了张辅的手里，然后就换了装束，准备进入张辅的府邸。书信落在张辅手里，告诉张辅他几时会出现，就是等于告诉了蒙佑，蒙佑会倾尽全力在张辅府邸的外面布置下重重的机关，来阻止蒙参进去，而这正是蒙参需要的。因为他是跟着这封书信一起进府的，他就躲在没有人注意的柴房里，等待时机。

他已经很久没有做过这么危险的事情了，那些舍生忘死的日子似乎远去很久了，他看着柴房窗外的天空，忽然觉得时光停下来了。从他化名"丁零"进入锦衣卫的那刻起，一幕一幕都浮现在了眼前，他摸出了腰间的牧笛，似乎回到了坐在画舫上给风怜怜吹曲子的那晚，"若使丁郎笛声残，秦淮水月失颜色"，这是当时来秦淮河玩乐的秀才们醉酒后留下的句子，可如今呢？丁郎已多年不曾吹笛，秦淮河的水月是否还依旧？蒙参笑了笑，他闭住了眼睛，没有人知道他是进入了梦乡，还是陷入了别的回忆里去。

第二天的下午，蒙佑等不及了，他带着他的侍卫来找张辅，张辅可以等，但是朱高煦等不起了。因为京中的靖难元勋们都按兵不动，各地的将军也不敢轻举妄动，朱高煦近几日四处派人联络，可所有的人都在观望，蒙佑知道，张辅的态度将决定战争最终的结局。

张府的大厅里，张辅手下的所有武将都已经到了，他们都身穿着铠甲，严阵以待地坐着。

"张将军，"看到这样的架势，蒙佑被吓了一跳，"你这是做什么？"

张辅呷了一口茶，"等你的好弟弟啊！"

"不用等了，恐怕他是来不了了。"蒙佑笑着说，"我早已在四周布下了天罗地网，莫说是我的弟弟，就是只鸟，也难以飞进来。"

"时辰似乎差不多了，"张辅说，"都说锦衣卫手眼通天，想不到也不过如是。"

"他就算是锦衣卫，也终归是我的弟弟。"蒙佑笑着说，"朱瞻基气数已尽，也没有什么别的手段了。"

"那给蒙将军看座，"张辅叹口气说，"说说我们的事吧！"

"且慢！"忽然，一个身着青衫的人从张辅背靠的屏风后面走了出来，"张将军，我已经如约而来。"来人正是蒙参。

"来得好！"蒙佑狞笑一声，"给我拿下！"

蒙佑带来的人没有动手，张辅手下的三四位武将此时竟在蒙佑的一声令下，拔出剑来挟持住蒙参，蒙参只觉得脖颈上寒气入骨，禁不住退后了几步。

第三十章　力挽狂澜

一看到蒙参被挟持，张辅脸色一变，急忙呵斥拔剑的几名武将，"对蒙大人，怎么能如此无礼？"

可是那几个拔剑的武将却对张辅的话置之不理，转而望向蒙佑。

"张将军，你不要再喊了，这些人早已经归顺汉王，"蒙参笑了笑，对一旁的另一位武将说，"楚将军，你不是也投靠汉王了吗？你为何不拔剑啊？莫非你在迟疑，还是要继续隐藏下去？"

被蒙参点到名姓的那员武将脸色一变，尴尬地站在那里。

"什么？"张辅站了起来，对着挟持着蒙参的几个武将咆哮，"你们居然瞒着我跟从了汉王？"

"识时务者为俊杰，"蒙佑说，"各位将军也是弃暗投明，张将军，强弱之势已经再明白不过，你还要迟疑什么呢？"

其余忠于张辅的十几员武将早已抽出兵刃，围到了张辅的身边，只剩下那位姓楚的武将站在中间，左右不是，不知道如何是好。

"二哥，你倒是带了不少人来啊！"蒙参叹了口气，"看来已然是胜券在握。"

"这也不成啊！"蒙佑笑着说，"怎么比得上锦衣卫无处不在啊？"

"可是偏就在此处，没有锦衣卫，"蒙参苦笑了一下，"否则，我也不至于这么束手就擒，"蒙参看了看张辅，"张将军，被人逼反的感觉可是着实不好啊！何况，还是被造反的人逼反。"

"不要卖乖了，三弟，"蒙佑笑着说，"难道你就不是带着兵刃来找张将军吗？若是张将军执意追随汉王，你还不是会遵照当朝皇帝的吩咐取下张将军的首级？"

"我只穿了这么一件单衣，什么也没有带，"蒙参说，"我是要对张将军晓以大义，不需要使用这些只有鼠辈才会的伎俩。"

"可惜，你没有机会说了。"蒙佑冷笑着说，"你放心，家里的人，为兄会替你照顾好的。"

"慢着，"张辅沉着脸说，"这里毕竟是张某的府邸，这里任何人的生死也不该是由蒙将军来发落的吧？"

"张将军恕罪，"蒙佑说，"事出突然，等在下处理了这桩'家务事'再向将军赔礼。"

"在张某的府邸，尔等就不能肆意妄为！"张辅忽然拿起手里的茶杯摔在地上，从四下里突然涌出了无数士兵，将蒙佑等人团团围在中间，"你们，不想死的，把剑都放下。"

那些挟持着蒙参的武将，互相看了看，慢慢将手中的剑放在了地上。

蒙佑皱着眉看了看四下的人，冷冷地笑着，"张将军，蒙参能够安然出现在这里，足以说明你的府邸里也有锦衣卫的检校，你不要以为汉王对你留一手，当今皇帝就对你完全信赖。"

蒙参走到张辅面前，拱手拜谢，"多谢张将军救蒙参一命。"

"把他们的剑拿走，"张辅说着，就有几个士兵把那几名武将放在地上的剑拿去了，士兵们又退到了院子里，弓弩手却站到了门口，张弓搭箭，随时对准屋子里。张辅坐下来，呷了一口茶，"蒙大人，我的这些兵虽然不会'七星望月'，但是射得也是极准的。"

"蒙参孤身而至，手无寸铁，又何惧这些强弓硬弩？"蒙参笑着说，"当年漠北驰骋，可比如今凶险多了。"

"蒙大人，想说什么，不妨直言。"张辅说。

"蒙参此来，乃是奉了太子殿下的旨意，汉王的事太子殿下已经知道，但是太子殿下不欲骨肉相残，"蒙参说，"所以，太子殿下要微臣带一句话给将军，天下的战事刚刚平息，太子希望将军念及天下苍生久经战乱之苦，能够追随太子殿下，安顿黎民，休养生息。"

"只是这一句话吗？"张辅问。

"不错，蒙参不顾生死，来到这里，就是为了这句话，"蒙参说，"实不相瞒将军，圣上的性命已经危在旦夕，太子将继承大统。太子对臣说，太子想做个太平天子。"

"话说得倒是漂亮，'太平天子'，太子可以做得，"蒙佑冷冷地说，"汉王就不行吗？"

"汉王若念及天下苍生，为何密谋起兵？当年先皇起兵，是因为建文初政，不思先解决天下生民的苦痛，而先要'削藩'巩固自己的皇权。结果至亲相残，使海内之士寒心；挑起战事，民不聊生。如今的汉王以为自己是在效仿先皇靖难起兵，其实，却是在走着建文的路，汉王就藩乐安州，可曾为乐安州的百姓着想、为乐安州造福？就藩于山东，却对山东父老未有丝毫恩惠，就要起兵作乱，毁掉天下来之不易的片刻安宁。试问，这样的人若是登上皇位，他怎能取信于天下做个太平天子？"

"你未去过山东，"蒙佑说，"你怎知汉王未向山东父老施以恩惠？"

"汉王于永乐十五年就藩山东，永乐十八年，山东蒲台就爆发了唐赛儿的叛乱，短短数月之间，唐赛儿的叛军迅速壮大，山东百姓闻之响应，光是当年攻打安丘的队伍就有数万人，汉王用了三四年时间才将唐赛儿叛军的余孽铲除干净。"蒙参说，"如今，才不过过去了一年多的时间，汉王就要再次用兵，蒙参想问，山东经过数番战乱，只用区区这么短的时间，能够恢复到何种境况？"

蒙佑坐在椅子上，一时语塞。

"诸位将军，你们哪一个没有父母妻儿，哪一个不曾体会过人在沙场、九死一生的凶险？"蒙参铿然说道，"古人说过，'可怜无定河边骨，犹是春闺梦里人'，自太祖北征、先皇靖难，你们已经多久不曾卸下这一身戎装了？你们的父母，你们的妻儿，你们是否想过他们多么渴望与你们共享天伦？自洪熙年以

260

来，天下休养生息，百姓安居乐业，如今太子宅心仁厚，更是他日太平之君，你们是愿意跟随一个连藩地的子民都不愿疼爱，只想着当皇帝的君主；还是愿意跟随一个体恤黎民百姓，渴望停止战乱的君主？"

"蒙大人，果然有国士之风！"张辅站了起来，对身边的武将们说，"诸位，张某的心意已决，你们是否愿意遵守当年的誓约，跟随着我？"

武将们俯身在地上，"唯将军之命是从。"

"好！"张辅说完，对着蒙参躬身跪倒，"张辅自知汉王暴戾，难当明主，愿意跟随太子殿下，誓死效忠。臣决不能把自己同生共死的兄弟，带上万劫不复的绝路！"

"张将军深明大义，乃是社稷之福、黎民之幸啊！"蒙参急忙把张辅搀扶了起来。

"蒙将军，"张辅对蒙佑说，"只能暂时委屈你了，等到汉王伏法，我会把你交到圣上那里去的。"

张辅和蒙参准备着进宫，朱高炽驾崩了，当朱瞻基见到蒙参的时候，已不知是惊是喜了。当张辅跪在地上诉说着方才发生的一切时，朱瞻基抓着蒙参肩膀的手颤抖不已，他刚刚经历了丧父之痛，险些就再次失去了自己最好的朋友。

"让蒙大人险些遭遇不测，"张辅说，"都是末将的过错，请治末将的罪！"

"张将军，你能来到这里，就已经是大功一件，何罪之有？"朱瞻基说。

这时，老太监马云走了过来，对朱瞻基说："殿下，龙袍已经准备好了，您去试试吧！"

朱瞻基对张辅说："张将军，你先下去吧！"然后，拉起了蒙参的手臂，"师弟，与我一起去看看。"

朱瞻基不顾蒙参的反对，拉着他去了寝宫，蒙参站在那里，看着一片内侍、宫女侍候着朱瞻基换上了崭新的龙袍，器宇轩昂的朱瞻基穿上龙袍，更显英武。

"师弟，"朱瞻基问蒙参，"你看如何？"

"师兄你是人中龙凤，换上龙袍，一身的帝王之气。"

朱瞻基让所有人都退了下去，偌大的寝宫里只剩下他跟蒙参两个人。

"师弟，你离开南京很久了吧？"朱瞻基说，"那是我们相逢相识的地方，我经常在梦中会梦到那里，真怀念那时的日子，无忧无虑，很快乐。"

"师兄，"蒙参问，"你为什么突然说起这些？"

"我在那里，寻了个不错的地方，给你建了一处大宅，"朱瞻基看着蒙参，"今日之后，你就带着家眷，到那里去吧！"

"师兄……"蒙参呆呆地看着朱瞻基，"你是要我外仕吗？"

"准确地说，应该是致仕。"朱瞻基说，"但是你每个月的俸禄，只会多，不会少，而且，我会给你只有皇家宗亲才有的待遇。"

"为什么？"蒙参看着朱瞻基。

"师弟，因为我要继续我们的路，我已经决定在我有生之年，不再兴用锦衣卫。"朱瞻基叹了口气，"此后，它虽有建制，却无实权。"

蒙参沉吟良久，才露出笑容，"师兄所想极是，锦衣卫的存在对于黎民、对于朝臣们确实是一团压在心上的乌云，若不将它扫去，纵然给了天下太平，也是忐忑难安的太平。人们若是心惊胆战地活着，真是比死还难受，师兄，撤去锦衣卫就当从蒙参始。"

"我不能让我的臣民活在心惊胆战里，而你的存在，对于锦衣卫和知晓锦衣卫的人来说，实在有着太多的意义。你的传奇，你的故事，让那些锦衣卫们追逐、膜拜，你的身影不离去，他们就永远不会甘心停歇和黯淡。"朱瞻基说，"况且'伴君如伴虎'，你这次孤身到张辅的府邸去的时候，我就已经下定决心，你必须离开我，我很怕，日后我也会对你挥舞起手中的刀。"

"师兄对蒙参恩重如山，蒙参不知何以为报。"蒙参跪在了地上。

"师弟，你为了大明的社稷已经付出太多了，带着心爱的人去南京，在田园里，颐养天年吧！"朱瞻基叹了口气，"说实话，没有了你，我会很孤独的。"

"师兄，"蒙参哽咽地说，"一切保重。"

洪熙元年五月，朱瞻基登上帝位，年号宣德。张辅追随着朱瞻基而去，蒙佑被投入了天牢，地方的将领都不理会朱高煦，身在乐安州的朱高煦似乎一下子成了孤家寡人，站在空荡的校场上舞动着双锤，连个对手也不再有。

朱高煦挥舞着双锤，终于大汗淋漓，双手垂下去，锤子落在了地上。

当年的豪情万丈哪里去了？朱高煦悲怆地想，难道自己真的老了？他的父亲和兄长已经去世了，靖难时的英雄们也已经所剩无几，他似乎已经没有了敌手。他的父亲说，他天生神力，像项羽一样勇猛，可是项羽最终兵困垓下，落得自刎而死，他难道也会步上跟项羽一样的命运吗？

这时，他的部将王斌策马来到了校场，"启禀殿下，将士们已经在城外集合，只等殿下过去督导将士们操练。"

"你且先去，"朱高煦说，"我随后就来！"

"殿下，现在将士们战意如虹，若是打起来，必能直捣京师。"王斌笑着说，"再复成祖皇帝靖难的传奇。"

"你去吧！"朱高煦挥了挥手。

王斌有些丧气，也只能一扯缰绳催马去了。

直捣京师吗？朱高煦笑了笑，王斌还是太年轻了，他不曾上过战场，还不曾与当世真正的名将交手过，他把战争看得太过简单，也太过儿戏了。朱高煦仰天长叹一声，或许是相比广阔的大漠，乐安州实在是太小了，小到把他想如雄鹰般翱翔的心都圈束住了，他终于体会到了那种被岁月侵蚀过的感觉：英雄迟暮。

宣德元年七月，朱高煦在乐安州起兵。

宣德元年八月，朱瞻基御驾亲征，朱高煦出城投降。

战争的过程，比这两段叙述，还要波澜不惊。

宣德元年八月，刑部大牢里来了一个人，他带着皇帝的手谕，要探望关押在天字号牢房里的犯人蒙佑。

英武的蒙佑蜷缩在阴暗潮湿的牢房里，面容肮脏，须发凌乱，已是让人一时难以辨认得出。靠墙坐着的他，哼唱着模糊的战歌，牢门打开，探望他的人走了进来，坐在他的对面，打开随身带的包袱，里面是蒙佑最爱喝的花雕酒。蒙佑看了看来探望的这个人，这个人一身青衫，头发随意地束在后面，那笑容一如青春年少时一样，只是下颌处已生出了淡淡的胡须。他认出来了，来探望自己的这个人，是他的弟弟，蒙参。

"母亲大人还好吧？"蒙佑低声问，"你二嫂和鹏儿、聪儿他们可愿意跟随着你？"

"母亲的身体还好，听说要回到南京去，她也很愿意。二嫂他们一开始并不愿意，但是淑秀去劝服了他们，南京的宅院都已经齐备，明日我们就准备出发了。"

"你们一走，就只有蒙叔和我留在北京了。年年清明时节，记得给我捎一坛花雕。"

"若非你设计毒杀了先皇，二哥，皇上一定会留你一条性命的。"

"一入宦海，生死难料啊！叔齐，你经历了那么多，才得到

265

了如此高的权位，你就真的这么放手了吗？你如果求皇上留在北京，他一定会留住你，到时候，你就位极人臣，名留青史，这些都不能让你动心吗？"

"二哥，我们的路是不同的，你要的可能是这个，我要的不是，只要天下不再打那么多的仗，我就知足了。"

"少年的青春，心爱的女人，失去了这么多，就为了回到南京乡下去做个日出而作、日落而息的村夫吗？你的同门师兄弟可以成为九五之尊，而你却与他天壤之别，只为了天下少打一些仗？幼稚的人，天下的纷争是不可能停息的。"

蒙参听到这里，打开花雕，大口喝了起来，继而抛给蒙佑，"我知道，可是，世上的事总要有追寻的人，如果无人去追寻了，才真的可怕。"

他擦拭了一下嘴角，淡淡地笑着。